애견무사와 고양이 눈

britg.kr

종이책의 감성을 온라인으로
황금가지의
온라인 소설 플랫폼

인기 출판소설 무료 연재 중!

애견무사와 고양이 눈

좌백과
진산 지음

황금가지

들개이빨 ― 7

고양이 꼬리 ― 23

애견무사 ― 45

고양이 눈 ― 175

폐허의 개들 ― 229

고양이 귀 ― 265

들개이빨

좌백: 반려동물무협을 쓸 생각이야.

진산: 뭐?

좌백: '개와 함께 다니는 무사'라거나 '고양이 협객의 복수'라거나 그런 식으로 반려동물과 관련된 무협소설을 단편으로 쓴다는 아이디어가 떠올랐거든. 이를테면 이런 거야. 뉴스에서 봤는데 브라질에서 있었던 일이라는군. 한 노숙자가 병원 응급실로 실려 가서 죽었어. 근데 그 노숙자에게는 같이 노숙하며 기르던 개가 있었거든. 개도 응급실로 따라갔지. 하지만 주인이 죽은 건 모르는 거야. 알려준다고 알아들을 수 있는 것도 아니고. 그래서 하염없이 기다리고만 있다는 거야. 응급실 앞에서. 사람들이 데려가서 밥도 주고 새집을 마련해줘도 개는 다시 응급실 앞에 와 있다는 거지. 눈물 나지 않소.

진산: 감동적이지만 그게 무협이랑 어떻게 연결돼?

좌백: 그건 말이지……

떠돌이 무사가 있었다. 그리 좋은 사람은 아니었다. 떠돌이 무사가 흔히 그렇듯이 마음 내키는 대로 떠돌다가 칼솜씨를 팔아 돈을 벌곤 했는데, 그런 일 중에는 나쁜 일들이 많았고, 그는 그런 일을 거절하지 않았다.

구르는 돌에는 이끼가 끼지 않는다는 말처럼 그에게는 친구도 없었다. 당연히 가족도 없었다. 하지만 그를 따라다니는 개 한 마리는 있었다. 어쩌다가 그 개가 떠돌이 무사를 따라다니게 된 건지 아는 사람은 없었다.

평범한 개였다. 비루먹은 데다 갈비뼈는 앙상해 버림받은 개의 모습 그대로였다. 떠돌이 무사와 버림받은 개는 어울리는 듯 어울리지 않는 한 쌍이었다. 무사는 생각나면 가끔 먹을 것을 던져주었고, 개는 주면 먹고 안 줄 때는 그저 굶거나 쥐, 혹은 벌레 같은 것을 잡아먹었다. 간혹 돈을 번 무사가 주루에서 좋은 술과 안주로 배를 채울 때 개는 길가의 시궁창에서 흙탕물을 마시며 기다리는 일도 있었다. 그러다가 돈이 떨어진 무사가 차가운 길거리에 누워 잠이 들면 그 품에 파고들어 온기를 나눠주는 건 그래도 개밖에 없었다.

개는 개이기 때문에 돌을 맞는다. 길거리를 걷다 보면 단지 재미로 돌을 던지는 아이들이 있기 마련이었다. 그쪽으로 인상 한 번만 써주면 그런 일이 없을 텐데도 무사는 그러지 않았다. 날아오는 돌과 쏟아지는 비난은 스스로 감수해야 한다는 기묘한 고집이 그에게는 있었다.

하지만 어른이 발로 걷어차거나 몽둥이로 때리려 하면 그는 참지 않았다. 누군가가 진짜로 개의 목숨을 위협하는 일이 생기면 그도 목숨을 걸고 싸웠다. 그 상대가 아무리 강하고, 수가 많아도 그랬다. 장난삼아, 아니면 정말로 배가 고파서 그의 개를 빼앗아 잡아먹으려 했던 기련산의 산적 떼가 오히려 그에게 몰살당한 사건은 강호의 여러 호사가들을 즐겁게 하는 이야깃거리이기도 했다.

개를 위해 목숨을 거는 것은 어리석은 일이다. 개 한 마리 대신 여러 사람을 죽이고, 다치게 하는 것은 옳지 않은 일이다. 이렇게 말하는 사람들도 있었다.

그 개는 그의 개지 모르는 개가 아니었다. 목숨을 걸 이유는 그것으로 충분하다고 무사는 말했다. 이쪽에서 목숨을 걸면 상대도 목숨을 거는 건 무림의 법도다. 그가 저지르고 다닌 다른 일들에 대해서는 몰라도 적어도 이 일에 대해서는 그는 도리에 어긋나는 일은 조금도 하지 않았다. 그렇게 확신한다고 그는 말했다.

다른 일에 대해서 말이지만, 그는 점점 더 나쁜 일을 했고, 그런 일들을 성공적으로 해냈다. 돈을 받고 사람을 죽이는 일 같은 게 대표적이었다. 자연히 그의 악명은 높아졌고, 개와 다니기 시작한 지 몇 년이 지날 즈음에는 강호에서도 꽤나 유명한 악당, 마두가 되었다.

그러다가 죽었다. 나쁜 일을 하러 갈 때 으레 그랬듯이 길가의 나무 아래에 개를 기다리게 하고 그는 혼자 떠났다. 그리고 돌아오지 않았다.

돈을 받고 대신 결투를 하러 갔다가 이번에는 상대를 죽이지 못하고 자신이 죽는 쪽이 되었을 수도 있었다. 혹은 그와 비슷하게 나쁜 자들과 도당을 이루어 부호의 집을 털러 들어갔다가 운이 나빠 함정에 발이 걸렸고, 결국 죽임을 당하게 되었는지도 모른다. 또 혹은 의협심 넘치는 강호협객과 조우해 이름을 확인하는 순간 목이 날아갔을 수도 있었다. 협객에게 있어서 악당의 악명이란 곧 살인 허가와 같아서 확인하자마자 목을 쳐도 괜찮은 것이니까. 굳이 관가에 끌고 가 고발하고 재판을 기다려 처형까지 확인할 이유 같은 건 없었으니까.

개는 기다렸다. 무사가 며칠째, 몇 달째 돌아오지 않았지만 내내 그 자리에서 기다렸다. 평소보다 돌아오는 게 늦어진다고 생각은 했겠지만 개는 계속 기다렸다. 쥐와 벌레를 잡고 길가 웅덩이에 고인 물을 마시며, 대부분의 시간 동안은 굶주리며 그냥 기다렸다. 해가 뜨고, 또다시 지고, 계절이 바뀌고, 또 바뀌어도 개는 기다렸다. 무사가 돌아오지 않을 거라는 생각보다는 무사가 돌아와 다시 만나면 얼마나 반갑고 기쁠까 하는 생각만으로, 그 생각이 너무나 강렬했기 때문에 개는 마냥 기다렸다. 그러다…….

"그러다가?"

협객은 물었다.

"그러다가 죽었나? 설마 돌이 되었다는 이야기는 아니겠지?"

세월은 흘렀지만 협객은 과거의 그 일을 잊지 않았다. 꽃다운 미소년으로 강호에 처음 나와 거둔 첫 성공이 바로 그 악당, 떠돌이 무사를 처단한 것이었기 때문이다. 그날 이후 그는 그 성과를 바탕으로 순조롭게 성공해서 이제는 무림에 손꼽히는 청년협객이 되어 있었다. 바야흐로 인생의 절정기, 무림의 성공가도가 눈앞에 펼쳐져 있는 상황이었다.

이런 때에 앞을 막은 이 초라한 몰골의 중년인은 무엇일까. 오래된 옛이야기를 꺼내는 이유는 또 무엇인가. 그 악당이 개를 데리고 다녔다고? 그래서 뭐가 어쨌다는 것인가.

중년인이 말했다.

"불행인지 다행인지 그 개는 진짜 개가 아니었기 때문에 그 자리에서 기다리다가 죽지는 않았네. 돌이 되지도 않았지. 누가 그런 악당이 데리고 다니는 개, 그런 악당을 기다리는 개에게 충견비를 세워주겠는가."

협객이 반가운 미소를 지었다.

"당신도 그 악당이 악당인 건 아는군. 그럼 그가 죽어 마땅한 자임도 알겠지."

중년인은 해석하기 어려운 묘한 눈빛, 기묘한 표정을 하고 그를 보았다.

"나는 또 절반은 개와 같아서 그건 잘 모르겠네. 내가 아는 건 그가 날 위해 싸워주었다는 것, 그러니 이제는 내가 그를 위해 싸워야 한다는 것뿐이네. 그가 나를 자신의 개로 여긴 것만큼 나도 그를 나의 주인으로 여겼으니까. 사실은……"

그의 눈이 그리움으로 아련해졌다. 이렇게 때와 장소에 어울리지 않는 감정의 표출이 그의 표정을 기묘하게 만드는 것임을 협객은 알게 되었다.

그 기묘한 표정의 끝에서 중년인이 말했다.

"주인 그 이상이었지."

협객은 헛웃음을 지었다.

"도무지 이해가 되지 않는군. 우리가 같은 사람을 두고 말하는 것인지도 모르겠어. 내가 아는 그는 그 누구도 울어줄 가치가 없는, 죽어줄 가치는 더욱 없는 자라고 들었는데."

협객은 중년인을 이미 자기 손에 죽을 게 예정된 자처럼 말하고 있었다. 그 생각은 거의 사실에 근접한다고 중년인은 생각했다. 알고 보면 그도 여기 협객을 죽이기 위해서가 아니라 자신이 죽을 자리를 찾아온 것이라고 생각하기도 했다.

그러니까 그때 그 자리에서, 무사를 기다리던 그 자리에서 죽지 못했으니 이제 여기에서 죽어야지, 죽겠구나, 그랬으면 좋겠다 하는 생각이었다.

그가 개를 자처하게 된 것은 그냥 하는 말이 아니었다. 어렸을 때부터 그는 개잡종, 개새끼라는 말을 들으며 컸고, 자라서는 들개 같은 자라는 소리를 들었다. 무엇보다 그는 본능에 몸을 맡겨서 살았을 뿐 한 번도 무엇을 위해 살아야겠다는 생각을 해본 일이 없었다. 다른 무엇보다도 그것이 자신을 개 같은 인생이라고 생각하게 만드는 원인이었다.

사람이면 누구나 목표를 가지고 산다. 더 행복하게라거나 위대한 인물이 되겠다거나 하는 그런 목표, 아니면 자신을 사랑해주는, 자기가 사랑하는 짝을 만나 아들딸 낳고 오순도순 살겠다고 하는 소박한 목표라도 가지고 살아가는 게 정상 아닌가. 그에게는 그런 게 없었다. 그에게 인생은 회색으로 끝없이 이어지는 황무지와도 같아서 쉴 곳도, 목표 삼아 나아갈 길도 보이지 않는 그런 것이었다. 그런 곳에 그는 이유 없이 내뱉어지듯 태어나서 이유 없이 노역하듯 하루하루를 살아갔다. 또 그렇게 이유 없이 어느 길가에 쓰러져 죽을 거라고 생각하던 그때 그는 그 무사를 만났다.

악당이라고? 그럴지도 모른다. 죽어 마땅하다고? 남들이 그렇게 말한다면 좋다. 그럴 것이다.

하지만 그에게 그 무사는 인생에서 유일하게 만난 친인이었다. 남이 아닌 사람이었다. 먹을 것을 던져줘서 그를 친인이라 여기는 것이 아니었다. 그를 위해 싸워줬기 때문에, 목숨을 걸어줬기 때문에 그는 남이 아니었다. 그러므로 그도 무사를 위해 목숨을 바쳐야 했다.

인생은 엉킨 실처럼 어지럽다가도 아주 가끔은 샛길 없는 대로처럼 이렇게 간단해진다. 이젠 무기를 꺼낼 때였다. 더 이상의 말은 필요 없으니.

"이건 들개이빨이라고 하네."

중년인이 꺼내든 무기는 자오원앙월(子午鴛鴦鉞)이었다. 두 개의 초승달 모양 칼날을 교차해서 붙여놓은 것 같이 생긴 무기다. 한쪽 날에 손잡이를 만들고 끈을 감아 손으로 쥐기 편하게 한다. 결과적으로 손잡이 쪽에 뿔이 두 개, 앞으로 또 뿔이 두 개 튀어나오고, 그 사이에 반원형의 날이 있는 형태를 이룬다. 이런 무기가 두 개, 한 쌍이었다.

협객은 이 무기를 본 일이 있었다. 기형병기(奇形兵器)에 속하긴 하지만 보기 드문 것은 아니었다. 통상의 자오원앙월과 달리 뿔처럼 생긴 부분에 몇 개인가의 돌기가 튀어나와 있는 것 같지만 그건 사소한 변형을 가한 결과일 것이다. 어쩌면 오랫동안 수리를 하지 않고 사용해서 날이 빠진 것일지도 모른다. 중요한 건 아니었다.

그는 자오원앙월의 사용법을 알고 있었다. 손잡이 반대편의 날로 공격을 막고, 튀어나온 뿔로는 상대의 무기를 걸어 당기거나 상대를 찍어 상처를 입힌다. 양쪽 손에 쥐고 사용한다는 면에서 쌍검, 혹은 쌍도와 다를 게 없지만 극단적으로 공격반경이 좁다는 점이 다르다.

잘만 다루면 부엌칼로도 사람의 목을 자를 수 있으니 저렇게 극단적으로 공격반경이 좁은 무기라 해도 사람을 다치게 하지 못하는 것은 아니었다. 하지만 협객 자신에게 선택권이 있다면 그는 절대 저 무기를 고르지 않을 것이다. 찌르기에는 검만 못하고, 베기로는 도에 미치지 못한다. 상대의 무기를 걸어 당기는 무공을 특기로 한다면 같은 기능을 하면서도 살상력이 높은 오구검(烏鉤劍)이 있다.

그런 무기들을 놔두고 굳이 자오원앙월을 사용하는 걸 보면 생각할 수 있는 것은 하나뿐이다. 공격보다는 방어를 위한 선택이라는 것이었다. 저런 무기로 공격을 포기하고 방어에만 치중하면 쉽게 공략하기 어렵긴 할 것이다. 하지만 지금이 그럴 때인가.

'명색이 복수를 위해 나섰다는 자가 상대를 죽이는 것보다 자신이 죽지 않는 것을 목표로 하고 있다니, 웃기는 놈이군. 보이는 것보다 훨씬 형편없는 놈 아닌가.'

중년인은 이미 앞에 나타났을 때 그 초라한 몰골로 얕잡아 보였고, 스스로 개라고 고백하는 순간 정말 개처럼 보였기 때문에 다시 얕잡아 보였다. 그리고 이제 마지막으로, 또한 결정적으로 얕잡아 보였다.

협객은 누구를 상대로 해도 결코 경계심을 늦추지 않는 진지함을 자랑으로 삼고 있었지만 이 세 번에 걸친 중년인의 공격에는 당해내지 못하고 말았다. 때문에 중년인의 무기가 '들개이빨'이라는 이름을 가지고 있는 의미에 대해서도 깊이 생각해 보지 않았다. 그저 개를 자처하는 자에게 지극히 어울리는 이름이라고 생각할 뿐이었다. 곧 개처럼 죽을 자에게는 더욱 그랬다.

"들개처럼 쳐죽여주마!"

협객은 번개처럼 검을 뽑았고, 벼락처럼 검을 휘둘렀다. 중년인은 예상한 대로 자오원앙월을 가슴 앞에 모아 요혈을 방어했다. 하지만 드러난 팔과 어깨, 그리고 다리는 협객의 검 앞에 그대로 노출되었다.

협객의 검은 사정을 봐주지 않았고, 중년인의 몸에는 몇 줄기의 상처가 생겨 피가 쏟아져 나왔다. 공격은 그치지 않았다. 협객의 검은 바람개비처럼 돌아 몇 번이고 중년인을 베고 또 찔렀다. 그때마다 피는 튀고, 살점이 떨어졌다.

중년인은 포기하지 않았다. 나가떨어지지도 않았다. 그는 처음과 마찬가지로 한 쌍의 자오원앙월로 요혈을 지키며 협객을 향해 전진하고 또 전진했다. 원래도 누더기였던 그의 옷이 갈가리 찢겨 나가고 피에 절어 땅에 끌려도 그의 걸음은 멈추지 않았다.

그건 요행처럼 보였다. 폭우처럼 쏟아지는 검광을 뚫고 끊임없이 전진하여 끝내 쓰러지지 않는 그 모습은 전적으로 행운의 소산으로 보였다. 하지만 그건 우연도, 행운도 아니었다. 중년인은 오랫동안 협객을 추적했으며, 그의 무공을 관찰하고 연구했다. 그가 특기로 삼는 검법은 아예 초식을 외울 정도로 반복해서 떠올리고, 또 떠올렸다. 그는 눈을 감고도 그 하나하나의 동작을 그릴 수 있었다. 검이 그리는 궤적을 그대로 따라갈 수 있었다. 그러므로 피할 수 있었다.

물론 무공수위가 낮은 그가 협객의 공격을 전부 다 피한다는 것은 불가능했다. 대신 그는 대부분의 공격을 맞아주면서 요혈만은 피하는 법을 연습했다. 다진 고기처럼 되더라도 최단거리까지 붙어서 비장의 한 수를 보여주게 되기를 원해서였다. 그리고 그때에야말로 운이 좋으면 그다음 수까지 보여줄 수 있을 것이다.

챙―!

금속성이 울렸다. 이 소리는 그 전까지 전장을 울리던 소리들과는 달랐다. 그 전까지의 금속성은 모두 협객의 검이 자오원앙월을 때리고, 긁고, 비껴 나가며 내는 소리였다. 하지만 지금의 이 소리는 달랐다. 그건 자오원앙월이 협객의 검을 양쪽에서 물면서 내는 소리였다.

이제 와서야 협객은 중년인의 무기가 일반적인 자오원앙월과 달리 뿔마다 돌기가 나 있는 이유를 알게 되었다. 그것이야말로 들개이빨이었다. 톱니바퀴처럼 맞물려서 한 번 문 것은 놓아주지 않으려 하는 이빨들이었다.

'하지만 이게 무슨 의미가 있는 거지?'

확실히 들개이빨은 그의 검을 물었다. 잠깐 힘을 써본 바로는 저쪽에서 먼저 놓아주기 전에는 검을 뽑아낼 수 없을 것 같았다. 하지만 그의 검은 이미 목적을 달성했다. 그 검끝은 중년인의 가슴팍을 깊이 파고 들어가 있는 것이다.

"고통을 연장하려 하는군!"

협객은 검을 비틀었다. 그의 검은 상대의 무기에 잡힌 상태에서 조금 옆으로 움직였다. 그에 따라 중년인의 가슴팍도 비틀어 열렸다. 피가 흐르고, 뼈가 부러지는 소리가 들려왔다. 버티면 버틸수록 고통은 심해지고, 길어질 것이다.

중년인의 얼굴이 일그러졌다. 고통에 신음하는 것인가. 그게 아니었다. 중년인은 웃는 듯 우는 듯 묘한 표정을 짓고 있었다. 부러졌는지 빠졌는지 듬성듬성 남아있는 그의 이빨이 누런빛을 발했다.

"설마!"

협객은 더 말하지 못했다. 말할 수 없었다. 중년인의 이빨이 그의 목줄기를 파고 들어와서였다. 협객이 강호에 출도한 후 한 번도 터뜨린 적 없는 비명이 입에서 터져 나왔다. 그는 머리가 아니라 본능에 따라 쥐고 있던 검을 놓고 손으로 중년인을 밀었다. 그건 오랫동안 그가 수련한 무공의 이치에도 맞는 행동이었다. 그렇게 해서 약간의 사이라도 벌리면, 그리하여 한 치, 혹은 두 치의 공간이라도 만들면 그다음엔 맨주먹으로도 중년인을 때려죽일 수 있을 것이다.

하지만 그렇게 만든 공간은 협객만의 것은 아니었다. 그걸 이용하는 것은 중년인도 가능했다. 그리고 그는 애초에 이 순간을 위해 계획하고 준비해왔다.

협객이 검을 놓는 것과 동시에 중년인은 자오원앙월을 풀어주었다. 검은 그의 가슴팍을 관통하고 있었기 때문에 협객의 손에 돌아가지 않았지만 자오원앙월은 그의 마음대로 움직일 수 있었다. 그 한 쌍의 자오원앙월을, 자유로운 들개이빨을 그는 협객의 양쪽 겨드랑이에 박아 넣었다. 자오원앙월의 뿔이, 들개이빨의 첨단이 갈비뼈 사이로 단단히 파고들어갔다. 그렇게 중년인은 협객을 움직이지 못하게 하고, 제 삼의 무기인 자신의 이빨로 그의 목덜미를, 협객의 생명을 물어뜯어 삼켰다.

협객은 쓰러졌고, 쓰러지기 전에 이미 죽었다. 중년인은 무릎을 꿇었다. 온몸은 피투성이고, 가슴을 관통한 검 때문에 아마도 오래 살아남지는 못할 것 같았다.

슬프지도, 기쁘지도 않았다. 그는 단지 해야 할 일을 했을 뿐이었다. 하지만 죽기 전에 해야 할 한 가지 일이 더 있었다. 그걸 하기 위해 입을 벌리다가 그는 입속에 든 고깃덩어리를 뱉어내었다.

피에 물든 악귀 같은 모습으로 그는 웃었다. 개는 한 번 문 것을 놓지 않는다. 고기를 만들기 전에는 말이다.

그리고 또 있었다. 개는 혼자서 싸우지 않는다. 할 수만 있으면 동료를 모아서 함께 싸운다. 대의를 위해서가 아니라 동료를 위해서 싸우는 것이 개들에게는 가장 큰 기쁨이기 때문에. 오늘 그의 동료들은 혹시 있을지 모르는 방해꾼, 협객의 동료들을 막기 위해 대로를 봉쇄하는 임무를 맡았었다. 그들이 성공했다는 것은 방해꾼이 개입하지 않았다는 것으로 이미 알고 있었다. 그런데 그 임무를 수행하고도 살아남은 동료들이 있을까? 그걸 확인하는 게 그의 마지막 일이었다.

입을 벌렸지만 소리는 나오지 않았다. 대신 분홍색의 피거품이 터져 나왔다. 검이 가슴을, 그러니까 폐를 관통한 결과였다. 심장을 꿰뚫렸으면 즉사했을 것이다. 폐를 관통당했다고 썩 나은 것은 아니지만.

그때 멀지 않은 곳에서 늑대의 울부짖음 같은 소리가 들려왔다. 달을 보고 부르짖는 늑대와 같은 울음, 동료들의 생존신호였다.

중년인은 비로소 기쁘게, 더없이 기쁘게 웃었다. 쓰러진 후에도 그 웃음은 그의 입가에 그대로 남아있었다.

2018. 3. 21

고양이 꼬리

좌백이 같은 시리즈로 하나 써보라고 권했지만 귀찮다고 튕기고 얼마 후……

진산: 공원에 산책갔다가 길고양이 새끼 한 마리를 발견해서 병원에 맡겼는데 오후에 죽었어…….

좌백: 저런.

무명의 고양이를 위하여.

버들개지 하나가 풀밭에 떨어져 있었다.

바람이 솜털을 흔들자 파리 한 마리가 날아올랐다.

그제야 십이는 버들개지에 작고 여윈 몸과 네 개의 다리가 이어져 있다는 걸 알아차렸다. 고양이였다.

십이는 전에도 고양이를 본 적이 있었지만, 이렇게 가까이에서 본 건 처음이었다. 크기로 봐서는 젖을 뗀 지 얼마 안 된 새끼가 분명하다.

햇빛이 비치고 있다지만 선선한 날씨다. 어린 짐승이 굴도 아닌 곳에서 네 활개를 펴고 자도 될 만큼 세상은 안전하지 않다. 그런데도 그 고양이는 꼼짝없이 모로 누워있다. 죽은 걸까.

십이는 팔을 뻗어 고양이를 건드려보았다. 손끝이 닿는 순간, 죽은 듯 누워있던 고양이가 고개를 비틀어 올리더니 힘껏 깨물었다. 찌릿하고 하찮은 통증이 꽂혔다. 십이는 팔을 흔들었고, 고양이는 다시 바닥에 머리를 뉘었다.

살아있구나.

그다지 기쁘지는 않았다. 지금은 살아있지만, 죽어가는 중인 것만은 분명했다. 아마도 지금의 일격은 안간힘을 끌어모은 것일 터였다.

깨물린 자리에 뚫린 두 개의 구멍에서 붉은 피가 방울방울 솟아올랐다. 하지만 십이는 고통을 느끼지 못했다. 그런 하찮은 상처에 일일이 신경쓰기에는, 원래 입은 상처가 너무 많았다.

십이는 반듯하게 누워 호흡을 고르며 천천히 다친 곳을 점검했다. 왼쪽 발목, 오른쪽 정강이, 양쪽 허벅지. 크고 작은 상처가 열두 군데. 옆구리, 오른쪽 팔꿈치, 손목, 등, 어깨, 뺨과 눈두덩. 상체의 상처도 짜 맞춘 것처럼 열두 군데. 모두 가볍지 않지만 치명적이지도 않은 상처들이다. 즉사시키기엔 모자라고, 고통을 주기엔 충분한.

공자의 일 처리는 항상 이랬다. 숫자나 격식에 집착하는 버릇이며 화가 날수록 조용해지고 잔인해지는 것까지. 자신을 분노하게 만든 자를 편안히 일격에 죽이는 자비심 같은 건 공자에겐 없었다. 물이 새는 것처럼 피가 새고 바람이 빠져나가는 것처럼 숨이 흘러나가도록 서서히, 가혹하게, 영원토록 고통을 주는 것. 그게 공자의 방식이었다.

무림에는 드물게 그런 사람들이 있다. 태어날 때부터 모든 걸 가진 사람. 명문세가의 귀한 자손으로 태어나 걸음마를 떼기 전부터 떠받들어져서 세상이란 본래 자신보다 낮은 높이에 존재하는 건 줄 아는 사람.

그런 사람에게는 타고난 재능 같은 건 의미가 없다. 초유와 함께 공청석유를 먹이고 이유식으로는 만년하수오를 갈아준다. 혹시 발생할지 모를 주화입마를 미연에 방지하기 위해 무림신의가 항상 붙어 다니고, 조금 자라면 곧장 무림 몇 대 고수로 불리는 사람들이 번갈아 일 년씩 무공을 가르친다.

처음에는 비위를 맞추기 위해 져주는 어른들도 있지만 조금만 팔다리가 자라나면 진짜로 질 수가 없게 된다. 무공천재니 오성이 각별하니 천골지체니 온갖 찬사가 따라붙는다. 돈을 주고 산 비급, 권력으로 빼앗은 신공, 예물로 바쳐진 신병이기가 숨 쉴 때마다 손에 들어오는데 약해질 수가 없다.

그런 사람들은, 애써 무림을 제패하려고 하지도 않는다. 이미 모든 걸 가졌으니까. 애써 천하제일인이 되려고 하지도 않는다. 당대의 천하제일고수는 대부분 밑바닥에서부터 애면글면 기어

올라간 자들이다. 무공으로는 천하제일의 족적을 남기지만 그 영예는 일대로 끝나기 마련이다.

공자와 같은 사람들은 천하제일인의 지위에 집착하지 않는다. 그건 말하자면, '되려고 하면 될 수 있지만 굳이 될 마음은 없는' 자리다.

공자와 같은 사람들은 천하를 움직이는 힘이 무공에만 있지 않다는 걸 알고 있다. 돈을 다루는 공부, 사람을 다루는 공부, 음모와 술수의 공부가 때로 그보다 위력적이라는 걸 안다. 또한 시와 풍류, 음식과 술에 대한 조예, 악기를 다루는 솜씨 같은 잡기들에 온갖 재미가 있다는 것도 안다. 그런 모든 걸 포기하고 묵묵히 장작을 패거나 물동이를 나르며, 혹은 뜨거운 모래에 손을 꽂아 넣으며 무공만 수련하는 것은 삶을 오롯이 즐길 줄 모르는 무식의 소치다.

그래서 공자와 같은 사람들은 천하제일인으로 불리기보다 좀 더 우아한 별호로 불리기를 원하며, 강호를 주유할 때는 항상 근처에 인형 같은 소녀들을 달고 다니길 즐겼고, 그들에게도 매란국죽이니 금련 은련이니 하는 이름을 지어 붙이고 자신이 가는 길 앞에 꽃을 뿌리게 하거나, 겁 없이 대적한 무뢰배를 일검으로 양단하고 나면 흰 비단 손수건으로 검을 닦게 만들었다.

사대공자, 강남미서생, 백의신협 등등. 별호는 세대마다 다르고 그런 공자들을 배행하는 시비들의 이름도 달랐지만 규칙은 똑같다. 그 소녀들은 공자를 돈보이기 위한 장신구고, 병풍이다.

십이는 바로 그 병풍들 중 하나다. 아니, 하나였다.

어쩌다 공자를 모시게 된 건지는 또렷하지 않다. 어릴 때부터 이미 공자의 장원에 소속된 노비였다.

그땐 혼자가 아니었다. 언니가 있었다. 친자매였는지 아닌지도 모른다. 십이보다 두세 살 위였던 언니도 마찬가지로 노비였다.

인생의 날카로운 첫 기억은 누군가 자신을 때리는 장면이었고, 또 다른 누군가가 자신을 감싸 안고 울며불며 애원하는 장면이었다.

내가 언니야. 이제부터 언니라고 불러.

노비들을 호되게 다루는 걸로 악명이 높았던 장원의 청지기 손에서 간신히 십이를 구해낸 그 소녀는 십이에게 거듭해서 그렇게 말했다. 그때부터 언니였다.

언니는 영리하고, 예쁘고, 민첩했다. 그래서 허드렛일을 하던 노비들 중에 공자의 눈에 띄었다. 몇 번의 시험과 관문을 거쳐, 공자는 언니를 십일매로 임명했다.

부엌데기로 지내던 바깥채에서 짐을 싸 들고 안채로 들어가던 날, 언니는 공자에게 무릎 꿇고 애원했다. 동생도 함께 데려가 달라고.

공자는 언니 옆에 영문도 모른 채 오체투지를 하던 십이를 힐끔 보고는 별로 오래 고민도 하지 않고 그러마고 했다. 그때는 좋은 사람이라고 생각했다. 은인이자 앞으로 죽는 날까지 모셔야 할 주인이라고.

알고 보니 원래 공자는 열두 명의 시비를 거느리길 좋아했다. 직전의 강호행에서 그중 두 명이 죽었다. 십일매를 뽑은 일은 결원을 보충하기 위한 조치였고, 십이매도 곧 다른 데서 구해볼 생각이었으나 이 방식도 나쁘지 않겠다고 여겼을 뿐이다.

그 결정 과정에 자비심 같은 건 없었다. 그저 열두 개의 병풍이 필요한데 마침 하나 따라오는 것이 있으니 숫자를 채우자는 결정이었을 뿐.

그래도 안채로 들어가 공자를 모시게 되었을 때는 행복했다. 언니와 한방을 쓰고, 찬물에 설거지나 빨래를 하지 않아도 되었으니까. 옷도 좋은 것을 받고, 배를 곯는 일도 없었다. 게다가 공부도 할 수 있었다.

공자께서 한가로이 시간을 보내실 때 책을 읽어드리기 위해서는 글공부를, '십일매야, 달이 밝구나. 저 달에 어울리는 소리를 내보거라'라고 요구할 때 부응하기 위해서는 악기를, 강호에 나가 공자에게 시비를 거는 무뢰한들과 말싸움을 하기 위해서는 혀끝을 날카롭게 단련하는 재담을 익혀야 했다.

그리고 무엇보다도 무공.

공자를 모시고 강호행을 다니는 시비들에게 무공은 매우 중요했다. 공자의 안전을 위해서가 아니다. 취향과 품위를 위해서다.

시비들의 무공에서 제일 중요한 부분은 어떤 암습을 받더라도 공자의 옥체와 의복에 티끌 한 점 묻지 않게 하는 것이다. 물론 가능하다면 시비들 자신도 그래야 했다. 시비들의 품위는 곧 공자의 품위니까.

그 다음 중요한 점은 열두 명 모두가 각각 다른 병기를 써야한다는 것이다. 그것도 흔히 볼 수 있는 병기가 아니라 특이하되추하지 않은 물건으로. 공자는 그런 격식에 집착했고, 자신을 둘러싼 열두 개의 병풍, 열두 송이의 꽃이 저마다 다른 모양새로 피어나기를 바랐다.

그래서 십일매인 언니는 아미자를, 십이는 채찍을 배웠다.

언니의 아미자는 강호에서 흔히 보는 물건과는 달랐다. 반지처럼 둥근 고리로 손가락에 끼우는 부분은 같지만 그 고리에 붙은것은 투박한 송곳이 아니라 장인이 심혈을 기울여 세공한 고양이 장식이었다.

기지개라도 켜듯 쭉 뻗은 고양이의 발톱이 한쪽의 날이 되고, 곤추세운 꼬리 끝이 반대편의 날이 되는, 다소 위험하긴 하지만무기라기엔 앙증맞은 물건이었다. 병기로서의 쓸모가 의심스러웠지만, 공자는 아주 좋아했다. 언니의 턱을 간질이며 '내 귀여운 고양이'라고 부를 정도로.

그래서 언니는 누구보다 열심히 그 특이한 은묘아미자를 열심히 수련했다. 한 손에 고양이 한 마리씩. 두 마리를 휘둘러 찌르는 기술에 놀랄 만큼 익숙해졌다. 언니가 아미자를 다루는 모습은 싸움이 아니라 춤이었다. 두 마리 고양이를 양손에 얹고서, 고양이처럼 소리 없이 발끝으로 움직이며 추는.

그에 비해 십이에게 주어진 채찍은 거추장스러웠다. 채찍은 다루기도 쉽지 않고 예쁘지도 않은 병기였다. 하지만 토를 달 수는 없었다. 작고 호리호리한 언니에 비해 팔다리가 길쭉한 십이에게는 채찍 쪽이 맞을 거라고 공자가 골라주었으니.

채찍은 거리의 무기다. 모든 무기가 그렇지만, 채찍을 쓰는 자는 누구보다 거리에 민감해야 했다. 좁은 공간에서는 불리하다. 상대와의 거리가 짧아지면 불리하다. 때리거나 휘감거나 하는 모든 초식이 어렵다. 채찍을 쓰는 자가 보통 그 채찍으로 처음 때려보는 상대는 자기 자신이다.

수련 초반에 십이의 얼굴과 목덜미는 스스로가 만든 상처로 얼룩덜룩해졌다. 공자는 그런 십이를 보고 '얼룩고양이'라고 놀렸다. 언니에게 하듯이 턱을 긁어주진 않았다. 다행이었다.

상처는 갈수록 옅어지고 줄어들었다. 십이매의 팔다리도 더 길어졌고, 채찍은 그녀의 또 다른 팔이 되었다.

언니도 많이 자랐다. 더욱 예뻐지고, 손에 얹은 고양이 두 마리는 갈수록 날카로워졌다.

저런 무도한 자는 공자께서 상대하시면 체면이 손상되옵니다. 소녀가 처리하는 것을 허락해주소서 — 라든가, 서호의 달이 제아무리 밝아도 공자님의 위광에는 미치지 못하옵니다 같은 간지러운 말을 하는 것도 괴롭지 않았다. 그저 일일 뿐이었다.

공자의 병풍으로 한데 묶여 억지 자매가 된 다른 열 명 중에 몇 명인가의 얼굴이 바뀌었다. 어떤 자는 죽었고, 어떤 자는 장원의 무사와 사랑에 빠졌다가 공자의 노여움을 얻고 처분되었다. 열둘의 숫자는 늘 지켜졌다.

새로운 자매가 생기기도 하고, 사라지기도 했지만 십이는 크게 신경 쓰지 않았다. 그들 중 진짜 자매는 오직 언니와 자신뿐이었다. 둘은 다른 꿈을 꾸지 않았다.

밤이면 둘은 같은 이불 속에서 이야기를 나눴다.

"고양이가 불안해."

언니는 종종 그런 소리를 했다. 왜? 라고 물으면 침상 머리맡에 벗어둔 두 개의 아미자를 보며 이렇게 말했다. 아미자는 기습에 유리하긴 하지만 공자를 지키는 데는 도움이 안 된다고.

십이는 대수롭지 않게 생각했다. 공자는 사실 열두 명이 아니라 백이십 명의 자매가 있다 해도 그중 누구의 보호도 필요하지 않을 만큼 강했다. 자신들은 그저 공자의 품위만 지키면 될 뿐이다.

언니는 꽤나 진지했다. 공자의 성정이 차갑긴 해도 너와 나를 노비 신세에서 건져준 은공이라고. 그러니 지켜드려야 한다고. 목숨을 바쳐서라도.

그 말이 불안해서 십이는 너스레를 떨었다.

"언니의 고양이는 강해. 그리고 예뻐. 걱정하지 마."

그리고 한숨을 쉬며 덧붙였다.

"내 채찍이야말로 걱정이야. 아직도 가끔 어디에 감길지 긴장된다니까. 제발 포목점에서는 안 싸웠으면 좋겠어."

겹겹이 걸린 젖은 천 사이에 휘감긴 채찍을 회수하느라고 십이가 낑낑거렸던 일을 떠올리고 언니는 깔깔 웃었다. 시비의 품위는 곧 공자의 품위였기 때문에 십이는 그런 황망한 모습을 공자에게 들키지 않으려고 꽤나 애를 썼는데, 낑낑거리는 일보다 더 힘든 건 몰래 낑낑거리는 일이었다.

"채찍의 무게 추를 바꿔보는 게 어때? 끝이 좀 더 묵직하면 다루기 쉽지 않을까?"

"그래 볼까?"

"내가 적당한 걸 구해줄게. 기다려."

언니는 약속을 지켰다. 십이가 원하지 않는 방식으로.

암습이 있었다. 공자에게는 흔한 일이었다. 다만, 상황이 흔하지 않았다. 공자의 품위를 지켜야 할 시비들이 모두 각각의 적들에게 봉쇄되었다. 그리고 기다렸다는 듯이 숨어있던 또 다른 흉수들이 나타나 공자에게 암기를 날렸다.

무수히 쏟아지는 그 암기들을 튕겨내기에 적합한 병기를 쓰는 자매들이 손을 뻗을 수 없는 상황이었다. 십이의 채찍도 적의 손에 감겨 있었다.

그들 중 유일하게 몸을 빼낼 수 있었던 언니가 공자의 앞으로 달려갔다. 늘 걱정하던 대로 두 마리 고양이로는 막아낼 수 없는 암기의 빗발 속으로.

그러지 않아도 됐을 텐데. 그러지 않아도 공자는 죽지 않았을 텐데.

공자는 죽지 않았을 뿐 아니라 앉은 자리에서 꼼짝도 하지 않았다. 뒤늦게 정신을 차린 다른 자매들이 적들과 혈투를 벌였다. 십이는 달랐다. 정신을 차리고 싸운 게 아니라 정신을 놓고 싸웠다.

겨우 정신이 들고 보니 적은 모두 쓰러졌고, 자매들은 건재했다. 언니만 빼고.

공자의 흰 백의에는 피가 튀지 않았다. 다행히도.

대신 그 발치까지 피가 흘렀다. 가죽 신발에 붉은 매화 꽃잎처럼 얼룩이 묻었다.

"쯧."

핏물 속에 누운 언니를 망연히 내려다보던 십이의 귀에 그 소리가 들렸다. 천둥처럼.

십이는 고개를 들고 공자를 쳐다보았다. 공자는 인상을 찌푸린 채 아래를 보고 있었다. 자신을 지키다 죽은 언니를 보는 게 아니었다. 슬퍼하거나 안타까워하는 게 아니었다. 혀를 찬 것뿐이다.

그 혀 차는 소리가 너무 크게 들려서, 십이는 돌았다. 다음 순간, 철썩하는 소리와 함께 공자의 얼굴이 돌아갔다. 십이의 채찍이 한 일이었다.

살아남은 자매들도 순간 석상처럼 굳었다. 따귀를 맞은 공자도 마찬가지였다.

감히? 어떻게? 이게 무슨 일이야? 진짜로 일어난 일인가? 꿈인가?

그런 당혹감이 빚어낸 정적과 침묵은 아주 잠시였다.

정신을 차린 공자가 분노했고, 그 노성을 듣고 한때 자매였던 자들이 십이를 공격했다. 십이는 맞서 싸웠고, 도망쳤다. 그 와중에서도 자신의 취향과 신조에 맞춰 십이를 몰아세울 것을 명령한 빌어먹을 공자의 고집이 남긴 상처들을 안고서.

그렇게 도주한 끝에 도달한 들판. 죽어가는 새끼고양이 옆에 눕게 된 것이 우연은 아닐지도 모른다.

"……살아있니?"

다시 손을 내밀 기운이 없어서 십이는 말라붙은 입술을 달싹여 고양이를 불러보았다. 대답이 없었다.

팔꿈치로 기고 어깨로 풀을 짓이기며 고양이 옆으로 다가갔다. 아까처럼 갑자기 기운을 내 얼굴을 할퀸다고 해도 상관없었다. 차라리 그래 주기를 바랐다.

그러나 고양이는 움직이지 않았다. 이 녀석도, 그리고 자신도 이제 끝이 다가오는 모양이다.

공자는 집요하게 십이의 몸에 열두 개씩의 상처를 새기라고 명했다. 하지만 그 집착은 이 들판에서, 공자가 모르는 한 짐승에 의해 깨졌다. 십이는 고양이가 낸 상처를 가만히 보다가 천천히 땅을 짚고 상체를 일으켰다. 사력을 다할 준비가 필요했다.

얼마 후.

공자가 도착했다. 잡 털 하나 없는 하얀 말을 타고, 그사이에 갈아입었는지 깨끗한 흰 비단옷을 입은 채.

십이는 피식 웃었다. 아무리 옷을 갈아입었어도 채찍이 남긴 뺨의 상처는 아직 또렷했다.

내가 잘 아는데, 그 상처 약 바르고 어쩌고 해도 꽤 오래 갈 걸?

기운을 아껴야 할 상황이 아니라면 그 말을 해주고 싶었다.

공자의 뒤에는 열두 병풍이 아니라 더 많은 장원 무사들로 이뤄진 병풍들이 따르고 있었다. 하지만 공자는 십이 앞에서 말을 세우며 손을 들어 그들의 전진을 막았다. 자신이 직접 처리하겠다는 뜻일까? 이제 와서?

"십이매."

공자의 부름에, 저절로 '부르셨습니까'라는 답이 나올 뻔한 것을 간신히 삼키고 십이는 비틀비틀 일어나 짝다리로 섰다. 이럴 때 검이나 창이었으면 짚고 서기라도 할 수 있을 텐데. 십이는 다시 한번, 자신에게 채찍을 맡긴 공자의 안목을 저주했다.

"왜 불러."

공자의 한쪽 눈이 찌푸려졌다.

"용서를 빌면 곱게 죽여주려고 했건만."

"빌겠냐."

찌푸린 눈살이 펴지고 공자는 평소의 표정으로 돌아왔다. 아니, 살짝 웃었다.

공자 같은 사람이 웃는 것은 더욱 잔혹해지겠다는 뜻이다. 그건 십이가 바라는 바였다. 병풍들을 부리거나 시간을 끌지 말아야 한다. 시간은 십이의 편이 아니었으니까.

공자가 검을 뽑았다. 공자 같은 사람들, 아니 개자식들은 항상 검을 쓴다. 좋은 건 지들이 쓰고 병풍들에게는 아미자나 채찍 따위나 안기는 거다.

무림영웅을 그린 초상에서나 나올 법한 자세로 공자는 검을 든 손을 비껴 내린 채 시선조차 십이에게 주지 않고 먼 하늘을 보고 있었다. 죽어라고 멋 부리는 중이다.

"내 손으로 직접 거둬주마. 사양 말고 오너라."

문제는 그 멋이 순전히 겉멋만은 아닌 거라는 점이다. 부상을 당하지 않은 상태라 해도 십이가 정면승부로 공자를 이길 가능성은 거의 없었다.

게다가, 조금만 싸움이 길어져도 저 뒤에 대기하고 있는 병풍 새끼들이 우르르 몰려올 것이다. 목소리만 굵을 뿐 자신이 예전에 했던 것과 똑같은 대사를 하면서. 공자, 이런 무엄한 계집 때문에 손을 더럽히실 필요가 없습니다. 속하들이 처리하겠습니다, 운운.

그러니 기회는 한 번. 딱 한 번뿐. 거기에 모든 걸 걸어야 한다.

십이는 채찍의 손잡이를 한 손에 잡고, 다른 손으로 채찍의 끝을 잡은 채 절뚝거리며 움직여 거리를 잡았다. 공자는 처음과 같은 자세로 서 있었다.

검의 거리는 아직 되지 못하고 채찍의 거리로는 충분한 지점에서 십이가 움직였다. 아니 십이의 채찍이 움직였다.

그리고 공자도 움직였다. 기다렸다는 듯이 채찍의 거리를 단숨에 도약해 검의 거리로 돌입했다. 다가오는 공자의 얼굴, 채찍이 낸 상처가 남은 뺨을 실룩이며 눈이 웃고 있었다.

봐라, 어리석은 계집. 내가 너에게 준 무기는 고작해야 허공을 가르고 요란한 소리를 내는 장난감일 뿐. 이렇게 한순간 펼친 보법만으로도 위력이 사라지는 장식일 뿐이다.

어리석은 십이는 더욱 어리석은 짓을 했다. 거리를 벌리는 것이 아니라 오히려 공자를 향해 달려들었다. 공자가 뻗어온 검에 한 팔을 내주고 채찍의 손잡이를 허공에 던지더니 검의 거리를 넘어, 아미자의 거리로.

허공에서 춤을 추듯 출렁거린 채찍은 손잡이가 아니라 무게 추가 달린 끝부터 떨어져 내려 십이의 손에 잡혔다. 공자를 기다리는 동안 고양이 옆에서 원래의 무게 추를 떼고 대신 꽂아 넣은 아미자가 그녀의 손에 잡혔다. 그리고 그 꼬리가 공자의 배에 꽂혔다. 귀여운 고양이 꼬리, 공자를 지키는 데는 쓸모가 없고 기습에만 유용한 꼬리.

믿을 수 없다는 듯이 눈을 크게 뜬 공자가 쓰러졌다. 마지막 낯짝이라도 구경해주고 싶었지만 그럴 여유가 없었다. 그녀도 사력을 다한 고양이처럼 공자 옆에 쓰러졌다.

이젠 아무래도 상관없었다. 공자의 체면을 살려주고 분노를 풀

기회를 주기 위해 대기하고 있던 병풍들이 우르르 몰려오는 모습이 보였다. 저들에게 짓밟히기 전에 죽을 수 있으면 더할 나위가 없을 텐데.

그러나 일은 그렇게 풀리지 않았다. 달려오던 무사들 앞을 또다른 자들이 막았다.

누구……? 모르는 얼굴들이다. 하나같이 비루하고, 때 묻은 옷을 입었다. 최소한 십이가 잘 아는 장원이나 세가의 무사들처럼 번듯하진 않았다.

떠돌이들? 왜 떠돌이들이 날……?

정신을 잃었다가 다시 차려보니 싸움이 막 끝난 뒤였다. 다행히 아주 오래 기절한 건 아니었던 모양으로, 떠돌이 무사들은 쓰러진 병풍들 사이를 다니며 쓸만한 물건을 거두고 있었다.

그들 중 한 명이 십이가 정신을 차린 걸 보고 다가와 수통을 내밀었다. 십이는 받기만 하고 마시진 않은 채 그 중년인을 말없이 노려보았다. 그는 특이하게 생긴 무기를 들고 있었다. 아마 자모원앙월이라는 이름이었던 걸로 기억한다. 어쩌면 십이가 쓸 수도 있었지만, 공자의 취향에 맞지 않아서 쓰지 못한.

"지나다가 봐서."

중년인이 말로 묻지 않은 질문에 대답했다.

"괜한 참견이었나?"

말로 물어왔지만 십이는 대답하지 않고 수통을 든 채 일어났다. 부축해주려는 듯 뻗어오는 손을 날카롭게 쳐다보는 동작으로 뿌리치고, 아까 누워있던 자리로 비틀비틀 걸어갔다. 새끼고양이가 아직 거기 있었다.

십이는 먼저 고양이에게 물을 먹였다. 간신히 받아먹고 조금 정신을 차리는 것 같긴 했지만 십이가 제 몸을 잡아 드는데도 아까처럼 공격하지 않았다. 빨리 뭔가를 먹여야겠다. 따뜻한 곳에서 재워야겠다.

십이는 한 손으로 고양이를 품에 안고, 다른 손으로 채찍을 갈무리했다. 자모원앙월을 쓰는 떠돌이 무사가 쳐다보고 있다가 다시 물었다.

"비슷한 처지인 것 같은데 같이 가지 않겠나?"

그제야 비로소, 십이는 그를 돌아보았다. 수습한 채찍을 허리에 감고 무게 추가 된 아미자를 옷핀처럼 허리춤에 찔러넣으며 십이는 답했다.

"개소리."

어째서인지 그 무사는 대답을 듣고 화를 내지 않고 웃었다. 하지만 십이는 더 궁금해하지 않고 돌아섰다. 공자의 시체, 병풍들의 시체, 그리고 이름 모를 떠돌이들을 등에 지고서.

품 안의 새끼 고양이가 꿈틀거렸다. 자신의 심장이 뛰는 것처럼.

살 수 있어. 살 수 있을 거야.

십이는 걷기 시작했다. 절뚝거리며.

걸음이 점점 빨라졌다. 족쇄에 묶인 듯이 무겁던 발이 점점 가벼워졌다.

이제는 절뚝이지 않는다.

꼬리를 바짝 세우며, 고양이가 달린다.

2018. 11. 14

애견무사

진산: 동물무협이라 하면 동물이 주연이거나 말을 하는 내용이 어야지

좌백: 그럼 그렇게 한 번 써볼까?

1

둥! 둥! 둥!

북소리가 따라왔다. 아까까지 먼 산 어디에선가 울리는 듯하던 북소리는 이제 뒷덜미를 낚아챌 것처럼 바짝 붙어서 들려오고 있었다.

그게 정확히 무슨 소린지, 무엇이 저런 소리를 내는지는 모른다. 하지만 그게 그냥 북소리가 아니라는 것은 확실했다. 그 소리에 따라잡히면 무서운 일을 당하게 된다는 것도.

그래서 아이는 북소리가 들려오는 반대쪽으로 갈 수밖에 없었다. 그게 더 높은 산, 더 깊은 숲으로 가는 길이라고 해도, 그래서 집으로부터 더 멀어지는 길이라고 해도 어쩔 수 없었다.

숲은 울창하고 밤은 어두웠다. 늘 뛰어놀던 집 뒤의 산이 이렇게 어둡고 무서운 곳인 줄 아이는 상상도 못 했다. 무서운 것이 이렇게 많이 우글거리고 있을 줄도.

앞을 막은 잡목숲을 간신히 헤치고 나가자 거기는 낡은 사당이 서 있는 작은 공터였다. 큰 나무가 없어서인지 달빛이 공터를 밝혀주고 있었다. 가늘게 휘어진 초승달의 모습이 어쩐지 웃는 고양이의 눈처럼 보인다고 생각한 것은 기분 탓일 것이다.

또다시 북소리가 들려왔다. 아니 이제 확실해진 그것은 북소리가 아니라 발소리였다. 어마어마하게 크고 무거운 무엇인가가 나무를 부러뜨리고 바위를 걷어차며 산길을 걸어오는 소리였다.

아이는 사당으로 들어갔다. 숨을 곳은 거기밖에 없었다. 고양이 눈을 닮은 달 아래 긴 선이 그어지며 웃는 입처럼 보였던 것은 역시 기분 탓이었을 것이다.

사당은 그냥 사당이 아니라 오래된 절 같은 것이었나 보다. 반쯤 무너진 흙벽으로 구획된 내부공간 전면에는 제단이 있고, 그 제단에는 커다란 불상이 모셔져 있었다. 희미한 달빛만으로는 잘 알아볼 수 없었지만 미륵불처럼 웃는 얼굴에 큰배가 튀어나온 불상이었다. 거기에 뭔가 불길한 것, 신경을 거슬리는 무언가가 있었지만 지금은 더 살펴볼 시간이 없었다. 더 은밀한 곳, 안전한 곳에 숨어야 했다.

마침내 북소리가 사당 바로 앞에서 멈추었고, 반쯤 무너진 벽과 지붕 틈으로 거대한 무언가가, 산발한 사람의 머리 같은 것이 안을 들여다보았다. 당연히 사람일 리는 없었다. 아이가 알기로 저렇게 거대한 사람은 없었다. 차라리 그건 마른 시냇가에 서 있는 버드나무 고목의 윗둥치와 더 가까워 보였다.

아이는 숨었다. 무너지고 부서진 사당 안에서 그나마 멀쩡한, 아이의 작은 몸 정도는 감춰줄 수 있을 것 같은 불상 뒤쪽으로 숨었다. 마침 불상의 등에는 아이가 기어들어 갈 정도의 구멍이 나 있었다.

불상은 청동이나 쇠가 아니라 흙으로 지은 것이고, 세월의 흐름과 더불어 등판이 무너져 속을 드러내고 있었다. 아이는 망설이지 않고 그 구멍 속으로 기어 들어갔다. 본능이 시키는 방향을 따라서.

큰 웃음소리가 들려왔다. 불상이 흔들렸다.

아니, 불상이 몸을 흔들며 웃고 있는 것이다.

"이런 것을 굴러들어온 떡이라고 하던가. 오늘 밤 이 부처님은 수고로이 손발을 놀리지 않고도 포식을 하게 되었구나."

오래된 문짝이 삐걱거리는 소리와도 같은 느낌을 주는 목소리가 그 말에 이의를 제기했다.

"이 가짜 불상아. 네가 삼킨 그 고기는 본 존자가 밤새 몰아온 것임을 잊지 마라. 마땅히 본 존자와 반씩 나누어야 할 것이다."

어디선가 고양이 울음소리가 들려왔다. 작고 가냘픈 소리가 아니라 깨진 대야가 내는 것처럼 큰 소리였다. 그건 이렇게 말하고 있었다.

"여기까지 오는 동안 내내 길을 비춰준 내 공은 누가 보상해주지? 노신도 반드시 삼 분의 일의 지분을 받아야겠다."

불상이 몸을 꿀렁거리며 웃었다.

"썩은 버드나무 영감과 고양이 노파는 거기서 누구 공이 더 큰지 결정하고 오시게. 이 부처님은 그 사이에 오랜만에 먹은 고기를 소화하고 있을 테니."

문제의 고기가 자기라는 것은 누가 가르쳐 주지 않아도 알 수 있었다. 아이는 자신이 숨은 불상도 오늘 밤 그를 노리는 요괴 중 하나라는 것을 깨닫고 그 뱃속에서 빠져나오려고 애를 썼다. 하지만 들어올 땐 넓어 보이던 구멍이 지금은 머리도 빠져나가지 못할 정도로 좁아진 데다가 발밑은 진흙 수렁이라도 된 것처럼 끈적거리며 발목을 휘감고 있어서 움직이기가 곤란했다.

이대로 불상의 뱃속에서 소화되고 마는 것일까?

아이는 도움을 청하는 비명을 질렀다. 여기까지 도망쳐 오는 동안 요괴들의 주목을 끌까 두려워 내내 참고 있던 비명이었다.

하지만 이제는 더이상 도망칠 곳이 없으니 비명이 필요할 때였다. 그래서 아이는 아버지를 불렀다. 누군가, 힘이 닿는 아무라도 와서 도와주기를 요청했다.

아이의 요청에 호응하듯 천둥처럼 요란하게 개 짖는 소리가 들려왔다. 멀리서, 가까이서, 바로 머리 위에서 짖는 듯 사방팔방을 진동시키는 소리였다. 북소리가 허둥지둥 멀어져 가고, 고양이가 비명을 지르며 도망치는 소리가 들려왔다. 그리고 불상도 어쩔 줄 모르고 숨으려 하는 듯했다.

순간 단지가 깨어지는 듯한 소리와 충격이 느껴지며 아이는 불상에서 빠져나왔다. 흙으로 만든 불상이 산산조각이 나며 그를 뱉어놓았다. 아이는 이제 깨진 조각들 위에 앉아있었다. 그리고 그의 앞에는 덩치가 큰 사람이 자기 키보다 긴 봉을 들고 서 있었다. 달빛을 뒤로 받으며 서 있는 그 사람의 얼굴은 흐릿한 가운데에도 아주 기묘해 보였지만 분명히 따스한 미소를 짓고 있었다.

"이제 안심해도 좋아, 도련님. 내가 지켜줄 테니까."

그러면서 그 사람은 손을 내밀어 아이를 안아 들었다. 그 바람에 아이는 흐릿하던 그 사람의 얼굴을 자세히 볼 수 있었다.

개의 얼굴이었다. 그 사람은 개대가리를 하고 있었다.

2

많은 무림인들이 어느 정도의 무공을 익힌 뒤에는 분파를 떠나 강호로 나간다. 그걸 강호출도라고 한다.

혹은 사문의 명을 받아 임무를 수행하기 위해, 또 혹은 개인의 명성과 재물을 얻기 위해, 무엇보다 각자의 능력을 시험하고 가치를 증명하기 위해. 하지만 그 중에 개를 데리고 나오는 사람은 없을 것이다.

"개를 데리고 다니는 무림인이 있다는 이야기는 나도 들은 바 없다. 하지만 비슷한 경우는 드물지 않지. 십여 년 전에 강호에 나와 위명을 떨쳤던 신풍기협 남궁원은 작고 하얀 원숭이를 어깨에 얹고 다닌 것으로 유명하지. 또 공동산의 백학선인은 학을 데리고 다닌다지 않느냐. 저 유명한 신조협도 날지도 못하는 거대괴조를 친구삼아 데리고 강호를 떠돌았다지. 외출할 때 새장에 새를 넣어 데리고 다니는 행동은 강남부호들만의 유행이 아니라는 것이지. 또 백마공자 소도풍이라는 자도……"

"그 중에 개는 없지 않습니까. 사람들이 다들 비웃을 것입니다."

"비웃으려면 비웃으라지. 네가 성공하면 그 비웃음은 경탄이 되어 돌아올 것이다. 이를테면 네가 네 개와 협력하여 강호의 악적을 제거하고 대공을 성취하기라도 하면 사람들이 네게 애견무사라는 별호라도 붙여줄지 모르지. 장담하건대 무림 천년사에 전무후무한 별호가 될 것이다."

"진담이십니까?"

"물론 진담이다. 내가 너와 농담할 일 있느냐."

물론 없다. 그래서 더 믿어지지 않는 것이다. 세상에 강호에 막 출도하려는 제자이자 하나밖에 없는 아들에게 개를 데리고 가라는 게 말이 되는가. 그 개가 비록 신견, 신구 소리를 들으며 떠받들어지는 개라고 해도 말이다.

중원의 남쪽 광동성의 나부산에는 오랜 도교의 전통이 전해져 골짜기마다, 그리고 봉우리마다 도교의 사원인 도관들이 서 있다. 그중 가장 규모가 크고 전통 있는 도관인 옥선궁을 대표로 한 나부산의 도교문파를 나부파, 혹은 나부 옥선궁파라고 부르는데, 이 이름은 도교문파로서도, 또 무술문파로서도 적지 않은 위명을 떨치고 있었다.

이 나부 옥선궁에는 특별한 개 한 마리가 있는데, 그 옛날 몽고족이 중원을 지배하던 원나라 시절, 신강에서 들여온 사자개의 혈통이라고, 혹은 그 개 자신이라고도 하는 전설이 있는 녀석이었다. 개가 수백 년을 산다는 것은 말이 되지 않는다며 전자, 즉 초대 신강견의 후손이라는 설이 다수지만 원나라가 망하고 몽고족이 북쪽으로 물러가면서 신강과도 교류가 끊어졌으니 사자견은 다시 들여오기 어려워졌으므로 보기 드물고 귀한 개이긴 했다.

게다가 나부 옥선궁에서는 외부인에게는 말해주지 않는 모종의 이유로 아초라는 이름으로 불리는 이 개에게 특별한 대우를 해주고 있었다. 원래 도교에서는 잉어와 제비와 개를 효성이 지극하고 인과 의를 아는 동물이라 해서 식용으로 삼지 않고 아끼는 전통을 가지고 있다. 그러니 도관마다 기르는 개가 있고 또 떠돌아다니는 개라고 하더라도 도관만 찾아오면 먹을 것과 쉴 자리를 제공받는 게 어려운 일이 아니었다.

그럼에도 불구하고 옥선궁의 사자견 아초의 대우는 남다르고 특별한 면이 있었다. 아초가 가지 못하는 곳은 없었으며 아초에게 금지된 일도 없다. 아초가 하는 사소한 행동조차도 신의 뜻으로 해석되고, 아초에게 위해를 끼치려 하는 자는 삼대가 저주를 받는다는 말도 있었다.

하지만, 아무리 그렇다고 할지라도, 아초가 아무리 특별한 개라고 하더라도, 개를 강호에 데리고 나가야 한다니. 안 데리고 가겠다면 강호출도를 허락할 수 없다고?

아버지는 아들에게 농담할 수 있다. 사부도 제자에게 희롱의 말을 해선 안 된다는 법이 없다. 하지만 한 문파의 장문인이 문도에게 농담을 할 수는 없다. 해서는 안 된다. 위진시대에 개창하여 포박자 갈홍이라는 걸출한 인재를 배출한 바도 있는, 장장 천년의 전통을 이어온 도교문파 나부옥선궁의 장문진인이 말이다.

세상 사람들은 도교의 수행자인 도사가 불교의 승려와 같이 결혼하지 않고 독신으로 살며 수행한다고 생각하기도 한다. 하지만 도교에는 수많은 종파가 있고, 종파에 따라서는 그런 식으로 청정육신을 강조하기도 하지만 일반인들과 같이 결혼하고 자식을 낳는 것을 허용하는 종파도 많고, 비율로 따지면 이쪽이 청정파보다 많다. 나부파는 후자에 속했다.

물론 그렇다고 문파가 한 가문의 가업처럼 부모에서 자식으로 대물림되는 것은 아니다. 나부파는 대대로 그 기수의 가장 뛰어난 자가 다음 장문인이 되는 전통이 있었다. 단지 최근 백 년 사이 나씨 가문의 자식들이 그 경우에 해당되었을 뿐이다.

백여 년 전 나부파 삼십삼 대 장문인인 금당진인은 삼십사 대의 자리를 아들인 금곽진인에게 물려주었다. 제자들 중 그가 가장 뛰어났기 때문이다. 같은 이유로 금곽진인은 삼십오 대의 자리를 아들인 금룡진인에게 물려주었고. 그는 다시 아들인 금계진인에게 장문인의 자리를 물려주어 오늘에 이르렀다.

이리하여 지금 삼십칠 대 제자인 나현의 앞에 그의 아버지이자 사부인 삼십육 대 장문인인 금계진인 나독이 앉아 강호출도에 관한 결정을 내리고 있는 것이다. 그리고 그 금계진인은 고대로부터 황궁이 도교의 도사와 방사들에게 기대하고 맡겼던 것, 천문을 관찰하고 지리를 살피며 신통한 힘을 발휘하여 국가와 황실의 내일을 미리 알아보는 음양학, 세속에서는 점복술이라고 부르는 것에 달통한 대가였다. 당연히 가문과 문파의 후기지수가 강호에 첫발을 내딛는 중차대한 일에 그 특기를 발휘하지 않을 리 없다.

성은 나, 속명은 독, 도호를 금계라 하는 나부옥선궁의 삼십육대 장문진인은 그 명성과 권위를 담아 엄숙하게 말하고 있었다.

"점괘가 그렇게 말하고 있다. 청명산법도, 구궁연환명진법도, 자미두수로 친 점괘도 입을 모아 네가 강호에 나가되 반드시 개를 데리고 가도록 일러주고 있느니라."

청명산법이니 구궁연환명진법이니 하는 것들은 도교의 점치는 방법을 말한다. 속세의 점쟁이들이 흔히 사용하는 동전점이나 산가지점과는 원리도 차원도 달리하는 것이라고 도교에서는 주장하고 있다.

하지만 나현은 이 순간 작은 의문을 느꼈다. 자신의 아버지이자 사부인 금계진인은 동전점이나 산가지점의 이론적 기반이 되는 주역이 비록 유교의 경전이긴 하나 온전히 유교의 것만은 아니라고 주장하며, 은근히 거기 입각한 점괘를 가장 신뢰하고 있다는 것을 그는 잘 알고 있었다. 그런데 왜 지금 다른 점복술 이름은 열거하면서 주역점은 언급하지 않는 걸까.

나현은 그 답을 알고 있었다. 금계진인이 언급한 세 점복술은 점치는 과정이 복잡하고 해석도 난해하다. 그렇기 때문에 점치는 사람의 뜻대로 해석할 여지가 크다. 하지만 주역에 기초한 점은 방법도 간단하고 점괘는 명약관화하여 달리 해석할 여지가 적은 것이다. 즉, 조작 가능성이 적다.

단적으로 말해 나현이 알기로 주역의 육십사 괘 중에 개 술자를 사용하는 술괘는 없는 것이다. 강호에 출도하려는 자제에게는 개를 딸려 보내라는 점괘가 있을 리 없다.

나부파의 장문인으로서 금계진인은 거짓말도 농담도 할 수 없다. 하지만 아버지로서 그는 애매한 점괘를 자신에게, 그리고 가족에게 유리한 쪽으로 살짝 끌어다가 붙여서 해석할 수는 있을 것이다.

그렇다면 나현에게도 방법은 있다. 원래는 이렇게까지 할 일은 아니라고 생각하지만…….

그는 문파의 이름이 된 나부산 옥선궁의 중대사가 결정되는 취의청 넓은 공간에 금계진인을 상석으로 모시고 그 아래 도열한 문파의 어른들과 선배들을 보았다. 그리고 그때 마침 들어와 자신을 위해 마련된 비단보료 위에 느긋하게 엎드려 자리를 잡는 아초도. 조금 전까지 거기 있다가 어느새 밖으로 나가 볼일을 보고는 다시 들어온 모양이었다.

사자처럼 생겼다지만 나현은 사자를 본 일이 없으니 그 말이 맞는지 어떤지 모른다. 거꾸로 아초를 보고 사자가 저렇게 생겼나 상상해볼 뿐이었다. 그리고 아초의 생김새를 기준으로 미루어 짐작해 보면 사자는 매우 볼품없게 생겼음이 틀림없었다. 봉두난발한 것처럼 덥수룩한 갈기, 더 젊었을 때는 황금색이었다지만 이제는 늙어 색이 바래는 바람에 백색에 가까워 보이는 긴 털이 몸을 휘감고 있는데 자주 목욕을 시키고 빗질을 해주지 않으면 서로 엉켜서 누더기 걸레쪽을 대충 걸쳐 놓은 것처럼 보였다. 그리고 불행히도 아초는 목욕을 매우 싫어했다.

선 키는 송아지와 비견될 만하고, 체중은 성인 남성의 무게에 육박했다. 젊었을 때는 확실히 맹견의 위용을 떨쳐, 보는 이들을 두렵게도 했을 것이다. 하지만 지금은 늙었고, 늙은 만큼 게을러져서 어지간한 일로는 고개도 안 드는, 반 시체 같은 모양으로 매일매일을 보낼 뿐이었다. 그나마 용변은 가려서 꼬박꼬박 정원에다 보니 다행이라고나 할까.

늙어도 여전히 대식가인 주제에 입은 까다로워서 좋아하는 음식이 아니면 입도 안 댄다는 단점도 있었다. 게다가 교육을 잘못받아 사람이 뭘 먹으면 자기도 같이 먹으려 드는 뻔뻔함도. 흉을 보려면 한도 끝도 없었지만 그중 제일은 아초가 다른 사람은 안

따르면서 나현의 말은 그나마 따른다는 점이었다. 시키는 대로 하는 건 아니고 그냥 네가 말하니 들어는 줄게 정도로 반응하는 것에 불과했지만.

그래서 나현은 이번 강호출도에 아초를 달려 보내는 것은 그가 떠나면 아무도 못 말리고 큰 화근덩어리가 될 아초를 이참에 함께 치워버리려는 아버지와 문파 어른들의 계략이 아닐까 의심하기도 했다. 그러니 더욱 이 제안은 뿌리쳐야만 한다. 그렇게 결심하고 마음을 다잡으며 나현이 말했다.

"장문진인께서 그렇다고 하시면 당연히 그러할 줄로 아옵니다. 거기에 이런 것을 꺼내는 것은 자칫 불경한 짓으로 받아들여질까 저어하는 바 크오나……"

한껏 격식을 갖추어 말하면서 나현이 꺼내 든 것은 동전이었다. 시중에서 흔히 사용하는 동전, 원형의 중심에 네모난 구멍이 뚫려있는, 대순 연간에 주조되어 지금 가장 많이 사용되고 있는 대순통보 한 닢이었다.

"제게 관련된 대사를 결정함에 있어 제 의사가 조금도 반영되지 않는다는 것도 이상한 일, 하지만 세상 물정 모르는 어린 것이 좁은 소견으로 대사에 이러니저러니 하는 것도 무모한 일이니 저는 여기에 걸어, 아니 물어볼까 합니다. 이 동전 한 닢으로 천지신명과 곤륜의 옥황상제 이하 구궁의 선인들께 길을 여쭈어보려고 하는 것이지요."

금계진인은 눈살을 찌푸렸다. 하지만 최대한 그게 드러나지 않게 애쓰며 질문했다.

"네 뜻은?"

"앞면이면 개를 데리고 가겠습니다. 뒷면이면 그 반대로 하겠습니다."

동전을 던져 나오는 면으로 결정하겠다는 것이다. 흔히 내기의 수단으로 쓰는 것이지만 달리 생각하면 이것만큼 단순하고 확실한 점복술이 없다. 세상사의 복잡다단함을 단칼에 정리하여 전진과 후퇴를 결정하는 방식이다.

금계진인이 또 물었다.

"앞이라 함은?"

"글자가 새겨진 쪽입니다."

동전의 한 면에는 대순통보 네 자가 양각으로 새겨져 있다. 그 반대편은 아무것도 새겨져 있지 않은 무문면이다. 어떻게 될지 모를 운명을 문자 그대로 백지로 남겨두기로 결정하는 것이니 무문면이야 말로 참으로 적절하지 않은가.

금계진인은 좌우를 둘러보고는 고개를 끄덕였다.

"그리하라."

어쩔 수 없었을 것이다. 점을 신봉하는 문파의 수장이자 대가

이며 달인인 자신이 점을 쳐서 결정하겠다는 제안을 거부하는 것은 마치 도박꾼이 승부를 거절하는 것과 다름없는 일이기 때문이다. 그렇게 체면 빠지는 일을 문파의 중진들 앞에서 할 수는 없다.

나현은 긴장된 기색으로 동전을 쥐고 살살 손안에서 굴렸다. 이로써 가능성은 반반이 되었다. 이런 시도를 하지 않았으면 그냥 금계진인의 뜻대로 할 수밖에 없었던 것에서 훨씬 나아진 상황이지만 그래도 가능성은 오 할, 나머지 오 할은 그가 저 먹고 싸는 짐 덩어리를 안고 강호로 나가야 할 가능성이다. 동전을 던져 백이면 백 뒷면이 나오게 하는 능력이 그에게 없는 이상 긴장하지 않을 수 없었다.

마침내 동전이 던져졌다. 동전은 닦고 광낸 취의청 마룻바닥 위를 구르다가, 넘어질 듯 멈추었다가, 몇 바퀴 빙그르르 돌다가 마침내 한쪽 면을 보이며 쓰러졌다……가 누가 튕기기라도 한 것처럼 반대편으로 뒤집혔다. 앞면이었다.

그 순간, 그러니까 동전이 한쪽으로 완전히 쓰러졌다가 반대편으로 몸을 뒤척인 것처럼 뒤집어진 순간, 뒷면이었다가 앞면이 된 순간 엎드려있던 아초가 한쪽 눈을 찡긋했다는 것에 나현은 한쪽 손목이라도 걸 수 있었다. 하지만 그건 누구에게도 말할 수 없었다. 말해봤자 바보 취급당할 것이 뻔했으므로.

금계진인은 함박웃음을 지었다.

"그래서 그건 결정됐고……"

나현이 부르짖듯이 질문했다.

"뭐가 또 있습니까?"

"나가면 바로 남경의 네 숙부에게 가라. 네가 할 일을 찾아두었을 것이다."

'강호출두란 문호를 나서면 바로 자유로이 뭐든 해도 되는 그런 게 아니었단 말입니까?' 라고 항변하려던 나현은 금계진인의 그 다음 말에 입을 굳게 다물어 버렸다.

"강호에서 활동할 자금이 필요없다면 거기 안 가도 좋다만……"

3

나부산은 광동성에 있고, 남경은 강소성에 있다. 그리고 그 사이에는 복건성이 있다. 나현은 육로로 복건성을 지나 강소성으로 가는 대신 배를 타고 바닷길로 가는 방식을 택했다.

마음 같아서는 육로를 택해 산천경개 유람이나 하며 느긋하게 가고 싶었지만 그럴 수가 없었던 것은 금계진인이 이미 사람을 보내 배편을 예약하고 삯도 치렀기 때문이다. 한 마디로 딴 길로 샐 생각은 하지 말라는 의미였다.

이래서야 문호를 나선 의미가 있는가 의문이었지만 나현은 은근히 부모님의 말씀을 잘 듣는 착한 아들이었기 때문에, 그리고 첫 번째 목적지인 남경까지는 사고 치지 않고 무난히 가고 싶었기 때문에 그냥 정해진 길을 따르기로 했다. 나부파의 세력권이라 할 수 있는 광동성을 벗어나기도 전에 문제를 일으켜 사문으로 다시 잡혀 들어가고 싶지는 않았다.

한편으로는 아초를 데리고 하는 여행이기 때문이기도 했다. 짧은 육로 여행 동안 이미 그 고충은 충분히 겪었는데, 길을 가도 사람들의 주목을 끌고 객잔이나 주루에 들어갈 땐 더욱 그랬다. 개를 데리고는 들어갈 수 없는 곳이 많았고, 혹시 허용된 곳이라도 개와 한 식탁에 앉아 밥을 먹는 걸 보면 주변의 참견이며 비웃음이 만만치 않았던 것이다. 그에 반해 배에서는 일단 처음 하루만 버티면 내릴 때까진 그런 귀찮음을 피할 수 있었다.

그렇게 해서 별 탈도 없지만 재미도 없는 열흘간의 뱃길 여행을 통해 강소성에 도착했다. 마지막으로 남경까지는 다시 육로로 닷새 걸렸다. 개를 데리고 여행하는 것에 대한 사람들의 호기심과 참견, 비웃음도 다시 시작되었지만 어떻게든 견딜 수 있었다. 달리 방법이 없으니 견딜 수밖에 없었다. 대신 그는 다른 즐거움을 찾아 마음을 달랬다.

아버지가 주신 여비는 이것으로 딱 떨어졌지만 그렇다고 나현이 빈털터리가 된 것은 아니었다. 아버지는 엄하고 또 인색하지만 그에게는 자애롭고 인정 많은 어머니가 있다. 할 수만 있다면 전 재산을 털어서라도 아들 비상금으로 쥐여주고 싶어 하는 어머니였다.

그에게는 또 은퇴해서 산중의 작은 암자에 은거해 계시지만 손자에겐 한없이 약한 할아버지도 있다. 그 할아버지는 전대의 나부파 장문인이기도 했기 때문에 아직 영향력이 있었고, 당신 뜻대로 사용할 수 있는 적지 않은 자금도 있었다. 할아버지는 그 자금 중 일부를 손자의 축하할 만한 강호출도에 도움이 되도록 쾌척하는 데 인색하지 않았다.

그래서 나현이 나부산을 떠날 때는 인색한 아버지가 쥐여준 쥐꼬리만 한 여비 외에도 어머니와 할아버지가 따로 챙겨준 두둑한 돈주머니가 있었다. 그 돈으로 그는 산을 나서자마자 검 한 자루를 샀다. 사문에서 받은 수수한 철검과는 달리 화려한 장식이 붙은, 한 마디로 그에게 잘 어울리는 보검이었다.

그것만으로도 돈주머니는 절반이 비었지만, 그는 아까워하지 않았다. 보검을 구하는 데에는 천금도 아깝지 않다고 하지 않는가. 오히려 천금도 안 되는 돈으로 보검을 구한 것을 행운으로 여겨야 할 것이다.

거기에서 그치지 않고 그는 남은 절반의 돈으로 백마 한 마리를 구입했다. 광동성 같은 촌구석에서 찾을 수 있었다는 게 믿기지 않을 만큼 좋은 말이었다. 이 역시 그는 아까워하지 않았다. 천리마는 천금을 주고도 못 구한다고 하지 않던가. 그가 구한 말이 천리마인지 아닌지는 천 리를 달려보지 않아서 모르겠지만 적어도 생긴 것만큼은 천리마의 풍모를 갖췄으니 비싼 돈을 지불하는 게 어리석은 일은 아닐 것이다.

그렇게 강호에 나서는 신진고수로서 반드시 갖추어야 할 두 가지인 보검과 명마를 갖추는 데 대부분의 자금을 써버린 후에도 남은 약간의 돈으로 그는 옷과 신발을 샀다. 산에서 입고 나온 수수한 초혜, 그러니까 짚신에 도산지 무산지 구분하기 힘든 수수한 복장은 도저히 참을 수 없었던 것이다.

하지만 남경에 도착해서 그는 이 마지막 소비를 약간 후회하게 되었는데, 남경에서 유행하는 옷은 광동에서 그가 산 새 옷과는 전혀 달랐기 때문이다. 여행 내내 뽑아볼 일이 없었던 보검과 거의 타고 다닐 일도 없었던 백마를 산 일은 후회하지 않았지만, 유행에 뒤떨어진 옷을 산 일은 속이 쓰릴 정도로 후회스러웠다. 그러니 새로 옷을 사지 않을 수 없었으며 다행히 그에게는 남경의 유행에 바칠 마지막 자금이 몇 푼 남아있었다.

백색의 가죽장화를 신고 연남색 비단으로 만든 무복을 아래위로 갖춰 입었다. 그것만으로는 허전하니 멋 내기용으로 소매

없는 백색의 비단장삼을 덧입었는데, 여자들이 위에 걸치는 하피옷, 그러니까 날개옷이라 부르는 것의 남성형이었다.

허리에는 백옥을 박아넣은 가죽 요대를 차고, 따로 검대를 둘러 보검을 거기 달았다. 이마에는 청년협사의 상징과도 같은 관옥, 그러니까 네모나게 깎은 옥을 붙인 머리띠인 영웅건을 질끈 동여매었다.

이런 모습을 하고 앞에 선 그를 남경에서 만난 숙부는 마땅치 않다는 듯 아래위로 훑어보며 혀를 찼다.

"한단지보(邯鄲之步)라는 말을 아느냐?"

나현은 낯을 붉혔다. 창피해서, 그보다 분해서.

"제가 멋모르고 남경사람들 흉내나 내는 시골뜨기라는 겁니까?"

숙부는 그의 복장을 하나하나 지적했다.

"그 안 어울리는 장화는 뭐냐."

니현이 항변했다.

"이곳 사람들은 눈비가 오지 않는데도 장화를 신더군요."

"장화라는 게 문제가 아니라 색깔과 가죽 소재가 문제지만 그건 그렇다 치고 그 너풀거리는 바지는 또 뭐냐."

"이곳 사람들은 무복도 비단으로 지어서 입고 다니더군요."

"그게 무복이라고? 나는 그게 무사가 아니라 무희가 입는 무복인 줄 알았다. 위에 걸친 옷도 그렇고 할 말이 많지만 넘어가기로 하고 이거 하나만 더 묻자. 허리에 찬 그 장식용 패검은 말 그대로 장식용으로 찬 거겠지? 설마 만약의 사태가 생겼을 때 그걸 뽑아 휘두를 작정인 것은 아니겠지?"

전 재산의 반을 투자한 보검을 홍보는 이 말에는 무던한 나현도 더 참을 수 없게 되었다. 무례하다는 걸 알면서도 삐죽한 말 한마디를 하고야 말았다.

"숙부님은 검을 보는 눈이 없으시군요."

숙부는 화를 내지 않았다. 어이없다는 웃음을 터뜨리더니 손을 휘저을 뿐이었다.

"됐다. 그만하자. 하긴 네 지금 꼴이 딱 강호에 막 나온 세상 물정 모르는 부잣집 아들놈 같으니 있는 그대로의 널 말해주는 것 같긴 하구나. 그러니 형님이 네게 주라고 부탁하신 돈은 안 줘도 되겠지. 안 그러냐?"

다른 말은 그렇다 치더라도 마지막 말은 나현에게는 청천벽력과도 같은 것이었다.

"아니, 그게 무슨 말씀……"

숙부는 그가 더 말하게 놔두지 않았다.

"나부산을 떠나올 때 형님이 네게 그런 옷이며 검을 사주진 않았을 테니 그건 다 네 돈으로 산 것이렷다? 그런즉슨 네겐 그렇게 낭비할 정도로 충분한 돈이 있다는 뜻이겠지. 안 그러냐?"

나현의 말문을 막아버리기에 충분한 지적이었다.

"하지만……."

숙부의 말은 거기서 그치지 않았다.

"어차피 그냥은 안 줄 생각이었다. 내가 거래하는 저 서쪽 나라에서 온 상인들의 말에 의하면 거기에는 자식에게 생선을 주지 말고 생선 잡는 방법을 가르치라는 좋은 교훈이 있다더구나. 돈을 주지 말고 돈 버는 방법을 가르쳐 주라는 뜻인가 보더라. 참으로 옳은 이야기가 아니냐."

나현이 투덜거렸다.

"물고기를 주기 싫다는 의사의 완곡한 표현이군요. 효과만점일 테고요. 그런 말을 듣고 어떤 아들이 아버지에게 방법은 됐고 그냥 물고기나 주세요, 라고 하겠습니까."

숙부는 인상을 썼다. 금방이라도 욕설을 내뱉을 것 같은 인상이었다. 하지만 성공한 상인답게 숙부는 끝내 욕을 하지 않았다. 대신 이렇게 말했다.

"잘 알아들은 것 같으니 다행이다. 그러니 지체없이 주작대로의 진 대인 저택으로 달려가 모산파에서 온 선인을 만나거라. 그리고 그분이 시키는 대로 하는 거다."

주작대로란 대체 어디며 진 대인이 누군지. 그리고 모산파에서 온 선인이란 또 누구며 그가 대체 뭘 시킬 것인지 물어보려고 했지만 그럴 틈이 없었다. 숙부가 막 황혼이 깔리기 시작하는 서쪽 하늘을 가리키며 말했던 것이다.

"해가 지면 못 만날지도 모른다. 흑천의 계율은 너도 잘 알고 있겠지?"

4

흑천의 계율이란 간단히 말해 어두워지면 다른 일 하지 말고 잠을 자라는 것이다. 해가 뜨면 일어나 활동하고 어둠이 내리면 잠자리에 들어 쉬는 것이 자연의 이치이고 천지의 자연스러운 운행에 순응하는 것이라는 도교의 교리에 따른 계율이었다.

자연 여름에는 늦게 잠자리에 들어 일찍 일어나야 하니 자는 시간이 짧아지고 겨울에는 길어진다는 문제가 있다. 여름이고 겨울이고 일정 시간은 자야겠다는 사람에겐 괴로운 계율이겠지만 그걸 못 버티면 도사가 못 되는 것이다. 도교에는 그보다도 훨씬 사소하지만 지키기 까다로운 계율들이 수백 개나 있었다.

흑천의 계율은 또한 등잔의 심지를 돋우고 밤새워 책을 읽는 게 취미인 사람들에게도 괴로운 계율이었다. 흑천의 시간에는 등잔이나 초를 밝히는 것도 금지되는 것이다. 꼭 필요한 장소에만 불을 밝히는 것이 허용되고, 꼭 필요한 사람만 어둠 속에서 깨어있는 것이 허용된다. 그 외의 모두는 어둠과 동시에 잠을 자야 한다.

그러니 어두워지기 전에 주작대로 진 대인 저택을 찾아가 문제의 선인을 만나지 않으면 아예 못 만나게 될 수도 있다는 숙부의 경고는 공연한 엄포가 아닐 것이다. 그 선인이 도관 밖에서도 계율을 엄수해야 한다고 믿는 사람이라면 말이다.

서둘러 마구간에 보내두었던 백마를 끌고 와 안장에 오르는데 그때까지 옆에 있던 숙부가 결정적으로 나현의 심기를 건드리는 말을 했다.

"그 똥말은 뭐냐? 설마 네가 산 거냐?"

오는 말이 이러니 가는 말이 고울 수 없다.

"숙부님은 검뿐만 아니라 말 보는 눈도 없으시군요. 이 말은 정말 좋은 말입니다. 제가 천리마를 본 일은 없지만 있다면 이 말이 거기에 가장 가까울 것입니다."

숙부는 웬일로 순순히 인정했다.

"그래. 좋은 말이긴 했을 거다. 십 년 전에는 말이다. 하지만 지금은 늙어서 서 있는 것도 힘겨워하는 폐마 직전의 똥말 아니냐. 말의 나이를 분간하지 못해 속는 건 능숙한 말 상인도 가끔 범하는 실수라지만 그 말은 늙어도 너무 늙지 않았느냐."

요란하게 혀를 차던 숙부는 안장 뒤에 매달린 커다란 짐 더미 같은 것이 고개를 드는 것을 보고 놀란 눈을 했다. 그리고 그게 말 등에 엎드려있던 아초의 머리라는 것을 깨닫고 하얗게 질린 얼굴로 몇 걸음 물러섰다.

"아, 아초를 데리고 왔구나. 어, 어쩐지 형님이 철부지를 혼자 내보냈나 했다."

그렇게 당당하고 자신감 넘치던 숙부가 겁먹은 어린애처럼 구는 꼴을 보니 한편 즐겁고 한편으론 의아했다.

"왜 그러세요, 숙부님. 아초에게 물린 일이라도 있으셨나요?"

숙부는 손을 젓기만 했다. 그때 마침 말이 무엇에라도 놀란 것처럼 뛰기 시작했기 때문에 나현도 숙부를 더 놀리는 즐거움을 길게 하진 못했다. 곧 숙부의 모습은 멀리 뒤편으로 사라졌다.

나현은 황급히 고삐를 당겨 말의 걸음을 늦추었다. 말이 지쳐 쓰러질까 두려워서였다.

그는 이 백마가 폐마 직전의 늙은 말이라는 숙부의 말을 의식하고 있었다. 사실 그의 숙부는 말에 대해서는 전문가였다. 숙부는 말 장사로 돈을 벌어 지금은 남경에서도 손가락에 꼽히는 규모의 차행을 하고 있었다. 차행이란 말과 마차, 수레 같은 것을 마부까지 딸려서 빌려주거나 판매하는 사업이었다. 당연히 말에 대해서 모르고는 할 수가 없는 일이다.

그는 또한 숙부가 젊었을 때는 강호에 이름을 날린 검객이었다는 것도 잘 알고 있었다. 그러니 검을 보는 눈도 없지 않을 것이다. 그가 나현의 새로 산 검과 백마를 폄하했다면 당연히 폄하할 만한 부분이 있어서일 것이다. 그게 지금 나현의 속을 쓰리게 했다.

정말 그의 검은 부잣집 아이들이 장식용으로 차고 다니는 패검에 불과한 것일까? 정말 그의 애마는 한때는 훌륭했지만 이제는 늙어서 마구간에서 쉬는 쪽이 더 좋은 폐마에 불과한 것일까? 결국 그는 어머니와 할아버지가 챙겨준 거금을 쓸데없는 것에 탕진한 멍청이에 불과하단 말인가.

산에서 나올 때 입고 있던 옷이며 차고 있던 검을 버리지 않고 안장 뒤에 매단 짐꾸러미 안에 보관하고 있다는 것을 다행스럽게 떠올리던 그때, 그는 황혼이 더욱 짙어지는 것을 의식했다.

이미 저지른 실수는 이미 끝난 것이다. 새로운 실수를 거기에 더해선 안 될 것이다. 가령 어둠이 깔리기 전에 모산파의 선인을 못 만나서 아무 소득 없이 숙부의 집에 돌아간다거나 하는 실수 말이다.

당분간은 숙부의 얼굴을 보기 싫었다. 하지만 지금 남은 노자는 없었다. 당장 할 일을 찾아서 돈을 벌지 못하면 잘 곳도 못 구하고 밥도 못 먹을 판이다. 그는 굶는다 쳐도 애마와 애견에게 밥을 못 주는 사태는 도저히 견딜 수 없다. 그러니 오늘 모산파의 선인을 못 만나거나 만나더라도 일이 잘 안 되면 결국 숙부의 얼굴을 또 봐야 한다. 한심한 조카라 해도 밥은 줄 테니까. 그런데 그러기는 싫다.

단숨에 그려지는 이 그림에 몸서리를 치며 나현은 말 위에서 몸을 굽혀 길 가는 사람에게 주작대로와 진 대인의 저택이 어딘지 물었다. 행인은 대답을 할 듯이 고개를 들었다가 말은 안 하고 입만 벌린 채 멈추었다.

그가 왜 그러는지 나현은 짐작할 수 있었다. 어깨를 누르는 무거운 느낌, 목덜미에 닿는 축축한 숨결만으로도 말이다.

아초는 홀로 말에 타고 있을 때는 짐더미처럼 말 등에 늘어져 있지만 나현이 안장에 오르면 사람처럼 안장 바로 뒤에 바짝 붙어 앉아서 두 앞발을 나현의 어깨에 올리고 있기를 좋아했다. 개가 사람과 나란히 말을 타고 있는 형국이라 보기 드문 구경거리이긴 할 것이니 행인이 놀라 말을 잊은 것도 무리는 아니었다.

하지만 언제까지 구경거리가 되고 있을 것인가. 나현은 다시 한번 주작대로 진 대인의 집으로 가는 길을 물었다. 행인이 헛기침을 하더니 대답했다.

"여기가 주작대로요. 그리고 저기 보이는 저 저택이 진 대인의 저택이고. 눈 없는 사람도 찾아갈 수 있을 거요. 넘어지면 코 닿는 곳이 바로 거기일 테니까."

그 말을 듣고서야 나현은 애초에 물어볼 필요가 없는 질문이었음을 깨달았다. 주작대로라는 지명은 큰 도성이라면 어디든 있는 흔한 이름이며, 그건 대개 성의 남쪽문에서부터 북쪽에 위치한 궁성까지 일직선으로 이어지는 대로에 붙는다. 도성이 건설될 때 같이 닦이는 길인 것이다.

그런 길의 좌우에는 고래로부터 관청들과 큰 상점, 부호, 고관의 저택이 있기 마련이다. 주작대로에 집이 있다는 것 자체가 그 사람의 신분을 말해주는 것이다.

진 대인의 집을 찾는 또 하나의 단서는 지금 거기 모산파의 선인이 와있다는 것이다. 도성의 부호, 혹은 고관이 집에 도사를 들였다. 그것도 모산파 도사를 들여놓았다. 이건 무얼 말하는 것일까. 지금 진 대인의 집에는 도사의 조치가 필요한 변고가 발생했다는 것이며, 그 변고는 귀신이나 요마, 요괴로 인해 일어난 것으로 여겨지고 있다는 의미였다. 이른바 유교에서 괴력난신이라고 부르는 사태가 발생하지 않고서는 도사를, 그것도 그런 현상을 전문적으로 다루는 데 특화되어 있는 모산파의 도사를 부르지는 않았을 것이기 때문이다.

같은 도교라고는 하지만 나부파가 점복과 축원, 그러니까 행운과 복락을 기원하는 제사에 특화되어 있는 반면 모산파는 축귀, 즉 귀신쫓기와 제령, 즉 귀신달래기에 특화되어 있다는 게 세상의 평가이며 틀림없는 사실이기도 했다.

그러니 지금 진 대인의 집에서는 축귀와 제령을 위한 제사가 치러지고 있을 게 틀림없다. 그리고 거기에는 반드시 대량의 향불이 태워지고 있을 것이다. 행인이 말한 대로 눈 없는 사람도 찾아갈 수 있는 게 당연했다. 넘어지면 거기라서가 아니라 코를 찌르는 향불 냄새를 피할 수 없을 것이기 때문에.

그렇게해서 나현은 별로 어려움을 겪지 않고 진 대인의 저택을 찾았다. 그리고 역시 별다른 어려움 없이 저택 안으로 들어갔다.

통상 이런 저택의 문을 지키며 용건을 따져 묻기 마련인 문지기들은 문 양옆에 곧이며 봉을 지팡이처럼 짚고 서서 도열해 있을 뿐 드나드는 사람들을 통제하려 들지 않았다. 방문객은 누구든 환영이라는 뜻일 것이다.

당연한 일이었다. 도교나 제사는 재초라고 부르는데, 천지신명에게 바치는 것이기도 하지만 사람들에게 보여주려 하는 것이기도 하다.

예를 들어 집안에 변고가 발생했다. 그 변고가 사람이 한 짓이라고는 생각할 수 없고 누군가의 저주, 혹은 귀신이나 요마의 장난에 의한 것이라는 의혹이 있다고 치자. 집안사람들이 두려워할 것이고, 이런 두려움은 이내 이웃사람들에게까지 퍼져갈 것이다.

그걸 해결하기 위해 도사를 부르고 큰 자금을 들여 재초를 치른다. 먼저 천지신명에 고해 도움을 요청하고 원인을 찾아 귀신과 원혼을 위로하고, 혹은 쫓아내려 하는 게 당연하다. 그와 동시에 집안과 이웃에 이런 행사를 치렀으니 이제 귀신은 쫓아내고 원혼은 달래서 문제가 없게 되었다고 알리는 것이다. 그럼으로써 사람들은 안심하고 지켜보게 되고, 이후 더 이상 변고가 일어나지 않으면 문제가 해결되었다고 여기고 이전과 같이 살게 된다.

이건 재초를 크게 벌이면 벌일수록, 구경하는 사람이 많으면 많을수록 효과가 있을 수밖에 없다. 대부분 집안 제사인 유교의 제사와는 달리 도교의 재초가 요란하게 열리는 건 주로 이것 때문이었다.

오늘 진 대인의 저택에서도 그런 이유에서인지 방문객을 가리지 않고 받아들이는 듯했다. 하지만 나현이 막상 들어가 보니 오가는 사람들은 거의 재초를 진행하고 준비하는 도사들과 그 보조격인 집안사람들뿐인 듯하고, 일부러 구경하러 온 사람들은 거의 없는 것 같았다.

통상 부호의 저택은 전, 중, 후의 세 구역으로 나뉘어서 건축되고 관리되는데, 그중 전정이라 불리는 구역은 대문에서 중문까지로 가장 외부에 열려있는 공간이다. 거기에는 마구간과 외양간이 있고, 외부로부터 들여오고 내보내기 쉽게 창고가 늘어서 있기 마련이다. 또한 거기에는 손님들을 위한 숙소가 있고, 하인들이 머무르는 공간도 있다.

무엇보다 거기에는 수레와 마차가 오가기 편하도록 넓은 공간이 마련되어 있다. 부호의 저택 같은 경우에는 앞서 말한 마구간과 외양간, 창고와 숙소가 늘어서 있는 가운데에 군사 수백 명이 늘어서서 훈련을 받을 수 있을 정도로 넓은 마당을 보유하고 있기도 했다. 지금 나현이 보고 있는 진 대인의 저택이 그랬다.

가로 세로로 몇십 장이나 될 것 같은 넓은 공간 중심에 제단이 설치되어 있었다. 제단은 유교나 불교의 것에 비해 터무니없이 거창해서 그 위에 사람 여럿이 올라가 돌아다닐 수 있을 정도로 큰 것이었다. 그런 제단이 삼층으로 올려져 있고, 각 제단에는 도교의 신들을 그린 그림과 이름과 주문을 쓴 족자들이 빽빽이 걸려 있었다. 그 앞에는 상다리가 부러질 것처럼 가득 차려진 산해진미가 있고, 그 앞에는 도관에서 가져온 것이 분명해 보이는 오래된 향로가 있었다. 향로에는 팔뚝처럼 굵은 향다발이 꽂혀 타오르며 연기를 뿜어내고 있었고, 그 앞에서는 도사들이 끊임없이 주문을 외우고 종이를 태우며 또 새로운 향 묶음에 불을 붙이고 있었다.

한 단 위의 제단에서도 규모만 다를 뿐 똑같은 광경이 펼쳐져 있었고, 그 위는, 가장 높은 세 번째 제단에는 금빛 찬란한 대례복을 입고 금관을 쓴 도사 한 명이 좌우로 두 명의 어린 도동의

보좌를 받으며 금패를 양손으로 높이 쳐들고 거기 적힌 경문을 읊고 있었다.

향불은 폭죽처럼 불꽃을 뿜으며 타오르고, 연기는 화재라도 난 것처럼 자욱이 피어오르는 가운데 제단 아래쪽에 모여앉은 도사들이 저마다 작은 종과 구리거울을 두들겨 소리를 내고 있으며, 통소와 피리, 비파와 금현들도 질세라 소리높이 연주되고 있었다.

이런 모든 것들은 나현에게는 익숙한 광경이었다. 어려서부터 늘 보고 자라왔으니까. 도사들이 읊는 경문을 제대로 들을 수 있다면, 그리고 제단에 모셔진 초상, 제단 모서리마다 꽂혀서 펄럭이는 깃발의 색깔과 수를 찬찬히 세어보기만 한다면 그는 이 재초를 치름으로써 해결하려 하는 일이 무엇인지, 그걸 위해 어떤 신과 능력을 동원했는지도 알아볼 수 있었을 것이다.

하지만 지금의 그에게 그런 것은 눈에 들어오지 않았다. 그는 이렇게 소란스럽고 화려한 행사에도 불구하고 어딘지 을씨년스럽고 삭막하기까지 한 집안의 분위기와, 무언가 두려워하는 듯한 도사들과 일꾼들의 표정, 저택 안쪽 어디에선가 풍겨오는 음침하고 사특한 귀기에 더 신경을 쓰고 있었다.

그는 또한 도사들과 일꾼들이 바쁜 와중에도 틈틈이 서쪽 하늘을 바라보고 있는 것을 눈치챘는데, 그건 생각할 것도 없이 점점 더 짙어지는 서쪽 하늘의 어둠을 신경 쓰고 있는 것이 분명했다.

그들은 어서 날이 지기를 기다리고 있는 것일까? 그래서 흑천의 계율에 따라 이 재초가 끝나기를 기다리고 있는 것일까?

아니, 그들은 밤이 오는 것을 두려워하고 있는 듯했다. 그래서 얼른 재초를 끝내고 이곳에서 물러갈 수 있기를 바라고 있는 듯했다. 곧 밤이 오고 어둠이 대지에 드리우면 저택 안쪽의 저 불길하고 사특한 기운이 이곳까지 밀려올까 두려워하는 듯했다. 그 기운의 원천이 되는 무엇인가와 함께.

마침내 징이 울리고 재초가 끝났다. 서둘러 도사들이 자리를 정돈하는 가운데 가장 높은 단에 올라가 있던 금관에 대례복의 도사가 아래로 내려왔다. 나현은 그가 걸어오는 쪽으로 다가갔다. 그가 찾는 모산파의 선인이 바로 그 도사라고 생각해서였다.

도교의 호칭은 복잡한 것 같지만 알고 보면 간단하다. 도사란 수행의 뜻을 품고 도관에 들어가 일정한 수련을 거쳐 자격을 갖춘 뒤 관청에서 도첩, 즉 도사자격증을 받은 사람을 말한다. 중이 출가하여 절에서 삭발 수행을 하고 수계를 한 뒤 관청에서 도첩. 이때는 승려 자격증을 받음으로써 정식 승려가 되는 것과 마찬가지였다.

도인이란 그런 과정 없이 스스로 수행하고 깨달은 도에 따라

사는 자를 말한다. 대개는 정식 도사가 아니라 도첩을 받지 못한다. 진인이란 존칭인데 도사들 중에서도 직책이 높은 자를 가리킨다. 나현의 아버지처럼 한 문파의 주인이거나 적어도 한 도관의 관주쯤은 되어야 붙는 칭호로 불교의 대사라는 존칭처럼 반쯤은 직함처럼 사용되곤 했다.

그리고 선인은 진인보다 일반적인 존칭인데, 원래는 도를 깨달아 신선의 경지에 오른 사람을 뜻하지만, 그냥 도사에게 듣기 좋으라고 붙이는 존칭으로 쓰였다. 하지만 진인이 경력과 지위만 있으면 붙는 존칭이라 한 자리에 여러 진인이 있을 수 있는 반면, 선인은 한 자리에 여러 도사가 있어도 보통은 가장 도가 높은 사람, 지위가 높은 사람에게만 붙이는 칭호가 된다.

아무나 선인이라 부르면 대개는 자기 같은 게 감히 그런 호칭을 들을 수 없다며 그 자리에서 가장 높은 도사에게 칭호를 돌리는 게 관례이기 때문이다.

그러니 나현은 여기 있는 많은 도사들 속에서 누가 선인인지 물어보지 않고도 알 수 있었다. 제일 지위가 높아 보이는 사람이 선인일 것이다. 만약 아니라면 그건 또 그것대로 좋다. 진짜 선인이 누군지 그 사람이 알려줄 테니까.

"모산에서 오신 선인이시죠. 저는……"

금관에 대례복의 도사는 손을 들어 그가 더 말하지 못하게 했다. 그리고 들어 올린 손의 손가락을 까닥여 따라오라는 신호를 보낸 후 말없이 저택의 중문 쪽으로 걸어갔다. 두 명의 도동이 그 뒤를 따랐고, 나현도 하는 수 없이 그들을 따라갈 수밖에 없었다.

제대로 된 집안 분위기라면 대문을 들어서자마자 누군가가 나와 말의 고삐를 받아 들었을 것이다. 그래서 말은 마구간으로 끌고 가 안장을 벗기고 여물과 물을 주어 쉬게 하고, 짐은 또 다른 종이 들고 나현이 묵을 방에 가져다 두겠다고 했을 것이고, 나현은 그럴 필요 없으니 그냥 스스로 챙기겠다고 사양했을 것이다. 개에 대해서는? 도대체 어떤 반응이 돌아올지, 거기에 대해 또 뭐라고 말해야 할지 생각하기도 싫었다.

다행인지 불행인지 말고삐를 잡아주는 자도 없고 짐을 받아주려는 종도 없었다. 개에 대해 물어오는 자도 없고. 하는 수없이 나현은 말에 짐과 아초를 그대로 실은 채 직접 고삐를 잡고 도사의 뒤를 따라 걸어갔다.

도사는 저택의 전정과 중정을 구획하는 높은 담장에 뚫린 중문을 지나 한참을 걸어갔다. 중정은 이 집의 주인과 남자 식구들이 주로 거주하는 공간으로 이루어져 있다. 그리고 방문객 중에서 특별히 대우해야 할 사람에게 내어주는 좀더 안락하고 고급진 숙소가 이 중문 안쪽에 있었다. 도사가 머무르는 숙소도 아마 여기 어딘가에 있을 것이다. 거기로 가고 있는 것이겠지.

그런데 도사는 중정에서 멈추지 않고 계속 걸어서 또 하나의 높은 담장에 뚫린 문으로 들어갔다. 나현이 보기에는 후원으로 들어가는 문인 듯했다. 거기야말로 진 대인의 가솔이 아니면, 아니 가솔 중에서도 특별히 허락된 몇몇만 들어갈 수 있는 공간이 아닌가. 이 저택의 아녀자들, 진 대인이 몇 명의 처첩이 있는지는 모르지만 그들과 그 시중을 드는 하녀, 시비 등만 출입할 수 있는 곳이 아닌가. 그런 곳에 모산파의 선인은 아무렇지도 않은 듯 성큼성큼 걸음을 옮겨 들어가더니 점점 더 깊은 곳으로 향해갔다. 나현도 그 뒤를 따를 수밖에 없었다.

마침내 그들이 도착한 곳은 저택의 후원에서도 가장 깊은 곳, 그 어떤 건물들과도 거리를 두고 지어진 절간과도 같고 사당과도 같은 기묘한 건물 앞이었다.

5

기묘한 것은 건물의 형태나 위치만이 아니었다. 통상 건물은 건축물 단독으로 서 있지 않는다. 장식의 의미로, 혹은 방풍이나 차광 등의 이유로, 혹은 풍수 사상에 입각해서 건축물을 둘러싸고 초목을 심고 바위를 쌓아 두기 마련이다.

그런데 이곳에는 그런 게 없었다. 어느 건물들과도 삼 장(丈)

이상의 거리를 두고 지어진 이 건물은 장식용의 초목이나 바위도 곁에 두지 않고 오롯이 건물만이 단독으로 서 있었다. 그렇게 보면 사람이 사는 집이라기보다는 창고 같은 것처럼도 보였다. 하지만 그렇게 보기에는 또 지붕의 모양이나 문의 형태가 지나치게 장식적이라 역시 처음에 본 것처럼 절간이나 사당을 연상케 했다.

한편으로 건물을 둘러싼 공터에는 몇 개의 돌무더기, 혹은 흙더미가 쌓여있고, 거기에는 적청황흑백의 작은 깃발이 꽂혀 바람에 펄럭이고 있었다. 금줄이 쳐져 있거나 부적이 붙어있는 것도 있었다. 나현은 한눈에 그것이 일종의 진식임을 알아보았다.

진식이라고 하면 일반적으로는 세 가지 종류가 있다. 가장 일반적인 것은 군대의 진형을 뜻한다. 학익진이니 방추진이니 하는 것이 그것이다. 고래로부터 유명한 제갈무후의 팔진도, 혹은 팔문금쇄진은 그런 진형 중에서도 가장 복잡하고 정교하며 신화적 색채가 덧씌워져서 기기묘묘한 효과를 발휘했다는 말도 전해지지만 기본적으로는 여덟 개의 부대를 지휘하여 적을 포위, 섬멸하는 진형, 병력의 운용법이라 할 수 있었다.

팔문금쇄진은 진식이라고 하는 용어의 두 번째 용법으로도 유명했다. 즉 기관진식의 대표적인 형태로서다. 이는 소위 제갈무후가 팔문금쇄진으로 오나라 장수 육손을 가두었다는 일화에서 보듯이 인공적으로 설치한 관문과 함정으로 일종의 미로를 만드는 것을 말한다.

단순히 길을 찾기 어렵게 만든 것이라면 못 빠져나갈 것도 없겠지만 그 구조가 시시때때로 바뀌고, 또 자동으로 작동하는 함정을 갖추고 있다면 어떨까. 온전히 자동으로 작동하는 기관은 만들기 어렵고, 공들여 만들었다고 해도 누군가가 알아서 들어올 때까지 수동적으로 기다리기만 하는 함정에 너무 많은 자원과 노력을 투자할 수는 없다는 현실적인 문제까지 생각하면 이야기 속에서나 가능하지 실제로 써먹기에는 곤란하다 싶긴 하지만 말이다.

팔문금쇄진이 의외로 자주, 효과적으로 사용되는 것은 진식의 세 번째 용도로서다. 즉 주술적인 용도로서는 꽤 자주 사용되고, 설치하는 자의 능력에 따라서는 꽤 효과적이기도 했다.

이때의 팔문금쇄진은 병력이나 기관 대신 돌무더기와 깃발, 부적과 주문으로 만들어지고 힘을 얻는다. 돌이나 흙으로 제단을 세우고 거기 주문으로 주력을 실어 깃발을 꽂고 부적을 붙인다. 그러면 그 하나하나가 팔문금쇄진의 사문이 되고 휴문이 되고 또 생문이 되어 누군가를 가두거나 출입을 거부하거나 할 수 있게 되는 것이다. 그 누군가란 물론 귀신이고 요마다. 한 마디로 결계를 펴는 것이다.

지금 나현이 보고 있는 것, 저 절간 같고 사당 같은 건물을 둘러싸고 펼쳐진 것이 바로 그런 것의 일종인 듯했다. 일반적으로 이런 데에는 팔문금쇄진이 주로 펼쳐지긴 하지만 정확하게 무슨 진식인지는 건물을 둘러싼 무더기가 총 몇 개인지, 거기에 각각 어떤 깃발이 꽂혀있는지 살펴봐야 알 수 있었다. 물론 펼치는 사람에 따라, 그 사람이 속한 사문에 따라 변화가 주어지기 때문에 본다고 다 알 수 있는 것은 아니지만.

그런 것을 다 살펴보지 않아도 한 가지 사실은 확실했다. 이 진식은 밖에서 안으로 들어가는 것을 막는 것이 아니라 안에서 밖으로 나오는 것을 막으려 설치된 것이다. 강력하고, 위험한 무엇인가가 나오지 못하게 가두어 두는 결계였다. 결계의 강력함으로 미루어 볼 때 아주 강력하고 위험한 무엇임이 틀림없었다.

"경고해두지만 이름은 말하지 말게."

건물 앞에서 잠시 걸음을 멈추었던 도사가 이렇게 말했다.

"묻지도 않겠지만 실수로라도 먼저 이름을 밝히지 말란 말일세. 또한 내 이름을 아는지 모르겠으나 알더라도 내 이름을 부르는 실수를 해서는 안 되네."

말할 틈을 엿보고 있던 나현이 기회를 보아 입을 열었다.

"선인의 도명은 들은 바 없습니다."

문파가 다르지만 윗사람임을 인정해 최대한 공경의 의미를 담아 말했건만 선인은 고마워하는 기색을 보이지 않았다.

"그거 다행이군."

짧게 한마디 하고는 다시 걸음을 옮겨 진식 안으로 성큼성큼 걸어 들어가더니 두려운 기색 없이 건물의 어두운 입구 안으로 걸어가 버렸다. 마치 입을 벌린 명부의 구멍처럼 보이는 그 문 안으로 말이다.

결정적으로 이곳을 이상하게 만드는 것은 바로 그 점이었다. 건물이 이상하게 생겼다거나 결계가 쳐있다거나 하는 게 문제가 아니라 거기에서 풍겨 나오는 음산하고 사특한 기운, 그곳 전체를 둘러싸고 있는, 보기만 해도 비명을 지르고 싶게 만드는 이 괴괴하고 흉흉한 기운은 정확하게 명부의 입구를 연상케 하는 것이었다. 그런 곳으로 제 발로 걸어 들어가고 싶은 자가 누가 있겠는가.

하지만 나현은 그렇게 했다. 선인을 따라 여기까지 온, 하지만 건물로는 들어가지 않고 남아있던 두 명의 도동이 그의 엉덩이를 밀어 안으로 향하게 해서였다.

설마 그 아이들이 그렇게 할 줄은 몰랐고, 그 아이들이 그렇게 힘이 셀 줄도 몰랐다. 나현은 어어 하고 얼빠진 소리를 내면서 비척비척 걸음을 옮겨 어느새 건물 안으로 들어갔다.

아초가 당연하다는 듯 그를 따라 들어왔고, 도동 한 명이 그의 짐을 들고 따라 들어왔다. 나머지 한 도동은 밖에 남아서 말의 뒤처리를 하는 듯했다. 결계가 쳐진 범위 밖의 정원 나무에 묶어 두면 하룻밤 정도는 기다릴 수 있을 것이다. 안장을 벗기고 물을 주면 더 좋을 텐데, 라고 생각했는데 잠시 후 돌아온 도동이 그렇게 했다고 해서 나현은 마음을 놓았다.

건물이 사당과 비슷해 보인다는 나현의 생각은 옳았다. 그가 들어선 곳은 바깥에서 바로 이어지는 방이었는데, 좌우로 문이 있고 거기에는 또 다른 방들이 있는 듯했다. 그리고 정면에도 또 하나의 문이 있는데 이 문은 크기로 보아 건물의 본당이라고 할 장소로 이어지는 듯했다.

그러니까 밖에서 들어서면 가로로 나란히 세 개의 작은 방이 있고, 그 안쪽에는 넓은 본당이 있는 구조로 이건 일반적인 사당의 구조와 같았다. 거기 뭐가 모셔져 있는지는 문을 열고 안을 들여다보면 알 수 있겠지만 그는 무서워서 감히 그럴 수가 없었다. 진 대인의 집에 들어설 때부터 느꼈던 그것, 이 큰 저택 전체를 짓누르고 있는 어둡고 불길한 기운의 근원이 바로 이 문 뒤에 있다는 것을 그는 느끼고 있었다. 뭔지 몰라도 무시무시한 것이 이 문 뒤에 도사리고 있을 거라는 걸 그는 안 봐도 알 수 있었다.

"여기는 무덤일세. 진가의 가묘라고 할 수 있지."

대례복의 도사가 말했다. 그렇다면 나현이 제대로 본 셈이었다.

가묘는 가족묘를 말하며 보통 사당처럼 짓고 전면에는 참배를 위한 공간으로, 안쪽은 묘실로 삼는다. 그러니까 사당이긴 하되 묘를 겸하는, 즉 묘당인 것이다.

"진가의 조상님이나 그런 분을 모신 곳이겠군요."

묘당은 보통 일문의 묘지가 있는 산에 만들지만 집안에 만드는 일도 드물지 않다. 단, 거기 모셔지는 사람은 가문의 시조이거나 혁혁한 공을 세워 가문의 이름을 만방에 떨친 위인에 한했다.

"아니. 이곳에는 세 사람이 모셔져 있네만 진가의 조상은 아닐세. 아까 본 진 대인의 어머니, 아내, 그리고 얼마 전에 죽은 딸의 시신이 모셔져 있지."

대단히 특이한 일이었다. 보통 여자는 혁혁한 공을 세우고도 가묘에는 모셔지지 않는 게 일반적이지 않은가. 게다가 그 말대로라면 진 대인은 대단한 불행을 겪은 게 아닌가.

"안됐군요. 가슴이 찢어졌겠습니다."

"그랬겠지."

대례복의 도사가 순순히 긍정했다. 아니, 이제 그는 대례복의 도사가 아니었다. 그는 두 도동의 시중을 받으며 금관과 대례복을 벗고 대신 태극모와 팔괘도포를 입었다. 앞면이 사각인 검은색 모자에 커다랗게 태극문양이 박혀있는 것이 태극모, 폭이 넓은 도포에 건곤감리의 팔괘가 커다랗게 수 놓인 것이 팔괘도포다. 그렇게 차려입음으로써 그는 세상에 널리 알려진 모산파 도사의 모습을 갖추었다.

'저기에 동전검만 들면 딱이네.'

그렇게 생각하고 있는데 과연 동전검도 있었다. 동전이 아니라 금화로 착각할 만큼 번쩍이는 동전들을 붉은 비단실로 엮어서 검의 모양처럼 만든 게 동전검이다. 흔히 도교에서 제사를 지낼 때 쓰는 법기인데, 모산파는 저걸 귀신 쫓는 의식에 주로 사용하는 것으로 유명했다. 그런 검이 하나도 아니고 몇 개나 방안의 탁자 위에 놓여 있었다.

탁자 위에는 그것만이 아니라 목검도 몇 자루 있었다. 역시 귀신 쫓기에 탁월한 효과가 있다는 복숭아나무로 만든 목검일 것이다.

그리고 접시며 벼루, 연적과 붓 등이 가지런히 놓여 있었다. 접시에는 붉은 진흙 같은 것이 담겨있고 벼루는 먹물 대신 붉은 물을 머금고 있었다. 주사인 듯했다. 그것도 결이 곱고 광택이 나는 것으로 보아 주사 중에서도 최고급품인 경면주사인 듯했다.

보통 주사는 도장을 찍을 때 쓰는 붉은 인주를 말하지만 도교에서는 부적을 그릴 때 쓴다. 그중에서도 경면주사는 결이 고운 상급 주사에 사슴뿔을 달여 아교처럼 끈적하게 만든 약재인 녹각교를 섞어 만든 것으로 색이 선명하고 글씨가 오래 가 고급부적에 주로 사용되었다.

종이도 귀한 것이 준비되어 있었다. 사실 부적은 아무 종이에 나 그려도 된다. 심지어 나무나 돌에 그려도 그리는 이의, 사실은 이 경우 쓴다거나 그린다고 하지 않고 부를 발한다고 하는데, 이 때의 '발하다'는 '발행한다'와 같은 용법으로 쓰인다. 원래 도교의 주문은 신의 명을 대신 전하는 것이며, 부적은 그 명령서와 같다. 그러니까 명령서를 '발행', '발부', '발령한다'와 같은 용법으로 부 를 발한다고 하는 것이다.

하여간 부를 발하는 이의 영력과 정성에 따라 부적은 효과를 발하게 된다. 그래도 부적의 기본은 종이에 주사로 쓰는 것이다. 그 종이는 누렇게 염색한 것이 좋다. 주사로 쓴 붉은 글씨를 더욱 돋보이게 하기 때문이다. 그리고 종이를 누렇게 염색하는 염료는 홰나무 열매를 갈아서 만든 것을 최상으로 친다. 이렇게 홰나무 열매를 염료로 사용해 노랗게 물들인 종이를 괴황지라고 하는 데, 지금 탁자 위에는 그 괴황지가 몇십 장이나 차곡차곡 쌓여있 었다.

이제 그림은 명백해졌다. 여기 모산파 도사가 있고, 그는 귀신 쫓는 준비를 갖추고 있다. 그럼 여기는 귀신이 출몰하는, 준동하 고 날뛰는 장소라는 뜻이 아니면 무엇이겠는가.

나현은 그만 실례했습니다 하고 돌아서서 나가고 싶었다. 그가 기대한 강호출도는 강호에 나와 악적을 때려잡고 미녀를 구하는 것이지 귀신이나 요괴와 드잡이질을 하는 것은 아니었다. 특히 그는 어릴 적에 나쁜 기억이 있어서 그쪽으로는 보통사람보다 더 두려움을 갖고 있었다.

그가 귀신이니 요괴 따위의 기색을 민감하게 잘 느끼는 것도 그래서인지도 모른다. 무서워할수록 더 잘 보인다지 않는가.

하지만 사실 그는 그쪽으로는 보는 것뿐 아니라 생각하는 것도 싫었다. 끔찍하게 두려웠다. 그래서 그는 결심했다. 물러가기로.

돈은 어떻게든 벌면 된다. 숙부에게 비웃음당하는 게 싫었지만, 까짓거 눈 꾹 감고 참으면 된다.

"이렇게 만나게 되어 참으로 반갑습니다만, 또 좋은 구경시켜주셔서 대단히 감사합니다만 저는 급한 볼일이 생각나서 이만 돌아가야겠습니다. 안녕히 계십……"

그렇게 미리 준비한 듯한 말을 길게, 어색하게 늘어놓는데 도사는 눈살을 찌푸리더니 한 손을 귀에 대고 잘 안 들린다는 시늉을 했다. 그러고는 닫힌 문 쪽을 가리켰다.

"뭐라고? 미안하네만 잘 못 들었네. 저놈들이 또 시끄럽게 구는 바람에……"

저놈들이란 대체 어떤 놈들인지 물어볼 틈도 없었다. 도사는 목검 한 자루를 집어 들더니 그 검에 이미 써놓은 부적 몇 장을 꽂았다. 그러고는 검을 쥐지 않은 손의 엄지와 중지 손가락을 튀기자 엉뚱하게도 목검에 꽂은 부적에 불이 붙는 것이 아닌가.

그 상태로 도사는 닫힌 문을 걷어차 열더니 불타는 부적을 꽂은 목검을 냅다 집어 던졌다.

"닥치고 기다려라! 곧 너희들을 처리해줄 테니!"

문은 다시 닫히고 도사는 나현을 향해 안심하라는 듯 고개를 끄덕여 보였다.

"아직 시간이 있으니 차나 한잔하세."

하지만 나현은 차를 마실 정신이 아니었다. 그는 보았다. 넓은 묘당 안이 미어터질 정도로 우글거리는 잡귀, 악령들의 소란과, 그 속을 뚫고 지나가는 불타는 목검의 광휘 아래 모습을 드러낸 요마의 정체를. 그건 붉은 입을 귀까지 찢어지도록 벌려 촘촘히 박힌 바늘 같은 이빨들을 드러낸 채 울부짖는 여귀, 즉 처녀귀신이었다.

6

불이 켜졌다. 도동들이 돌아다니면서 방안 곳곳에 걸린 등잔과 초에 불을 붙였다. 바깥에 마지막 남은 황혼의 잔영이 스러져가면서 어둠이 세상을 덮어버리기 직전이었다.

'여긴 흑천의 계율에서 제외되나 보구나.'

나현은 얼빠진 생각을 했다. 귀신이 다 그런 건 아니지만 대부분은 어두워져야 활동하기 시작한다. 귀신 쫓기야말로 흑천의 계율에서 예외가 되기 가장 적합한 활동이었다.

언제 피웠는지 방 한구석에 놓인 향로에서 향불이 피어오르며 은은한 향내가 풍겨왔다. 이건 놀란 가슴을 진정시키는 데 큰 도움이 되었다. 나현은 그참에 모산파 도사, 소위 선인이라 불리는 자와 도동들의 모습을 자세히 살펴보았다.

도사는 생각보다 젊었다. 선인이라 불리길래 적어도 마흔은 넘은 노숙한 도사를 상상했더니 얼굴만 봐서는 고작해야 스물다섯 정도? 많이 봐도 서른은 안 넘어 보였다. 갸름한 미남형 얼굴에 가는 콧수염을 양쪽 입술 위로 길렀다. 청수한 인상을 더욱 청수해 보이게 만드는 수염이었다.

'잘 생겼네.'

남자끼리인데도 자연스럽게 나오는 감탄이었다. 너무 잘 생겨서 오히려 평범해 보이는 인상이기도 했다. 잘생긴 남자 그러면 딱 떠오르는 얼굴형이라고나 할까. 그 인상을 평범해 보이지 않게 하는 것은 입술 위의 수염, 그리고 두 눈이었다. 감정을 드러내지 않는, 겨울 호수처럼 고요하고 맑은 두 눈이 그를 참으로 냉정해 보이게 했다.

눈이 묘한 것은 두 도동도 마찬가지였다. 이 아이들은 모시는 주인보다 더해서 아예 유리구슬을 눈 대신 박아넣은 것처럼 보였다. 감정을 드러내지 않는다기보다 뭔가 인간의 감정과는 다른 어떤 것을 담고 있는 것 같은 두 눈이었다.

머리는 도동답게 둘 다 배코를 치고, 그러니까 정수리 부분을 삭발하고 가장자리만 남겼다. 옆머리와 뒷머리를 뒤로 모아서 땋고 앞머리는 복슬복슬하게 남겨두었는데 그 앞머리가 한 놈은 금색이고 다른 놈은 은색으로 빛나서 특이했다.

나현의 시선을 의식했는지 도사가 두 도동을 소개했다.

"금각과 은각이라 하네. 누가 금각이고 누가 은각인지는 그냥 알겠지?"

나현은 고개를 갸웃거렸다.

"잘 어울리는 이름이긴 하지만 여기선 이름을 말하지 말아야 하는 것 아니었습니까?"

도사는 손을 저었다.

"이 둘은 괜찮네. 여기 앉아서 차나 마시게."

애초에 이름을 말하지 말라는 의미는 알겠다. 주술을 사용하는 사람들은 이름에 특별한 의미가 있다고 여기기 때문에 이름 밝히기를 극도로 꺼린다. 자칫 잘못하면 이름 때문에 주박에 걸릴 수도 있어서였다.

그런데 지금처럼 이렇게 이름을 밝힌다는 것은 두 가지 중 하나였다. 그 이름이 가짜거나, 일부러 이름을 알려줌으로써 미끼로 삼는다는 것이다. 가짜 이름이라도 그렇게 불리는 동안에는 그 이름이라는 속박에 구속되기 때문에 진짜 이름만큼은 아니지만 주술에 취약해진다. 그러니 아무래도 지금은 두 번째 이유에서인 듯했다.

사람을, 그것도 어린아이들을 미끼로 내놓아?

의문이 목구멍까지 올라왔지만 나현은 말없이 도사가 앉은 탁자의 맞은편에 앉았다. 여태 들고 있었던 짐보따리를 내려놓았다. 아초는 분위기도 모르는 듯, 이곳이 평소 돌아다니던 나부산 옥선궁의 사당 중 한 곳이라도 되는 것처럼 킁킁거리며 구석구석 냄새를 맡고 다니더니 몇 군데에는 다리를 들고 영역표시까지 했다. 그러고 나서야 어슬렁어슬렁 걸어와 나현이 앉은 자리 옆에 엎드렸다. 도사는 그러는 내내 아초를 바라보았으면서도 아무 말 하지 않았다. 아초에 대해 묻지도 않고, 영역표시 행위를 제지하려고도 하지 않았다. 그는 그런 것에 대해서는 본 것이 없다는 듯 나현을 향해 말했다.

"늦었지만 아주 늦지는 않아서 다행이네. 차 한 잔 마실 시간은 있으니 자네 이야기를 해보게. 아, 그보다 자네 동행에게도 뭔가 대접해야지? 차를 좋아하시나?"

나현은 그게 아초를 두고 하는 말이라는 것을 한참 생각하고
서야 깨달았다. 나부산에서는 몰라도 밖에서 이런 대접을 받은
것은 처음이었으니까. 그는 손을 저었다.

"차는 떫다고 안 좋아합니다. 뜨거운 것도 싫어하고요."

그때 아초가 킁킁 콧소리를 내었다. 나현은 그 뜻을 알아듣고
덧붙여 말했다.

"데운 술이라면 아주 좋아합니다만."

도사가 손바닥을 펴 보였다. 없다는 뜻이었다.

"술은 귀신이 좋아하는 것이라 여기엔 없네. 재초에는 신을 부
르기 위해 술을 올리고 제령에는 귀신을 쫓기 위해 물을 쓴다는
게 이 계통의 상식이지."

그런 상식은 물론 나현도 알고 있었다. 혹시 해서, 그리고 아초
가 원해서 물어본 것이었다. 나현은 찻잔을 들어 한 모금을 마시
고 말했다.

"그럼 그릇에 물이나 담아주시면 됩니다. 그리고 제 이야기를
하라고 하셨는데, 그보다 이곳 이야기부터 들려주셔야 하는 것
아닙니까. 저는 정말 아무것도 모르고 왔습니다."

주인인 도사가 따로 시키지도 않았는데 도동이 아초가 마실
물을 그릇에 담아 내왔다. 아주 싹싹하고 눈치 빠른 도동이다 하
고 내심 감탄하고 있는데 도사가 나현의 말에 대답했다.

"이곳 상황은 지극히 간단하네. 이미 봤으니 무슨 일인지 알 것 아닌가."

"간단해 보이지 않던데요. 그 처녀귀신이 문제의 핵심입니까?"

"처녀귀신은 아닐세. 그건 되살아난 시체라고 봐야지. 귀신은 아냐."

"다행이군요. 처녀귀신을 달래려고 저를 부르신 줄 알았습니다."

처녀귀신이란 결혼을 못하고 죽은 여자의 귀신을 뜻한다. 그러니까 실제로 그 여자가 처녀였는지 아닌지와는 상관이 없다. 그래도 시집장가를 못 가고 죽은 귀신의 원한은 무섭기 때문에 그런 일이 생기면 부모는 영혼결혼식이라도 올려서 원혼을 달래려고 한다. 혹시 이미 처녀귀신이 된 후에도 그런 결혼식을 통해 달랠 수 있지 않을까, 그런 관행이 있지 않나 해서 물어본 것이다. 물론 절반쯤 농담으로.

도사는 웃지도 않고 말했다.

"그런 방법도 있었군. 지방에 따라서는 산 사람과 시체를 결혼시키고 하룻밤 동침시켜서 원혼을 달랜다고도 하던데 지금 시도해볼까?"

나현의 안색이 파리해졌을 것이다. 도사는 재빨리 덧붙여 말했다.

"불행히도 이미 말했듯이 저건 귀신이 아니고 되살아난 시체일세. 결혼을 못 하고 죽어서 원한이 남은 것도 아니지. 오히려 원치 않게 되살아나서 원한이 생겼다고 할까…… 자네 반혼술이라고 들어봤나?"

반혼술은 죽은 사람을 되살리는 술법이다. 적어도 그렇게 하기 위해 펼치는 주술이다.

진 대인은 십 년 전 유난히 따르던 어머니를 잃고, 작년에는 아내마저 잃었다. 그리고 며칠 전에는 어머니를 닮았다며 유난히 아끼던 딸마저 급사하고 말았다.

"마음이 찢어졌겠군요."

아까도 한 말이지만 나현은 또 한 번 같은 말을 했다. 달리 할 말이 없었다.

도사가 고개를 끄덕였다.

"그랬겠지. 그래서 진 대인은 해선 안 될 일을 했던 거야."

그는 해동조선에서 자부선인의 도를 배워 왔다는 수상한 술자에게 반혼술을 의뢰했다. 당나라 때 해동에서 유학 온 최치원과 관련된 오래된 문서에 따르면 해동에는 당나라와는 궤를 달리하는 독자적인 도의 계통이 있으며, 죽은 사람을 살리는 것도 가능하다고 했다. 자부선인은 해동 출신의 선인으로 잘 알려져 있고, 일설에는 반혼술의 비법을 품수하였다고 한다.

"그 술사가 진짜로 해동에서 도를 배워왔는지 아닌지는 모르네. 문파의 사람들을 풀어 뒤를 쫓게 했지만 아직 잡지 못했거든. 어쨌건 진 대인은 그 술사를 믿고 반혼술을 시전하도록 했고, 그 결과로 딸이 살아난 걸세. 산 것도 아니고 죽은 것도 아닌 반 요괴의 상태로."

나현은 몸을 떨었다.

"무서운 이야기로군요."

도사는 고개를 저었다.

"무서운 이야기는 이제 시작일세. 반혼술을 시행한 그다음 날 밤 이 저택의 하인 한 사람이 죽었네. 배가 갈리고 내장을 먹혔지. 사람들은 맹수가 한 일이라고 말했지만 여기 남경에 무슨 맹수가 있겠나. 누가, 아니 무엇이 한 짓인지 뻔하지."

나현은 말없이 듣기만 했다. 그다음 이야기는 하나도 궁금하지 않았다. 뻔히 그려지는 이야기였다.

도사가 계속 이야기했다.

"다음날은 두 명이 먹혔네. 먹히는 장면을 여러 사람이 봤기 때문에 맹수 탓으로 돌릴 수가 없게 됐지. 진 대인은 무공의 고수들을 붙여 감시하게 했네. 덕분에 그 다음 날의 희생자는 그 고수들이 되었네. 네 명이 죽었지. 더도 덜도 아닌 딱 네 명."

나현은 치밀어 오르는 궁금증을 참지 못하고 질문을 하고 말았다.

"그 다음 날은 여덟 명이었습니까?"

도사가 고개를 가로저었다.

"내가 왔지. 희생자는 더 이상 나오지 않았네."

"다행이군요. 자칫하면 온 세상 사람들이 다 잡아 먹힐 뻔하지 않았습니까."

농담을 섞어 칭찬한 것인데도 도사는 기뻐하는 빛을 보이지 않았다.

"원래는 내가 여기 온 당일에 해결되었어야 했네. 대개는 그렇게 되거든. 그런데 그게 쉽지 않았네. 문제가 좀 있었지."

그러면서 그는 엄지와 검지를 조금 떼서 요만큼이라는 표시를 해 보였다. 하지만 나현의 눈에는 그 거리가 십만 팔천 리는 되어 보였다. 보통 하루 만에 해결될 문제다. 그럴 자신이 있는 사람이다. 그런데 그렇게 되지 않았다. 그럼 아예 해결이 안 될 문제일 가능성이 높다는 이야기 아닌가.

도사가 이유를 설명했다. 나현에게는 그게 변명처럼 들렸다.

"드문 일이지만 애초에 내가 생각한 해결방안이 틀렸을 수도 있지. 그럼 놈을 예의 관찰해서 다음 방안을 찾아야 하네. 그런데 그럴 틈이 없었지. 이놈이……"

이 대목에서 도사는 닫힌 문, 여전히 귀기를 펄펄 풍기고 있는 그 문을 슬쩍 가리켰다.

"보통 팔팔한 놈이 아니라서 말일세. 온 힘을 다해 막느라고 관찰할 틈이 없었네."

이럴 때 참지 못하고 한마디 하는 것은 나현의 나쁜 버릇일 것이다.

"막는 게 고작이셨군요."

"그랬네."

모욕으로 받아들일 수도 있었을 텐데 도사는 순순히 인정했다. 그럴만한 이유가 있다는 것이 그다음 말로 밝혀졌다.

"하지만 이제 괜찮네. 자네가 왔으니 이젠 충분한 시간을 들여서 관찰할 수 있지 않겠나."

나현은 웃었다. 어이가 없어서였다. 그는 손가락으로 자기 코를 가리키며 물었다.

"그 말씀은 저보고 그, 저 요괴, 살아있는 시체, 하여간 그것을 막고 있으라는 뜻입니까? 그 시간에 도사님은 뒤에서 관찰을 하시고요?"

도사가 고개를 끄덕였다.

"왜 아니겠나. 자넨 나부파가 자랑하는 신진고수 아닌가."

나현은 두 손으로 탁자를 짚고 일어섰다.

"전 나부파 출신은 맞지만 신진고수는 아닙니다. 숙부님이 뭐라고 하셨는지 몰라도 문파에서 절 자랑하지도 않고요. 무엇보다 저는 귀신이니 요괴 같은 것에 약합니다. 그런 이야기를 듣는 것만으로도 오줌을 지릴 것처럼 무섭단 말입니다."

왼손으로 짐보따리를 들고 오른손으로는 아초의 목에 두른 목줄을 잡아당겼다. 아초는 일어나기 싫은지 꿈쩍도 하지 않았다. 나현은 표시 나지 않게 아초의 목줄을 당기던 손에 힘을 주며 입으로는 도사를 향해 작별인사를 했다.

"재미있는 이야기 잘 들었습니다. 밤새 말벗이라도 해드리고 싶지만 그럴 수 없어서 유감이군요. 그럼 저는 이만……"

도사는 그를 잡으려 하지 않았다. 대신 질문 한마디를 던졌다.

"귀신이 무섭다면서?"

나현은 고개를 끄덕였다.

"자랑스러워할 일은 아니지만 그렇습니다."

도사가 또 물었다.

"그런데 왜 지금 밖에 나가려 하는가? 밖에는 귀신이 우글거릴 텐데."

나현은 들고 있던 짐을 떨어뜨렸다. 아초가 그것 보라는 듯 킁하고 콧소리를 냈지만 그건 못 들은 척했다.

"왜 그렇다는 것입니까? 설마 저를 겁주시려고 지어서 하시는 말씀은 아니겠지요?"

도사는 손을 들어 허공을 휘저었다. 거기 뭐가 있다는 듯이.

"인간이 죽으면 육신은 썩어 흙으로 돌아가고 혼백은 육신을 빠져나와 떠돌다가 결국 혼은 바람에 흩어져 사라지고 백은 땅에 흡수되어 사라진다네. 죽으면 아무것도 남지 않고 사라진다는 것이지. 그럼 귀신은 어디에서 생겨나는 것일까?"

나현은 대답하지 않았다. 대답은 도사가 할 것이라 생각해서였다. 과연 그랬다.

"집착과 망념 때문에 죽어서도 사라지지 못하고 이 세상에 남아 떠도는 혼백이 있네. 이런 것이 귀신이 되는 것이지. 옛 문헌에 말하기를 귀는 수축하는 것이고 신은 펴는 것이라 했네. 이는 인간의 굽히고 펴는 성질을 그대로 반영한 것이 귀신이라는 뜻일세. 또 귀는 평범한 백성이 죽어 된 것이고 신은 신분이 높은 자가 죽어 된 것이라고도 한다네. 한 마디로 귀신은 특별할 것이 없고, 그냥 이 세상 사람들이 죽어서 되는 것이라는 뜻일세."

이 시점에서 참지 못하고 나현이 한마디 했다.

"빈부귀천에 따라 죽어서도 차별받는 건가요?"

"옛날 사람들은 그렇게 생각했을 수도 있지. 하지만 나는 그 말을 이렇게 해석한다네. 귀하고 귀하지 않고는 빈부에 따른 것이 아니라 수행으로 쌓은 덕의 유무에 따라 결정된다고 말일세. 우리 수행자들이 좋은 예가 아닌가. 수행을 하겠다고 나서는 자들은 그가 천민이건, 노비건, 혹은 왕후장상의 자손이건 가리지 않고 평등하게 대우하지. 그가 수행에 성공하여 신선이 되는 것도 출신에 좌우되지 않지 않는가."

신선이 되는 길에는 빈부귀천의 차별이 없을지 몰라도 수행의 길에는 그런 게 있다고, 그것도 아주 많이 있다고 나현은 생각했지만 그런 말을 입밖으로 꺼내지는 않았다. 돈 많고 신분이 높은 사람이 출가하면 빈민이 출가했을 때보다 편한 점이 많이 있다. 대우도 잘 받는다. 그건 도사도 사람이며, 도관도 사람이 모인 단체라 어쩔 수 없는 부분이었다. 하지만 그렇다고 수행의 성공이 그걸로 좌우되지는 않으니 결국 수행에 빈부귀천의 차별은 없다는 도사의 말이 맞다고 인정할 수밖에 없었다.

그보다 나현은 다른 점을 지적했다. 이미 비어버린 찻잔을 들어 보이며 말한 것이다.

"차 한 잔 마실 시간은 이미 지났는데요."

도사가 말했다.

"그럼 한 잔 더 마시기로 하세. 저들은 이미 죽은 자들이니 조금 더 기다리게 한다고 뭐 문제가 있겠나."

신호도 하지 않았는데 도동들이 다가와 도사와 나현의 찻잔에 차를 부어주었다. 도사가 말했다.

"애초에 우리 도교에는 죽은 후의 세계 같은 것은 없다는 걸 알고 있나? 극락이니 지옥이니 하는 건 서역에서 불교가 들어오면서 같이 들어온 생각이고 신앙이라네. 우리 도교는 삶을 사랑하지. 신선이 되려는 것도 더 오래 건강하게 살면서 이 삶의 복락을 더 길게 즐기려 하는 것이지 죽어서 좋은 곳에 가려고 하는 게 아닐세. 이미 죽은 후에 좋은 곳에 가봤자 무엇 하겠나."

나현은 새로 나온 차를 한 모금 마시고 오늘 하는 말 중에 가장 실례될 것 같은 질문을 했다.

"그 이야기 길어집니까? 집에서도 늘 들었던 이야기 같아서 말씀입니다."

말이 많으니 좀 닥쳐달라는 뜻으로 해석될 나현의 말을 듣고도 도사는 화내지 않았다. 그 역시 차를 한 모금 마시고 이렇게 말할 뿐이었다.

"그러니까 원래 우리 도교에서 보기로는 세상에는 죽어서 가는 저세상 같은 건 없고 그저 죽으면 세월의 흐름과 더불어 사라지는 게 사람의 운명이라는 것일세. 그걸 받아들이지 못하는 아집과 망념의 덩어리들만이 귀신으로 남아 세상을 떠도는데, 불행히도 세상에는 그런 아집과 망념을 가지고 죽는 사람들이 꽤나 많다네. 그러니 세상에는 귀신이 가득하다고 할 수도 있겠지."

그는 다시 한번 닫힌 문 쪽을 가리켰다.

"그놈들은 생전의 이지(理智)가 사라진 후라서 강한 힘에 이끌린다네. 보기 드물게 강한 요괴나 요물이 나타나거나 괴이한 현상이 일어나면 그게 발하는 힘을 따라 일없이 모여들기도 하지. 그게 저 문 건너편 방에 귀신이 우글거리는 이유고, 이 묘당 밖에도 그러는 이유라네. 이 간단한 이야기를 하려고 먼 길을 돌아왔군. 이제 자네 이야기를 좀 들어보세. 그러려고 차 한 잔의 여유를 마련한 것이니까."

나현이 말했다.

"제 이야기를 하기 전에 한 가지만 더 여쭙겠습니다. 저 문 너머에도 우글거리고 이 묘당 밖에도 우글거리는 귀신, 망령들이 이 방에는 보이지 않는 건 무엇 때문이죠? 도사님의 법력 때문인가요? 만약 그렇다면 도사님 옷자락을 붙잡고 절대 떨어지지 말아야겠다는 생각이 들어서 그럽니다."

도사는 자신의 등 뒤를 가리켰다.

"일부는 내 덕이지. 하지만 대부분은 내가 이 방에 모신 저분 덕분이라네."

그제서야 나현은 도사의 뒤쪽 벽에 걸린 족자를 보았다. 중요한 건 그 족자에 그려진 그림이었다. 검붉은 새의 몸에 여자의 얼굴을 가진, 모르는 사람이 봤다면 요괴라고 할 무엇인가의 초상이었다. 어울리지 않게도 새의 발톱으로 검 한 자루를 쥐고 있었다.

하지만 나현은 그게 도교의 최고신 중 하나인 서왕모의 시중을 드는 구천현녀의 초상임을 알아보았다. 그녀 자신이 높이 신봉되는 도교의 여신 중 하나였다. 도사는 지금 그 초상화가 발하는 영력의 힘으로 귀신들이 범접을 못 한다고 말하는 것이다.

"고풍스러운 초상화를 가져다 거셨군요. 근래에는 새의 몸이 아니라 날개옷을 입은 형태로 많이들 그리는데. 그건 그렇고 왜 하필 죽음을 알리는 여신입니까?"

도사는 아무렇지도 않게 말을 받아넘겼다.

"자신들이 죽은 것도 모르고 날뛰는 자들에게 이보다 적합한 여신이 또 어디 있겠나."

나현은 인정할 수밖에 없었다. 그리고 그건 이제 나현이 자기 이야기를 할 때라는 의미이기도 했다.

문제는 나현이 할 이야기가 별로 없다는 점이었다. 다른 문파 사람에게 나부파 이야기를 하기도 그렇고, 진짜 내밀한 마음속의 이야기를 털어놓을 수도 없었다. 언제 봤다고. 이름도 모르는 사람에게. 그래서 하는 수 없이 나현은 남경에 도착한 이후의 일들, 특히 숙부가 그의 옷차림을 흉본 이야기를 했다. 도사도 숙부의 의견에 동의하는지 알고 싶어 꺼낸 화제였다.

7

"그 옷은 좋은 물건이지. 가볍고, 편하고, 보기도 좋고."

의외로 도사는 칭찬처럼 들리는 말부터 했다. 하지만 곧 이야기의 방향이 바뀌었다.

"대신 약하기 짝이 없지. 어디 모서리에만 긁혀도 칼을 댄 것처럼 길게 찢어진다네. 진짜 칼을 대면 어떻게 될지는 안 봐도 뻔하지."

역시 숙부와 알고 지내는 사이다웠다.

"그 가죽 장화도 좋은 물건일세. 옷과 마찬가지로 가볍고, 편하고, 보기도 좋지."

"대신 약하다 그겁니까?"

"왜 아니겠나. 자넨 이곳 남경사람들이 눈비가 오지 않는데도 장화를 신고 다닌다고 말했지만 사실 그 장화는 눈비가 오면 신고 나가서는 안 되는 물건일세. 공들여 가공한 송아지 가죽으로 만든 거라 물기에 약하거든. 물 한 방울이라도 묻으면 자국이 남고 그 얼룩은 어떻게 해도 지울 수가 없다네. 진흙탕이라도 묻으면 끝장이지. 그러니 이렇게 말할 수 있겠군."

도사는 얼굴에 웃음기도 띠지 않고 선언하듯 말했다.

"그 가죽 장화는 신발을 갓난아이 엉덩이처럼 애지중지 관리할 수 있는 사람이거나, 돈이 주체할 수 없을 정도로 많아서 그런 신발 정도는 한 번 신고 버리는 용도로 사는 사람만이 신는 거라고."

나현은 좌절했다. 신발을 막 신을 생각은 아니었지만, 갓난아이 엉덩이처럼 애지중지 신을 생각은 없었다. 그렇다고 한 번 신고 버리기에는 신발이 너무 비쌌다. 자그마치 은자로 스무 냥이나 주고 산 물건인데, 쌀로 계산하면 열 가마 정도의 가격인 것이다.

"그 검도 좋은 물건일세."

칭찬이었지만 겁부터 났다.

"대신 뭐가 문젭니까?"

도사가 손을 저었다.

"내가 말을 잘못했군. 검 자체로 놓고 보면 결코 좋은 물건은 아닐세. 보기 좋은 것만 추구하다 보니 균형이 무너졌어. 아마 좋은 강철을 사용한 것도 아닐걸세."

"그럼 대체 뭐가 좋다는 겁니까?"

"손을 보호하는 호수구와 머리 장식, 손잡이와 칼집의 장식은 좋네. 공예품으로 치면 아주 훌륭한 물건일세. 분명 유명한 장인의 손을 거친 세공품일 거야. 그걸 솜씨 없는 대장장이가 받아다가 어설프게 조립해 놓은 거겠지. 걱정하지 말게. 내가 아는 솜씨 좋은 장인에게 가져가면 부속만 떼다가 제대로 된 검신에 재결합해서 괜찮은 보검으로 다시 만들어 놓을 수 있네. 돈은 좀 들겠지만 버리는 것보단 낫지 않겠나."

"말은 어떻게 보셨습니까?"

나현은 한 가닥 희망을 갖고 질문을 던졌다. 도사는 매정했다.

"좋은 말이었을 걸세. 십 년 전에는."

나현은 고개를 탁자에 박았다.

"지금은 너무 늦었단 말씀이시군요."

"하지만."

나현이 다시 고개를 들었다.

"하지만?"

"저렇게 늙은 말이 아니었다면 자네 동행을 그렇게 얌전하게 등에 태우고 오지 않았을 걸세. 그러니 결국 잘 산 거지. 가격을 생각하지 않는다면 말일세. 자네 동행은 걸어서 따라오라고 한다고 순순히 그럴 것 같아 보이지는 않는군."

나현은 한숨을 내쉬었다. 오면서 내내 고민한 문제가 그것이었다. 다행히 그의 백마가 아초를 고분고분 태워줘서 걱정을 덜었지만 대신 만인의 웃음거리, 구경거리가 되지 않았던가.

"수레를 하나 사서 태우고 다닐까 생각 중입니다. 가능하면 천막을 쳐서 남들이 못 보게 해서요."

도사는 별로 감명을 받지 않은 듯했다.

"글쎄, 말처럼 쉬울 것 같진 않네만."

도사가 말을 돌렸다.

"하여간 결론적으로 자네는 내가 보기에……"

평가 같은 것은 부탁하지 않았다고 하려다가 참았다. 대체 뭐라고 평가하는지 그 내용이 궁금해서였다.

"배우지 못해 무지한 것일 뿐 구제 불능의 멍청이는 아닐세. 나쁘지 않군."

"부탁하지도 않은 평가에 후한 칭찬 감사합니다."

반사적으로 이죽거리는 대답이 튀어나왔다. 아, 글쎄 누가 평가를 부탁했냐니까.

하지만 도사에게는 그럴 이유가 있었나 보다. 그것도 충분한 이유가.

"그럭저럭 같이 일할 수 있는 친구란 걸 알았으니 이제 슬슬 일을 시작해 보세."

도사가 찻잔을 놓고 일어났다. 나현도 엉겁결에 따라 일어났다.

"일이라고요? 무슨 일 말입니까?"

아초가 닫힌 문 쪽을 바라보며 으르렁거렸다. 도사가 동전검을 집어 들며 말했다.

"더 이상 기다릴 수 없나 보네. 그럼 상대해 줘야지. 죽은 자를 명부로 고이 보내주도록 하세."

'아까는 명부 따위는 불교가 들여온 거라고 하더니.'

진지하게 믿지 않아도 입에 붙어버린 말버릇은 어쩔 수 없는 것이기에 저러는 것일 터였다. 그만 해도 묘당 안의 요마는 여귀가 아니라고 알고 있음에도 불구하고 계속 그렇게 부르고 있지 않은가.

하여간 구시렁거리고 있을 틈이 없었다. 문이 쪼개지듯 열리고 예의 여귀가 이빨을 드러내고 고개를 들이밀었다.

"무례한 것! 돌아가서 얌전히 기다려라!"

도사가 동전검을 던졌다. 동전검은 여귀의 얼굴에 정통으로 맞더니 산산이 부서져서 흩어졌다. 동전들을 엮어놓은 끈이 끊어져서 그렇게 된 것이겠지만 그건 마치 밤하늘에서 폭발하는 폭죽 같아서 보기도 좋고 위력도 적지 않은 듯했다.

여귀는 금속성의 비명을 지르며 뒤로 물러났다. 도사는 그 틈을 타서 탁자 위의 목검을 한 무더기 들고 문 쪽으로 다가가 묘당 안으로 하나씩 던졌다. 목검에는 어느새 부적이 한 장씩 꽂혀 있었고, 던지는 것과 동시에 불이 붙어 묘당 안의 어둠을 밝히며 날아갔다.

나현은 무서워서 오금이 저려 주저앉을 뻔했지만 그 두려움을 감추려 실없는 소리를 했다.

"던지는 걸 좋아하시는군요."

도사가 돌아보지도 않고 대꾸했다.

"편하잖은가. 손발을 수고로이 할 거라면 뭐하러 주술이며 방술을 수련했겠는가. 편히 갈 수 있는 길이라면 주저 없이 그렇게 해야지."

그는 쪼개진 문을 지나 묘당 안으로 걸음을 들여놓았다. 한 손에는 어느새 또 다른 동전검을 들고 있었다.

아초가 으르렁거리며 코끝으로 나현의 등을 밀었다. 나현은 밀려가지 않으려 애쓰며 비명을 지르듯 말했다.

"나도 들어가라고? 싫어! 난 못해. 죽어도 못해!"

하지만 결국 나현은 도사를 따라 묘당 안으로 들어가야 했다. 예의 두 도동이 그의 양팔을 잡고 당겨 묘당으로 끌고 간 것이다. 새삼 느끼는 것이지만 힘이 센 아이들이었다.

묘당 안은 밝았다. 조금 전 도사가 던져넣은 목검들이 묘당 벽 곳곳에 박혀 불길을 뿜으며 타올라 횃불 같은 역할을 해서였다. 가느다란 목검에 부적 한 장 꽂아놓은 것에 불과하니 타기 시작하면 금세 재가 되고 말았을 텐데 기묘하게 오래 타고 또 밝았다.

"광명의 주법을 사용한 것일세. 아침이 올 때까지 저 상태일 터이니 어두워서 문제가 되는 일은 없을 것일세."

도사가 친절하게 해설해주었다. 그는 이미 묘당의 중앙에 가부좌를 틀고 앉아 무릎에는 동전검을 올려놓고 자유로워진 양손은 얼굴 앞에서 모아 인을 쥐었다. 즉 주술을 시전하기 위한 특유의 손 자세를 취했다.

그 전면, 그러니까 묘당의 맞은편 벽 아래에는 두 개의 석관이 있었다. 돌로 집을 짓듯이 바닥과 벽을 만들고, 그 안에 나무로 짠 진짜 관을 넣고 뚜껑을 덮음으로써 무덤으로 삼는 그런 형식의 석관이었다.

그런 것이 두 개, 나란히 있고, 그 사이에 미처 석관을 만들 틈이 없었는지 나무 관 하나가 놓여 있는데, 관뚜껑은 밀어 젖혀져 바닥에 떨어져 있고, 관 안에는 문제의 여귀가 서 있었다.

아름다웠다.

하얀 얼굴에 붉게 칠한 입술, 단정하게 틀어 올린 머리와 곧 꽃단장한 수레를 타고 외출이라도 할 것처럼 차려입은 여귀의 모습은 나현의 눈에 더없이 아름다워 보였다. 입만 안 벌리면 나현이 이십 평생 본 여자들 중 가장 아름답다고 할 수 있을 것 같았다.

하지만 너무 과했다. 듣기로 시집도 안 간 처녀로 죽었다는데 차려입은 복장은 한껏 멋을 부린 귀부인을 연상케 하지 않는가.

하늘하늘 얇은 비단으로 지은 연황색의 저고리를 입고, 주름을 잡은 붉은 치마를 젖가슴 바로 아래까지 올려 입었다. 거기에 연분홍의 장삼을 걸쳤는데 소매는 풍성하고 옷자락도 길어 발을 덮을 정도였다. 그리고 그 위에 소매가 없고 폭이 좁은 장삼, 그러니까 날개옷이라 부르는 하피의를 걸쳤는데, 그 색깔은 금색이었다.

틀어 올린 머리에는 여러 개의 금비녀를 꽂고 보석 박힌 산호 빗을 꽂았다. 귀에는 귀고리가, 목에는 알 굵은 진주를 엮어 만든 목걸이가 여러 줄 걸려 있었다. 열 손가락마다 반지를 끼고 양손 약지와 무명지에는 손톱을 보호하는 가짜 손톱, 즉 지호갑도 끼웠는데 광채나 색깔로 보아 금으로 만든 듯했다.

이런 호사스러운 차림은 귀부인에게는 어울릴지 몰라도 시집도 안 간 처녀에게는 과한 것이 틀림없었다.

'수의를 입힌 것도 아니고.'

통상 사람이 죽으면 수의를 입힌다. 수의는 남녀 공히 관복을 흉내 낸 것인데, 이는 저승에 가서 옥황상제, 혹은 염라대왕 측근에서 작은 벼슬이라도 하기를 바라는 마음이 반영된 것이라고 했다. 죽어서도 관직에 올라 복락을 누리기를 바라는 심리의 소산인 것이다.

여자의 수의도 남자의 수의와 별로 다르지 않아서 군청색을 위주로 한 수수한 것인데, 단지 장식이 조금 더 들어갈 뿐이었다. 그런데 지금 눈앞의 여귀는 수의를 입지도 않았다. 이건 진 대인이 딸의 죽음을 인정하지 않았다는 증거가 아닌가 했다.

"구경만 하지 말고 이리 와서 나를 보호하게. 곧 움직일 듯하니."

도사가 그렇게 말하고 있었다. 과연 도사는 입술을 달싹여 주문을 읊을 준비를 하고 여귀는 어깨를 움직이는 것이 곧 덮쳐들 태세를 보이고 있었다.

무섭긴 하지만 여기까지 와서 몸을 사리고만 있을 수는 없었다. 마주하기 전에는 죽을 듯이 두려웠지만 막상 면전에 두고 보니 겁이라는 것이 기절하기라도 한 듯 그렇게 무섭지도 않았다.

"이왕 이렇게 된 거 솜씨를 한 번 보여드리죠."

나현은 호기롭게 허리에 찬 검을 뽑아 들었다. 보기만 좋지 쓸모없다고 한 그의 보검이 실제로는 얼마나 예리하고 또 강력한지 보여줄 좋은 기회라는 생각도 들었다. 덧붙여서 아무도 궁금해하지 않은 그의 무공 실력도.

사실 나부파는 무림의 한 문파이긴 하지만 무공으로 유명하진 않았다. 그건 모산파도 마찬가지였는데 점치는 것이나 귀신쫓기, 기껏해야 주술과 방술로 명성이 높을 뿐 소림사나 무당파, 하다 못해 같은 도교문파인 화산파에 비교해서도 무공분야에서는 보잘것없다고 알려져 있었다.

어려서부터 그걸 분하게 여긴 나현은 문파의 장기인 주술이나 방술 보다는 무공수련에 더 정성을 들여왔다. 그래서 오랫동안 나부파에서 전해져 오긴 했지만 별로 관심을 받지 못했고, 익힌 사람도 별로 없는 검법 한 가지를 완벽하게 익히는 데 성공했다.

이름을 칠성검법이라 하는 이것은 일곱 초식으로 이루어져 있으며 한 초식 한 초식이 막강한 위력을 가지고 있되, 뒷 초식이 앞 초식보다 두 배 더 강하여 마지막 초식에 이르러서는 그 앞에 서 있을 자가 없다고 하는, 적어도 비급에는 그렇게 적혀있는 검법이었다. 좀먹고 먼지 쌓인 이 비급을 서고 구석에서 발견하고 나현은 얼마나 기뻐했는지 모른다. 도교에 관련된 서적은 많지만 무공비급은 눈을 씻고 찾아봐도 없던 서고에 고이 모셔져 있던 것이니 그 내용에는 조금의 거짓도 없을 거라고 믿었던 것이다.

지도해줄 선배도 없이 홀로 비급만 보고 검법을 익히는 일은 상상했던 것보다 훨씬 어려웠다. 다른 사람들이 보면 비웃을 게 뻔하다고 생각해서 몰래 수련해야 했기 때문에 더욱 그랬다.

하지만 불굴의 의지와 노력으로 그는 마침내 비급을 모두 해독하고 거기 적힌 도보에 따라 일곱 초식을 펼치는 데 성공했다. 비록 비급에서 호언장담한 것과 같은 위력은 확인할 수 없었지만, 실전에 임하면 반드시 그 가치를 증명해 보일 것이라고 믿고 기대도 했다. 그가 사부이자 아버지인 금계진인을 졸라 강호출도를 서두른 자신감의 배경에는 이게 있었던 것이다.

이제 그 축하할 만한 검법의 초연이 시작되었다. 강호출도 후 처음으로 사용하는 무공이고, 첫 실전이기도 했다.

나현은 짧게 초식의 이름을 외쳤다.

"두전성이(斗轉星移)!"

그럴 필요는 없었지만 그러는 편이 멋있을 것 같아서였다.

두는 북두칠성을 말한다. 북두칠성이 북극성을 중심으로 작은 회전을 하면 북극성과 북두칠성을 제외한 천공의 모든 별들이 이동을 시작한다는 뜻의 초식 명으로, 실제 동작은 두 다리로 땅을 단단히 밟고 서서 검을 휘둘러 원을 그리는 것이었다. 아무도 다치게 하지 못하고 그 어떤 위력도 없는 초식으로 나현은 이것을 기를 끌어모으는 준비 동작 정도로 이해하고 있었다.

하지만 진짜는 이제부터였다. 두 번째 초식을 시전할 준비를 하는데 여귀가 철판을 송곳으로 긁는 듯한 비명을 지르며 허공을 가르고 덮쳐왔다. 도사는 주문을 다 읊지 못했고 나현도 아직 초식을 시전할 준비를 끝내지 못했다. 그 빈틈을 노린 공격이었다.

다행히 금각과 은각이 나현과 여귀 사이를 막고 섰다. 그때 여귀가 말했다.

"금각, 은각. 꼼짝 마라!"

금각과 은각 두 도동이 한순간 얼어붙은 듯 멈춰 섰다. 사람의 말을 하기 위해서인 듯 여태 인간의 입 모양을 하고 있던 여귀의 얼굴이 반으로 갈라지며 예의 바늘 같고 송곳 같은 이빨들을 드러냈다. 그때 금각과 은각이 거짓말처럼 움직여 여귀의 양쪽 팔을 붙잡았다. 때를 놓치지 않고 나현의 검이 허공을 갈랐다.

"칠성취회(七星聚會)!"

일곱 별빛이 한곳으로 모인다는 뜻의 이름으로 칠성검법의 마지막, 그러니까 최강의 위력을 가진 초식이었다. 간단히 말해 검을 일곱 번 휘둘러 적을 일곱 번 베는 초식이었다. 시간을 주면 위험하다고 생각한 나현이 중간을 건너뛰고 최고, 최강의 필살기를 시전한 것이다.

검은 분명 수련한 대로 일곱 번 휘둘러졌다. 하지만 검은 여귀를 한 번밖에 베지 못했다. 그 한 번의 일격으로 검신이 보기 좋게 부러져 버렸던 것이다. 겨우 맞춘 한 번의 칼질도 여귀에게 상처를 주지는 못하고 옷자락만 찢어놓았을 뿐이었다.

캬아악—!

귀곡성이 울렸다. 여귀는 나현을 향해 소리를 질러 뒷걸음질치게 하고, 그 다음에는 팔을 휘둘러 그 팔을 잡은 두 도동, 금각과 은각을 저만치 던져버렸다. 끔찍하게도 금곽과 은각은 그 서슬에 팔뚝이 찢겨져 나가 버린 듯했다. 살아있는 채로 팔뚝을 어깨로부터 뜯어내 버리는 놀라운 괴력이 여귀에게겐 있었다.

다음 목표는 나현이었다. 여귀가 쳐다보는 것이 그 증거였다. 주춤주춤 나현이 물러섰다. 등에는 소름이 돋고 얼굴에는 진땀이 흘렀다. 죽음이 목전에 임박한 것을 느껴서였다. 진정한 공포를 비로소 느낀 것이다.

그때 도사의 주문이 발동되었다.

太山之陽 常山之陰 盜賊不起 虎狼不侵

天帝有命 司命監兵 城廓不完 閉以金關

千凶萬惡 莫之敢于 急急如九天玄女道母元君律令

'태산의 양지와 상산의 그늘에선 도적이 감히 일어나지 못하고 호랑이와 늑대가 감히 침범하지 못한다. 옥황상제의 명이 있고, 그 명에 따라 군사를 부리니 성곽이 비록 완전하지 못하고 관문이 무너져 있다 하더라도 천 가지 흉한 것과 만 가지 악한 것이 감히 침범하지 못하리라. 구천현녀도모원군의 이름으로 명하는 것이노라.'

대강 그런 뜻으로 도교에서 태산의 주문이라 부르는 것이었다. 내용 그대로 악귀의 준동을 막고 귀신과 요마를 제압하는 효과가 있었다.

덮쳐들던 여귀가 강철벽에 부딪친 것처럼 튕겨 나가고, 묘당에 들끓던 귀신, 악령의 기색이 순식간에 일소되었다. 도사가 인을 쥔 손으로 손짓하자 여귀는 누가 밀어내고 누른 것처럼 관으로 돌아가 눕고, 아무도 손대지 않았는데 관뚜껑이 그 위에 덮였다. 묘당 안은 이제 쥐죽은 듯 고요해졌다. 도사의 목소리만 빼고.

"생각보다 훨씬 쓸모가 없군."

도사가 자리에서 일어나 쓰러진 금각과 은각에게 가며 한 소리였다. 하지만 그의 말이 두 도동에게 한 말이 아니라는 것은 명백했다. 나현은 얼굴을 붉혔다. 쥐구멍에라도 숨고 싶었다. 차라리 죽고 싶었다.

그렇게 수치심에 사로잡혀 있느라 그는 자신이 보고 있는 것이 얼마나 괴이하고 신기한 일인지 깨닫지 못하고 있었다. 도사의 손길이 쓰러진 두 도동에게 닿자 두 도동은 사라진 것처럼 작아져서 그 손바닥에 잡혔다.

그건 두 마리 도마뱀이었다. 각각 금색 뿔과 은색 뿔이 돋아난 도마뱀. 단지 금각이라 생각했던 금색 머리털의 도동은 금색가루를 떨어버리고 은색뿔을 드러내고 있었고, 은각이라 생각했던 도동은 그 반대였다. 이름으로 속임수를 써서 여귀의 주박을 흘려 넘긴 것이다.

팔뚝이 떨어져 나간 것처럼 보인 것도 속임수였다. 떨어져 나간 것이 있긴 했지만 팔뚝이 아니라 꼬리였다. 도마뱀이 위기 시에 스스로 자르고 달아난다는 꼬리를 팔 대신 바치고 위기에서 벗어난 모양이었다.

그 두 마리 도마뱀을 손바닥에 올리고 돌아온 도사는 묘당 밖에 도마뱀들을 놓아주었다. 그리고 나현에게 말했다.

"나는 이제 두 번째 주문을 발해야 하네. 태산의 주는 잠시 얌전하게만 할 수 있을 뿐 완전히 제압하진 못하거든. 자네는 어떻게 할 텐가. 무서우면 그냥 돌아가도 좋네. 아니면 다시 능력이 부치는 일을 해보든가."

나현은 말없이 문을 지나 묘당 밖으로 나갔다. 도사는 그럴 줄 알았다는 듯 상관하지 않고 다시 묘당 중앙에 가부좌를 틀고 앉았다.

8

멋을 내려고 입은 나풀거리는 비단장삼을 벗어버렸다. 허리를 감은 옥대도 풀어버리고 거치적거리는 검대도 거기 매달린 검집과 함께 벗어 던졌다. 비단무복도 갈아입을까 했지만 그건 시간이 허용치 않을 것 같아 관뒀다.

나현은 그렇게 간편한 몸이 되어 짐꾸러미에 넣어 두었던 자신의 검을 꺼내 들었다. 나부산에서 나올 때 받아서 나온 원래의 철검이었다. 그러는 사이 짐 옆에서 기다리고 있던 아초가 걱정스럽다는 듯, 혹은 원하는 게 있는 것처럼 끙끙거렸지만 나현은 시선도 주지 않았다.

그렇게 채비를 마친 그는 서둘러 묘당으로 돌아갔다. 고작해야 숨을 열 번 들이쉬고 내쉴 정도의 시간밖에 걸리지 않았다.

도사는 여전히 그 자리에 앉아있었다. 가부좌를 틀길래 주문을 외려나 했더니 그렇게 바닥에 앉아 부적을 쓰고 있었던 모양이었다. 완성된 부적 세 장을 나현에게 내밀며 말하는 것이다.

"이걸 저 관짝들에 붙이고 오게."

나현이 다시 돌아온 것, 그 전에 이곳을 떠나는 것처럼 보인 것에 대해서는 전혀 모르고, 마치 있지도 않았던 일처럼 취급하는 듯했다.

"관 안에 누워있는 세 사람에 맞춘 특제 부적일세. 진 대인의 어머니와 아내는 둘 다 진 부인이지만 어머니는 결혼 전의 성이 소 씨이고, 어내는 양 씨였지. 그리고 딸은 그냥 진 씨에 이름을 숙분이라 하네 부적에 똑똑히 써놓았으니 헷갈릴 일은 없을 걸세."

도사의 서슬에 받아들긴 했지만 나현에겐 할 말이 많았다. 사실은 관에 가까이 가기 싫었기 때문에 없는 말이라도 만들어서 하고 싶었다.

"풀은 없습니까?"

도사가 간단히 대답했다.

"그런 것 없어도 붙을걸세. 반드시 관짝과 뚜껑이 만나는 선을 가로질러 봉인하듯 붙여야 하네. 그럼 다시 한동안 조용해지고, 약해지는 효과가 있을걸세."

그러곤 드러내놓고 할 이야기는 아니지만 들어도 상관은 없다는 듯 낮은 소리로 중얼거렸다.

"원래는 이 부적만으로도 단단히 봉해져서 적어도 보름간은 날뛰지 못했을 것이고, 그럼 그 사이에 문파의 아래 도사들을 동원한 일반적인 재초의식만으로도 무해한 존재로 돌려놓을 수 있었을 것을. 그랬다면 진 대인은 이런 소동을 보지 않아서 좋고, 나는 수고로이 손발을 놀리지 않고도 돈을 벌 수 있으니 좋았을 것 아닌가. 평소에는 잘 듣던 부록술이 여기선 통 듣지 않으니 정말 묘한 일이로다."

부록술이란 부적을 발하고 그것으로 요마를 봉하며, 또 귀신을 쫓는 모든 일을 뜻한다. 평소에는 부적 하나로 해결하던 일이 여기서는 뜻대로 안 되는 것을 도사는 못내 불쾌하게 여기는 것 같았다.

그런데 돈 이야기는 뭘까.

속세를 떠나 선인의 길을 가기 위해 수행하는 도사가 그런 속된 생각을 하고 있을 리 없었다. 잘못 들은 거겠지.

나현은 그렇게 이해하기로 하고 다음 문제로 넘어갔다.

"아까는 제게……"

도사가 엄히 꾸짖듯 말했다.

"시간이 없으니 닥치고 시킨 일이나 하게!"

아무래도 나현은 아버지처럼 엄하게 구는 사람에게 약한 것 같았다. 저렇게 강압적으로 나오면 반발심이 들어서라도 더 하기 싫을 법도 한데 그 기세에 눌려 고분고분 관 앞으로 가고야 말았다.

다행히 요마는 튀어나오지 않았다. 나쁜 기운은 가득하고 곧 안 좋은 일이 일어날 것 같은 예감은 뒤통수를 찌르다 못해 얼굴로 튀어나올 것 같았지만 아직은 그럴 때가 아닌 듯했다.

도사의 말대로 부적에는 진숙분이라는 이름이 적혀 있었다. 나현은 그것을 나무관에다 붙였다. 풀을 발라놓은 것도 아닌데 부적은 관짝에 대자마자 단단히 붙어버렸다. 그리고 또 한 장은 진소 씨라고 적혀있는 것이었다. 그러니까 결혼 전 성이 소 씨인 진 부인이다. 나머지 한 장은 당연히 진양 씨였다.

어느 게 어느 쪽 것인지, 즉 진소 씨가 진 대인의 어머니고 진양 씨가 아내라는 것은 알지만 막상 두 관중 어느 것이 누구의 관인지 모른다는 사실에 잠시 당황했지만, 다행히 관뚜껑에 크게 새겨져 있었다.

'소 씨가 왼쪽, 양 씨는 오른쪽이군.'

무사히 부적을 붙였다. 부적만이 아니라 손바닥까지 붙어버리는 듯한 기분이 유쾌하지 않았다. 그대로 관 안으로 빨려 들어갈 것 같은 느낌마저 들어서였다. 어쨌든 일은 끝났다. 나현은 두려워하는 빛을 드러내지 않게, 하지만 가능한 한 빨리 도사의 옆으로 돌아왔다.

도사가 물었다.

"아까 무슨 말을 하려 했는가?"

나현은 손을 저었다.

"됐습니다. 생각해 보니 굳이 할 필요가 없는 말이었습니다."

도사는 물러서지 않았다.

"그냥 말해보게. 마음에 한 점 의구심이라도 있으면 제령에 방해가 되네."

그 마음이 도사의 것을 말하는지 아니면 나현의 것을 말하는지 알 수 없었지만 일단 나현은 솔직히 말하기로 했다. 그런 거로 티격태격하고 있을 상황이 아닌 것 같아서였다.

"아까 제게 생각보다 쓸모가 없다고 하셨잖습니까. 그런 제게 다시 호위를 맡겨도 되는 것인가 하고요."

"내가 언제?"

도사는 처음 듣는다는 태도였다.

"내가 생각보다 쓸모없다고 한 건 금각과 은각을 두고 한 말일세. 보기 드문 영물들이라 제압해서 식신을 삼았는데 아직 어려서 심부름은 잘하지만 요마에겐 안 통한다는 이야기를 한 것이지."

식신이란 술자가 부리는 종을 말하는데, 그건 초목에서부터 동물, 요마에 이르기까지 다양하게 될 수가 있다. 식신의 능력은 식신이 되는 대상의 능력에 좌우되는 게 당연하지만 애초에 능력이 뛰어난 대상을 식신으로 삼을 수 있느냐 없느냐는 술자의 능력에 달려있다. 뿔이 난 도마뱀 한 쌍이라면 확실히 식신으로 삼고 싶을 만큼 진귀하긴 했다.

하지만 과연 쓸모없다고 한 말이 도마뱀들을 두고 한 것일까? 그 정도면 충분히 쓸모 있지 않았던가. 쓸모없다는 것은 사실 그를 두고 한 말인데 기분이 나쁠까 봐 말을 돌린 것은 아닐까.

나현은 잠시 그렇게 생각했지만 곧 마음을 고쳐먹었다. 도사가 그의 기분을 고려해 말을 돌리거나 할 이유는 없지 않은가. 과연 그랬다. 도사가 이렇게 덧붙인 것이다.

"자네에 대해서라면 생각만큼 쓸모가 없다고 하는 게 맞겠지. 자넨 딱 생각한 만큼 해줬으니까."

나현은 인상을 썼다. 진짜로 마음이 상했다.

"그러니까요. 그런 저에게 호위를 맡겨도 되겠냐는 겁니다."

도사는 소매에서 작은 종을 꺼내 왼손에 쥐었다. 주문을 외거나 경문을 읊을 때 흔들어 박자를 맞추는 데 쓰는 종이었다. 불교에 목탁이 있다면 도교에는 이 종이 있다고 할 정도로 필수적인 법기였다.

그리고 다른 손에는 예의 동전검을 들고 도사가 말했다.

"달리 적당한 사람이 없으니 하는 수 없지 않은가. 잘 듣게. 나는 이제부터 파사의 주법을 행하려 하네. 부적은 한계가 있었지만 이 주문은 위력에 한계가 없지. 주문을 다 짜서 발동시키면 상대가 그 어떤 요마라도 번개로 내리치고 화염으로 불태워 재로 만들어 버릴 것일세. 단지 그렇게 강한 주문인 만큼 펼치기도 어렵네. 여러 번 중첩해서 해야 하기 때문에 고도의 집중을 요하지. 자네가 오기 전에는 시도할 생각도 못 했다네. 중간에 방해를 받아 실패할 것이 뻔했기 때문이지."

나현은 그가 무슨 말을 하는지 이해할 수 있었다. 도교의 의식은 번거롭기 짝이 없어서 시간과 노력을 요하는 것이 많다. 고도의 집중력은 필수고, 한 걸음 한 걸음마다, 부적 한 장 한 장마다 주문을 외워 힘을 중첩시켜야 하는 경우 또한 일반적이었다. 간단히 긴 주문 하나 외우고 발동이라 외친다고 끝나는 게 아닌 것이다. 그러니 주문을 중첩시켜서 틀을 짤 때까지 시간을 벌라는 뜻일 것이다.

여전히 남는 의문은 그의 능력으로 과연 도사의 호위, 호법이 가능한가 하는 것일 뿐이었다.

마침 도사가 그 부분에 대해 경고했다.

"잘 알지도 못하는 어설픈 무공 같은 건 사용하지 말고 배운 걸 활용하게."

나현의 얼굴이 붉어졌다. 밑천이 드러난 것 같아서였다. 사실 그 밑천이라는 것이 뻔했으니까.

"하지만 배운 거라고 해봤자 평범하기 짝이 없는 삼재검법뿐이란 말입니다. 아시다시피 우리 문파는 무공 쪽에서는 별 볼 일 없으니까요."

도사가 말했다.

"별 볼 일 없기로야 우리 모산파도 만만치 않으니 부끄러워할 것 없네. 그보다 삼재검법이라면 아주 훌륭하지 않은가. 이런 데 사용하는 용도로는 차고도 넘치지. 그것으로 됐으니 그걸 활용해보게."

삼재란 전통적으로 세상을 구성한다고 본 삼 요소, 즉 하늘과 땅과 인간을 말한다. 그 삼 요소를 도교적으로 해석하여 검법으로 승화시킨 것이 삼재검법이다. 이렇게 말하면 대단한 검법 같지만 실제로 삼재검법은 단순하기 그지없는 무공이었다.

다른 검법처럼 이렇다 할 초식도 없이 단지 세 개의 동작, 위에서 아래로 내려치기, 횡으로 베기, 그리고 찌르기로 구성된 검법이 삼재검법이었다. 그 각각이 하늘과 땅, 인간을 상징한다고는 하지만 말이다.

그런 단순한 검법에 그나마 변화를 주는 것은 보법, 즉 발 옮기는 법이었다. 삼재검법을 시전할 때는 삼재보와 반삼재보라는 것을 사용하여 이동하는데, 전진할 때는 삼재보, 후퇴할 때는 반삼재보였다.

그런데 이 보법이란 것도 단순해서 앞으로 한 발 가고 옆으로 한 발 옮기고 뒷발을 거기 갖다 붙이는 것이 삼재보, 한 발을 뒤로 물리고 한 발을 옆으로 옮기고 한 발을 거기 가져다 붙이는 것이 반삼재보였다. 즉 나가건 물러서건 세 걸음으로 이루어지는데, 이게 신기하게도 단 세 걸음만 옮기면 상대의 공격을 피해 옆이나 뒤로 이동해 있는 효과를 발휘한다. 단순하지만 쓸모있는 보법인 것이다.

배웠다고 한다면 이걸 배우긴 했다. 사부이자 아버지인 금계진인은 처음 이를 가르쳐줄 때 딱 하루 요령과 동작을 지도했다. 동작이 단순한 만큼 길게 뭘 어쩌고 할 것도 없었다. 그러고는 연습을 지시했다.

하루에 수천 번, 수만 번 같은 동작으로 후려치고, 베고, 찌르기를 반복하라는 게 연습이었다. 그 후로 금계진인은 게으름 피우지 않고 열심히 하고 있느냐고 가끔 물을 뿐 직접 하는 걸 보거나 추가로 지도해준 일이 없었다.

그러니 이걸 배웠다고 해야 할까? 물론 연습은 열심히 했다. 나현은 아버지의 말을 잘 듣는 착한 아들이니까. 하지만 이렇게 의미도 없고 보람도 없이 수천수만 번 단순한 동작을 반복하다 보면 다른 생각을 하게 되는 것도 당연한 것이다. 그가 서고를 뒤져

칠성검법을 찾아내고, 지도도 없이 혼자 수련한다고 애를 쓴 것도 당연한 일이었다. 적어도 이쪽은 뭔가 있어 보였으니까.

어쨌건 칠성검법이 쓸모가 없다는 것, 적어도 기대보다 못 하다는 것을 알게 된 이상 남은 건 삼재검법밖에 없긴 했다. 도사의 말대로 그걸로 차고 넘치는지는 몰라도 가지고 있는 게 그것뿐인 이상 그걸로 죽으나 사나 해볼 수밖에 없는 것이다.

나현은 검을 뽑아 들고 자세를 잡았다. 그리고 아무도 없는 허공에 대고 내려치고 베고 찌르는 동작을 시연해 보였다. 한동안 연습하지 않았지만 적어도 십 년 이상 하루에 수천수만 번을 연습한 가락은 몸에 배어 있어서 동작에 어색함은 없었다. 어색하고 말 것도 없는 단순한 동작이지만.

그때 그의 검기에 반응했는지 묘당에 변화가 일어났다. 지진이라도 일어난 것처럼 관들이, 목관뿐 아니라 뒤에 있는 석관들까지 진동을 하고 뚜껑이 곧 열릴 것처럼 들썩이기 시작한 것이다. 흡사 누군가가 안에서 뚜껑을 열려고 한사코 밀어내고 있는 것 같았다.

나현의 안색이 창백해졌다. 하나도 무서운데 이번엔 셋이라는 것인가.

도사가 말했다.

"안심하게 아직은 시간이 좀 있네."

전혀 안심이 안 되는 말이었다. 시간이 걸려도 결국 나오긴 나온단 말이니까. 뭐가 나올진 몰라도 말이다.

"저 둘은······."

도사가 좌우의 석관을 가리키며 말했다.

"요마이긴 해도 도움이 되는 요마일세. 두려워할 것 없네."

나현이 물었다.

"착한 요마라는 건가요?"

"그런 게 있을 리 없잖은가. 하지만 적의 적은 아군이라고 하니까 도움이 된다는 것이지. 하여간······."

도사는 그 점에 대해서는 더 언급하기 싫은 듯 말을 돌렸다.

"준비가 된 듯하니 나는 이제 주법을 시전하겠네. 어떤 일이 있어도 방해받지 않도록 잘 지켜주게."

무리한 말씀이라고 대꾸해주려고 했으나 도사는 이미 말한 대로 주법을 시전하고 있었다. 왼손의 작은 종을 울리며 오른손의 동전검을 수직으로 세우고 느릿느릿 한 발을 옮기며 입으로는 주문을 외기 시작한 것이다. 도사의 걸음은 전통적으로 이럴 때 도교에서 사용하는 우보법을 따르고 있었다. 우보, 즉 '소걸음'이라는 이름이 붙은 이 보법은 북두칠성의 방위에 따라 일곱 걸음을 옮기는 것인데, 그게 소가 걷는 모습을 연상시키기 때문에 이런 이름이 붙었다고도 하고 그 일곱 걸음이 소 우(牛)자의 일곱 끝을 밟는 것이라 그렇다는 설도 있었다. 하여간 주문을 외거나 경문을 읽고, 또 대법을 행할 때의 걸음은 우보법으로 한다는 것은 도사의 기본이었다.

그리고 주문.

天地神靈 護我保我 侍我傳我 行到某處

杳杳冥冥 莫示其形 人不得聞其聲 鬼不得視其精

愛我者福 惡我者殃 百邪鬼賊 當我者減

阻我者亡 千萬人中 見我者喜 急急如律令

나현이 모르는 주문이었다. 하지만 천지신령을 소환하고 백사귀적을 운운하는 걸 보니 신령의 힘을 빌어 요마와 귀신을 퇴치하려는 주문이라는 것은 알 수 있었다.

도사가 다시 한 걸음을 옮겼다. 그리고 또 주문이었다.

律令律令 四縱五橫 猛火烈兵 遊行天下

擒提邪精 所有一切 天魔外道 竝向吾前

天罡勅下滅 急急如律令

이번에는 짧았지만 천마를 소환하고 천강의 힘을 빌리는 것으로 보아 강력한 주문임이 틀림없었다. 맹화 운운하는 것을 보면 아까 벼락으로 때리고 화염으로 태워버린다는 말이 빈말이 아닌 모양이었다.

이것으로 두 걸음. 앞으로도 다섯 걸음이 남았다. 저러다 긴 주문이라도 하나 나오면 얼마나 오래 걸릴지 알 수가 없는 일이다. 그런데 요마들은 더 이상 기다려줄 수 없는 모양이었다.

벼락 떨어지는 것 같은 소리를 내며 나무관의 뚜껑이 쪼개졌다. 그리고 예의 여귀가 튀어나왔다.

나현은 침을 삼켰다. 혀가 목구멍 안으로 말려 들어가는 것 같았다. 금방이라도 주저앉을 것 같은 공포심이 밀려왔다. 자기도 모르게 곁눈질로 뒤의 도사 눈치를 살폈지만 도사는 주문에 열중하고 있었다. 세 번째 주문이었다.

節節榮榮 願乞長生 太玄三台 常覆我形
出入往來 萬神携榮 步之五年 仙骨自成
步之七年 合藥皆精 步之十年 上升天庭
急急如律令

주문의 말 따위는 이제 귀에 들어오지도 않았다. 마지막 구절인 '급급여율령'만이 알아들을 수 있는 문장이었을 뿐이다.

급급여율령. 도교의 거의 모든 주문 말미에 붙는 이 구절은 황제의 칙령을 받은 것같이 급히 시행하라는 의미였다. 그 말대로 속히 시행되었으면 좋겠다고 나현은 생각했다. 적어도 주문 자체라도 빨리빨리 했으면.

그러는 사이 여귀는 눈을 들어 나현을 바라보았다. 충혈된 눈, 아니 피에 굶주린 붉은 눈이었다. 입이 갈라지고, 이빨이 드러났다. 손톱에 씌운 지호갑이 서로 부딪쳐 딱딱 소리를 냈다. 이윽고 공격이 가해졌다.

나현은 최고의 용기를 냈다. 몸속 어디에 그런 용기가 숨어있었는지 모르겠지만 그야말로 젖먹던 힘까지 다 끌어모아 뒤로 물러서지 않고 오히려 앞으로 나갔다. 그리고 검을 위에서 아래로 내리쳤다.

9

'무서워무서워무서워무서워!'

나현은 소리 없이 외치고 있었다. 정말로 입을 열면 외침 대신 비명이 터져 나올 것 같아 입은 앙다물고 오직 마음속으로만 외치는 소리였다.

공포가 극에 달하면 시야는 좁아지고 생각도 한 점에 모이게 된다. 그래서 오히려 나현은 싸움에만 집중할 수 있었다. 마주하는 상대보다도 자신이 하는 행동에만 집중하게 되었다.

삼재보로 전진하며 검을 위에서 아래로 후려친다. 삼재보는 전
진해도 바로 전진하는 게 아니라 옆으로 이동하며 하는 것이기
때문에 자연 검은 상대의 측면으로부터 뻗어 나가게 된다. 위에
서 아래로 일직선으로 떨어지는 검, 이것을 삼재 중 하늘의 표상
이라고 봐도 좋을 것이다.

여귀가 손을 뻗어 검을 움켜쥐려고 한다. 사람이라면 그냥 손
목째로 베어버리겠지만 이건 요마이니 무슨 일이 벌어질지 모른
다. 나현은 반삼재보로 뒤로 물러나며 검을 수평으로 휘두른다.

반삼재보는 뒤로 물러나도 그냥 뒤로 물러나는 게 아니라 옆
으로 이동하며 그러는 것이기 때문에 역시 검은 상대의 측면으
로부터 뻗어 나가게 된다. 자연스럽게 사각을 통해 베어가게 되는
것이다. 이것을 삼재검의 두 번째 이념, 땅의 표상이라 할 수 있
을 것이다.

이번 일격은 먹혀들었다. 여귀의 옆구리를 파고드는 손맛, 혹
은 칼맛이 느껴졌다. 피 같은 것은 튀지 않았다. 상처가 옅은 것
일지도, 혹은 되살아난 시체라 피 같은 것은 굳어서 흐르지 않는
것인지도 모른다.

어쨌건 공격은 성공했다. 그 기세를 타고 삼재검의 마지막 이념
인 인간의 검이 시전되었다. 나현은 삼재보로 전진하며 검 손잡

이를 두 손으로 단단히 쥐고 직선으로 찔러넣었다. 십 년이 넘는 세월 동안 매일같이 수천수만 번을 연습해온 일격이었다. 그 위력은 철판이라도 꿰뚫을 것 같았다.

생각한 대로 나현의 검은 여귀를 꿰뚫었다. 귀에서 귀까지 갈라진 입을 꿰뚫고 뒤통수로 튀어나왔다. 하지만 여귀는 웃는 것처럼 묘한 표정을 짓더니 검날을 씹어 끊어버렸다. 뒤통수로 검끝이 빠져나와 있는 데도 조금의 타격도 받지 않은 것 같았다.

나현은 정신없이 물러섰다. 삼재보니 반삼재보니 할 때가 아니었다. 그럴 정신도 없었다. 검이 끊어지면서 몸이 앞으로 기울어 자칫 여귀의 손아귀에 목을 움켜쥐일 뻔했던 것이다. 피하려니 뒷걸음질 칠 수밖에 없었다.

여귀는 양팔을 앞으로 하고 칼날처럼 날카로운 손톱을 뻗으며 나현을 향해 덮쳐들었다. 그대로 잡아서 갈가리 찢어버리려는 것 같았다.

"이걸 쓰게!"

도사의 목소리가 들려왔다. 무언가가 나현의 손으로 내밀어졌다. 나현은 부러진 검을 버리고 자신에게 내밀어진 그걸 잡았다. 목검이었다. 복숭아나무로 만든 목검, 귀신을 쫓는 효과가 있다는 붉은 칠을 한 것을 빼면 아무런 보강도 하지 않은 그저 한 자루 목검일 뿐이었다.

"모산의 남쪽 비탈에서 양광을 받으며 자란 복숭아나무에서 동쪽으로 뻗은 가지를 잘라 삼 년을 말린 뒤 목검으로 깎아 만든 것일세. 때맞춰 꼬박꼬박 의식을 치러 주술적인 강화도 해두었지. 사람을 상대하는 데에는 의미가 없겠지만 요마를 상대하는 데에는 자네의 철검보다 나을 것일세."

그 말을 듣는 사이 여귀는 나현을 잡아 삼킬 것처럼 바짝 육박해 온 상태였다. 도사가 영차 소리를 내더니 발을 뻗어 그 여귀의 얼굴을 걷어찼다. 단순하고 쉬운 일격 같았지만 그 발차기에는 만근 범종을 때리는 당목의 힘과 기세가 있었다. 여귀는 덮쳐들던 기세보다 몇 배나 빠르게 뒤로 튕겨 나가 묘당의 벽에 부딪히고서야 멈췄다.

"손발을 수고롭게 하기 싫으시다면서요. 아니, 그보다 그런 무공이면 그냥 도사님이 나서서 제압하시면 되는 것 아닙니까?"

나현의 무공은 별 볼 일 없지만 그래도 보고 배운 것이 있어 고수를 알아보는 눈은 있다. 그가 보기에 방금 도사의 발차기 일격은 무림 어디에 내놔도 빠지지 않는 절정고수의 일격이고, 도사는 족히 절정고수의 반열에 오를 자격이 있는 것 같아 보였다.

도사가 말했다.

"이미 말했지. 그럴 거라면 왜 주술이며 방술을 수련했겠냐고. 게다가 요마는 힘만으로는 제압하지 못하네. 제대로 된 방법과 의식으로 완전히 사라지게 만들어야지."

그는 나현의 등을 밀어 앞으로 돌려보냈다.

"아직 주문 세 개를 더 외워야 하네. 가장 중요한 국면이니 힘을 내서 수호해주게."

도사는 더 이상 나현을 상대하지 않고 동전검을 다시 세워 들었다. 왼손의 종을 울렸다. 저만치 떨어져 있던 탁자 위에 놓여 있던 목검 여러 자루가 저절로 공중에 떠서 도사의 몸을 수호하듯 둘러쌌다. 부적들이 한 장 한 장 떠올라 도사의 주변에 울타리를 만들더니 스스로 불타올랐다. 그 안에서 도사가 진언을 외웠다.

一畫成大川 鬼格莫敢越 二畫成大江 鬼格不敢覬
三畫成大海 鬼格不敢望 急急如律令

一畫成長劍 盜賊不能害 二畫成斧鉞 邪妄望而伏
三畫成大槍 蚩禹尤避逃走……

다섯 번째 주문은 짧더니 그다음 주문은 길었다. 언제 끝날지 모르는 그 주문을 들으며 나현은 목검을 움켜쥐고 앞으로 나섰다. 철검에 비해 무게도 느껴지지 않고 손에 잡히는 느낌도 없어서 영 의지가 되지 않았지만 도사의 말대로 귀신을 상대하는 데에는 철검보다 목검이 나을지도 모른다. 여기까지 왔으니 도사를 믿고 따르는 수밖에 없었다.

왼쪽 석관을 봉인한 부적이 뜯겨졌다. 석관의 뚜껑이 힘겹게 열렸다. 그리고 그 안에서 뼈만 앙상한 손이 보였다.

'저게 뭐야!'

나현은 비명을 지를 뻔했다. 지금 상대하는 여귀의 모습도 끔찍하지만 새로 나타난 것은 더욱 끔찍했다. 관복처럼 보이는 수의로 감싼 몸은 방부제에 푹 담가 절인 것처럼 푸르딩딩했음에도 불구하고 오랜 세월이 지나서인지 반쯤 썩은 상태였다. 비녀와 빗으로 고정했을 머리는 백발로 변하고 듬성듬성 빠져서 산발이 되어 있었다.

강시였다.

죽어서 매장된 시체가 어떤 이유로, 주로 지하의 나쁜 기운에 침식되어 흙으로 돌아가지 않고 요마가 되는 것이다. 여귀가, 그러니까 여기 있는 반혼시가 되살아난 시체라고 한다면 강시는 움직이는 시체라고 할 것이다.

혼백 또한 시체에서 벗어나지 못하고 붙잡혀 생전의 기억과 감정을 다 잊어버리고 오직 몇 가지 망념에만 사로잡혀 사람에게 해악을 끼치는 괴물로 변하고 만다. 먹지도 마시지도 못하는 주제에 살의는 강해서 사람과 동물을 가리지 않고 공격하는데, 여기에 당해 긁히거나 물리거나 하면 그 상처가 썩어들어가 며칠 안에 죽고 만다. 죽기 전에는 그 역시 강시가 된 것처럼 흉한 몰골을 하고 또 사람을 가리지 않고 공격을 가하는 습성을 보인다고도 한다. 그래서 강시에게 물리면 강시가 된다는 속설이 있는 것이다.

지금 나현이 보는 것은 강시가 틀림없었다. 저렇게 썩은 몸으로 움직이는 것만 봐도 의심할 여지가 없었다. 그의 기억으로 진소씨라고 붙인 석관, 그러니까 진 대인의 어머니가 묻힌 석관에서 나온 것으로 보아 강시는 진 대인의 어머니일 것이다. 얼굴은 물론 몸에도 누가 그랬는지 모르겠지만 부적이 여러 장 붙어있었는데, 그런 건 아무런 상관없다는 듯 펄쩍펄쩍 뛰어 석관을 빠져나왔다.

도사에 대해 겨우 쌓은 신뢰가 무너지는 순간이었다. 저렇게 쉽게 빠져나올 거라면 석관을 봉인한 부적이 무슨 소용이란 말인가. 강시 자체를 제압하기 위해 붙인 저 부적들도 아마 도사가 붙인 것일 터였다. 그렇다면 두 배로 실망이었다. 이렇게 믿을 수 없는 이라면 그가 한 말, 그러니까 석관의 요마는 걱정할 필요 없다는 말 또한 믿을 수 없는 게 당연했다. 애초에 안 위험하니 걱정할 필요가 없는 강시가 어디 있을 것인가.

이제 상대해야 할 요마는 여귀와 강시, 둘이 되었다. 그런데 무기라고는 조금 세게 휘두르기만 해도 부러질 것 같은 목검 한 자루뿐이다. 아무리 생각해도 답이 안 나오는 상황이었지만 용기를 내 맞서 싸우는 수밖에 없었다. 그 용기라는 것이 통 나지 않아서 탈이지만.

그래서 나현은 여귀가 덮쳐들고, 그 뒤를 따라 강시가 공중을 날아오는 것을 보고 한순간 뒤돌아 도망갈까 생각했었다. 하지만 그럴 틈도 없이 여귀는 목전으로 다가왔고, 나현은 검법을 시전한다기보다는 본능적으로 몸을 보호하기 위해 검을 휘둘렀으며, 공중을 밟고 펄쩍펄쩍 뛰어온, 혹은 날아온 강시는 여귀의 상체를 끌어안고 목을 물어뜯었다.

여귀가 뒤로 넘어가고, 강시는 그 위를 덮쳐 목에 이빨을 꽂았다. 여귀가 몸을 들썩이자 강시가 밀려나 떨어졌지만, 곧 강시는 다시 달려들었다. 그렇게 둘이 드잡이질을 벌이고 있는 사이 나현은 숨을 돌릴 수 있었다.

'이번에는 도사의 말이 맞았구나. 그런데 정말 속설대로 강시는 허공을 밟고 다니는구나.'

속설에 따르면 강시는 육신을 가진 존재이긴 하지만 또 절반은 악령에 가까운 존재이기 때문에 발이 땅에 닿지 않는다고 한다. 그래서 한 자쯤 공중에 떠서 실에 매달린 인형처럼 움직인다고.

한쪽은 날아다니고 다른 한쪽은 걸어다니니 날아다니는 쪽이 유리할 것 같지만 실제는 그렇지 않았다. 여귀는 강시보다 훨씬 강하고 흉악했다. 간단히 강시의 팔을 꺾어 밀어내고 목을 비틀어버렸다. 이미 죽은 시체가 아니면 두세 번은 더 죽었을 것이다.

그렇게 던져진 강시는 마침 아직 열리지 않은 석관 위에 떨어지자 그 석관을 봉인한 부적을 뜯어냈다. 던져지는 서슬에 그런 것처럼 보일 수도 있었지만 나현의 눈에는 분명히 강시가 의식을 가지고 일부러 그런 것 같았다.

마침내 두 번째 석관도 열렸다. 그 안에서도 강시가 기어 나왔다. 첫 번째 강시에 비하면 매우 힘이 없고 동작도 굼떠 보였다. 강시에 붙은 부적 때문인 것 같았다. 진소 씨에게는 별 영향을 못 주는 부적이 진양 씨에게는 큰 영향을 주고 있는 것이다.

여귀가 달려들었다. 강시는 여귀의 손톱이 자신을 찢어발기기 전에 가까스로 진양 씨의 몸에 붙은 부적을 긁어서 떼어낼 수 있었다. 금세 팔팔해진, 강시가 팔팔하다니 이상하긴 하지만, 진양 씨는 펄쩍 뛰어 여귀의 손목을 붙들었다. 진소 씨 또한 자신의 목을 움켜쥔 여귀의 손목을 잡았다. 그렇게 해서 여귀는 잠시나마 두 강시에 의해 양 손목을 제압당해 움직일 수 없게 되었다.

'기회다!'

나현은 생각했다. 이미 죽은 강시조차도 목숨을 걸고 싸우는

데 아직 살아있는 그가 용기를 내지 못할 이유가 무엇이란 말인가. 냉정하게 상황을 판단해 봐도 저 두 강시는 둘이 힘을 합쳐도 여귀 하나를 이기지 못한다. 이번 기회를 놓치면 곧 제압당해 진짜 시체, 이번에는 움직이지 못하는 그냥 시체가 될지도 모른다. 그럼 나현 혼자 여귀를 맞아 싸워야 하는 것이다. 그 전에 기회가 온 지금 무언가 해야 한다.

순간적으로 이런 생각들이 머리를 스쳤고, 나현은 그 생각에 따라 결단하고 앞으로 크게 뛰어나가며 검을 휘둘렀다. 위에서 아래로, 하늘의 뜻을 대신해 검을 내리쳤다.

검은 보기 좋게 여귀의 머리에 박혔다. 목검은 강철로 만든 칼로 진흙덩이를 치는 것처럼 여귀의 정수리를 파고들었다. 조금만 더 힘이 있었으면 머리가 쪼개진 만두처럼 되었겠지만 약간의 힘이 부족했고, 결과적으로 나현의 검은 여귀의 머리통에 박혀 꼼짝을 못 하게 되었다. 그걸 움켜쥔 나현 역시 그랬다.

강시 둘이 나현에게로 시선을 돌렸다. 도와주려는 것일까? 그럴 리 없었다. 적의 적은 아군이지만 그렇다고 완전한 아군도 아니라는 것을 나현은 생각하지 못했다. 강시는 기본적으로 생명체를 보면 해치고 싶어 하는 요마라는 것도.

강시들이 동시에 팔을 뻗어 나현을 잡았다. 그 썩은 살점과 하얗게 드러난 뼈다귀가 나현의 팔뚝을 파고들려 했다. 이대로 두면 나현은 팔뚝이 뽑혀 죽거나 강시의 손톱에 긁힌 상처가 썩어서 죽게 될 것이다.

그때 묘당을 진동시키는 큰 소리가 들렸다. 개 짖는 소리였다. 강시들이 주춤하고, 여귀조차도 한순간 두려워하는 빛을 보였다.

묘당 안에는 어느새 덩치 큰 사내가 들어와 있었다. 황금빛의 머리카락을 길게 늘어뜨리고, 우악스러운 손에는 손톱이 길게 자랐다. 몸에는 수행자처럼 극히 간단한 도복만 걸치고 있는 그런 사내였다. 그 사내가 나현을 향해 송곳니를 드러내며 웃어 보였다.

"내가 지켜준다고 했지? 진작에 봉인을 풀어줬으면 훨씬 쉬웠을 것 아니냐."

어느새 나현은 사내의 품에 안겨있었다. 여귀와 강시의 손아귀에서 구해주느라 그런 것이겠지만 나현은 거칠게 그 품을 빠져나왔다.

"목걸이도 안 풀어줬는데 어째서 이렇게 나타난 거지?"

사내, 즉 아초를 이 모습으로 소환하는 방법은 나현도 알고 있었다. 단지 그러기 싫어 안 했을 뿐이다.

사내로 변한 아초가 답을 들려주었다. 끊어진 목걸이를 보여주면서.

"네 고조부가 봉인용으로 걸어준 이 목걸이에는 비밀이 있단 말이다. 내가 보호하는 사람이, 그러니까 지금은 네가 되겠지만, 위험에 처하면 저절로 끊어져서 봉인이 풀리게 되어 있다는 비밀."

그는 고개를 젖히고 크하하 웃었다.

"그래서 마침내 이 모습으로 등장할 수 있게 되었단 말씀이지. 이제 내가 네게 십이신장 중에도 명성이 자자한 이 견신 초두라(招杜羅)의 실력을 보여주마. 그 검 이리 내놔 보아라."

그는 거부할 틈도 없이 나현의 목검을 빼앗아 들었다. 그리고 눈에 익은 자세, 아무래도 아까 나현이 시전했지만 별 쓸모가 없었던 칠성검법을 시전할 자세를 갖추는 것 같았다.

"칠성검법이란 형태만 따라 한다고 할 수 있는 게 아니지. 강력한 내공과 정신이 뒷받침을 해줘야 시전할 수 있는 거란 말이다. 그리고 뒤의 초식은 앞의 초식보다 두 배의 내공과 정신력을 필요로 하지. 네 고조부도 이 검법은 네 초식까지 밖에 쓰지 못했다. 나? 물론 나는 다 할 수 있지. 두 눈 똑바로 뜨고 보아라."

그는 검을 뻗어 여귀와 강시를 가리키며 허공에서 한 바퀴 회전시킴으로써 원을 그렸다. 두전성이의 일초였다. 그건 결코 기를 모으는 준비 동작 같은 것이 아니었다. 목검이 그리는 원을 따라서 강력한 기류가 형성되고, 팔뚝 두세 개 길이만큼은 떨어져 있던 여귀와 강시들이 그 기류에 따라 공중에 떠서 한 바퀴 회전하더니 바닥에 세차게 떨어져 부딪쳤다. 보통사람이라면 뼈마디가 산산조각이 났을 것 같은 위력이었다.

아초가 또 한 번 크하하 웃더니 말했다.

"그리고 또 무슨 초식을 썼었지? 칠성취회던가? 그건 나도 백 년간 써보지 않은 거다만 오늘 한 번 보여주마. 저 요마들은 원형 을 알아볼 수 없도록 조각난 살덩이가 되어 버릴 거다. 물론 썩 은 살덩이지."

그가 막 검을 움직이려 하는 찰나 도사의 일곱 번째 주문이 끝났다. 길었던 여섯 번째 주문이 아초가 등장하는 시점에 막 끝 났고, 일곱 번째 주문은 길지 않았다.

그렇게 마지막 일곱 걸음이 내디뎌졌다. 도사는 소 우(牛)자의 뿔 부분, 북두칠성이 그리는 국자 모양의 끝부분에 도착했다. 그 의 동전검이 현란하게 움직이고, 왼손의 종이 단속적으로 아홉 번 소리를 냈다. 그의 입이 그가 여태 그물처럼 촘촘히 짠 주문 을 발동시키는 진언을 외웠다.

"임병투자개진열전행(臨兵鬪者皆陳列前行)!"

이건 나현이 속한 나부파의 조상인 포박자 갈홍이 만든 아홉 자 진언으로, 그 각각의 글자가 신과 부처의 이름을 뜻한다는 설 도 있지만 그건 와전된 것이다. 대충 해석하자면 전투에 임한 자 줄을 지어 앞으로 나아가라는 뜻으로 주문이나 의식을 발동시키는 신호 같은 역할을 하는 진언이었다.

이 아홉 자 진언을 신호로 술법이 발동되었다. 번개가 치고, 뇌성이 뒤따랐다. 그리고 격렬한 화염이 묘당 안을 휘감았다.

정신을 차렸을 때 나현은 묘당 밖, 절간 같고 사당 같던 그 건물의 바깥 공터에 서서 기세 좋게 타오르는 건물을 멍하니 바라보고 있었다. 옆에는 아초가 그의 옷가지가 든 짐보따리를 들고 서 있었다. 그 경황 중에도 그건 챙겨서 나온 모양이었다.

그리고 도사가 있었다. 종과 동전검은 어디로 치웠는지 보이지 않고, 묘당 안에 걸어두었던 구천현녀의 초상이 그려진 족자를 소중하게 말아서 품에 안고 있었다.

도마뱀으로 돌아갔던 두 도동도 돌아와 있었다. 벼락이 떨어지고 화염이 묘당을 휘감기 전에 했는지 아니면 그 후에 불길 속으로 뛰어 들어가 했는지 몰라도 묘당 안에 있던 탁자, 그러니까 부적이며 벼루 등이 준비된 그 탁자를 그 위의 물품들까지 고스란히 둔 채 들고나온 듯했다. 정말 볼수록 유능한 녀석들이라고 그 경황 중에도 나현은 감탄을 금할 수 없었다.

"질긴 놈일세. 아직도 끝나지 않았군."

아초가 그렇게 중얼거렸다. 화염 속에서 무언가가 걸어 나오는 것을 보며 한 말이었다.

여귀였다. 불길을 몸에 휘감고, 머리는 반쯤 쪼개진 채로, 입에는 나현의 철검 반토막이 박힌 채로 여귀는 비척비척, 살아있는 것처럼 묘당에서 걸어나와 그들의 앞에 쓰러졌다.

도사가 족자를 두 도동에게 넘기고, 탁자 위에 남은 목검 한 자루를 거꾸로 쥐고 들어 올렸다.

"고통은 느끼지 않겠지만 보고 있기도 괴로우니 편하게 해주지. 이걸 심장에 박으면 그 몸에 감긴 저주도 끝이 날 것이다."

그때 누군가가 말했다.

"그렇게 둘 수는 없지."

10

그는 검은 상, 하의 위에 검은 장삼 비슷한 것을 걸치고 있었으며, 머리에는 테두리가 둥글고 큰 검은 모자를 쓰고 있었다. 안이 반투명하게 비쳐 보이는 기이한 재질의 모자였다. 그리고 복장과는 대조적으로 얼굴은 분을 바른 것처럼 완전한 백색에 눈가와 입술은 일부러 숯으로 그린 것처럼 검었다. 그 흑백의 대조가 기괴하기도 했을 뿐 아니라 복장 자체가 매우 낯선 것이었다. 이상하게 차려입었다기보다 어딘가 이국의 복장 같다는 느낌이었다. 그 의문을 도사가 풀어주었다.

"해동 조선에서 도를 배워 왔다는 자가 당신인가. 그곳 옷을 입은 걸 보니 그런 것 같군."

문제의 인물은 긍정도 부정도 하지 않았다.

"모산에 부록술이 능통한 도사가 있다는 말은 들었지. 그게 당신인가 보군."

도사도 마찬가지였다.

"검은색은 흉한 것이라 우리나라에서는 천민만 입게 되어 있으나 실상 천민조차도 입기 싫어하는 색이며. 해동 조선에서도 보통은 입지 않는다고 들었으니. 목숨을 거두러 온 명부의 사자만 입는다고 하더군. 그러니 대답해 보게. 오늘은 누구의 목숨을 거두러 왔는가. 뒤에 숨은 이의 안색이 마치 죽은 사람과 같으니 그 사람인가? 이미 목숨을 거두어 혼백만 뽑아 명부로 데려가는 중이었던 건가?"

뒤에 숨은 이란 진 대인이었다. 그는 도사의 지적에도 아랑곳하지 않고 오직 저편에서 불이 붙은 채 꿈틀거리고 있는 여귀만 바라보고 있었다. 표정은 초조해 보였고 눈은 흐려져 있었지만 그건 공포 때문이 아니라 근심 걱정 때문이었다. 그가 방술사의 옷자락을 움켜쥐고 초조하게 물었다.

"어머니를 이대로 그냥 둬도 되겠소? 다 타버리면 원래대로 돌아가는 게 불가능해지는 건 아니오?"

그는 아직도 되살려낸 딸에게 집착하는 모양이었다. 그런데 어머니라고? 딸 아니었던가?

도사가 낮게 중얼거렸다.

"그렇군. 그렇게 된 것이었군."

방술사는 진 대인을 타박하는 듯했다.

"그러게 왜 모산파를 이 일에 끌어들였소. 일이 복잡해질 거라고 경고했잖소."

진 대인이 울상을 지었다.

"하지만 평소 친분이 있는 총독이 좋은 뜻으로 권하는 것을 어찌 거절할 수 있단 말이오."

총독이라 함은 이 지역은 물론 강남 일대를 지배하는 순무총독을 말하는 것인 듯했다. 아마 집안에 괴사가 발생했다는 소문을 들은 순무총독이 평소 친분이 있는 진 대인에게 모산파 도사를 불러보도록 권했을 것이고, 진 대인은 그 권유를 거절할 수 없었다는 말을 하는 듯했다.

순무총독은 광동을 위시해서 안휘, 복건, 강소 등 강남 사개 성을 다스리는 전권을 황제로부터 위임받은 직책이다. 강남 일대에서는 그야말로 황제에 비견되는 권력을 가졌으니 친분이 있든 말든 진 대인이 어찌 그 말을 무시할 수 있을 것인가.

방술사는 혀를 차더니 이번에는 안심시키는 말을 했다.

"상관없소. 일이 복잡하게 되었을 뿐 실패한 것은 아니니까 걱정 마시오. 저 정도는 사람 몇 명만 잡아먹으면 금세 치유될 것이

오. 그리고 이미 말한 대로 영력이 뛰어난 도사의 간과 심장을 먹으면 이지를 회복하는 데에도 큰 도움이 될 거고."

그는 도사를 힐끗 보며 검게 칠한 입술을 움직여 기분 나쁜 미소를 지었다.

"들었으니 이제 아셨겠지? 내가 귀하에게 무엇을 원하는지를?"

도사가 말했다.

"무엇인가를 얻으려면 그에 합당한 대가를 지불해야 한다는 것이 세상의 이치지. 주술이며 방술로 하는 일도 여기서 벗어나지 않고. 하지만 사람의 목숨에는 값을 매길 수 없다고 하니 과연 죽은 사람을 살리기 위해 치러야 하는 대가는 어떤 것이어야 할까?"

그는 방술사를 쳐다보며 물었다.

"어떻게 생각하시나?"

방술사는 순순히 대답했다.

"천 명이라고도 하고 만 명이라고도 하지. 그것도 제대로 된 의식을 통해서 피와 고기를 바치는 방식으로."

도사는 아직도 꿈틀거리는 여귀를 가리켰다.

"천 명, 만 명의 생명을 희생시킨 결과로는 보이지 않는데?"

방술사가 대답했다.

"이래저래 열여덟 명쯤 잡아먹었지."

"알려진 것보다 희생자가 더 많다는 것이군. 그래도 모자란데?"

"그럼 죽은 사람을 살린 게 아니라는 게 당연하잖은가. 입 아프게 계속 말하게 할 텐가. 대충 내용을 짐작하고 있을 텐데?"

"차시환혼(借屍還魂)이겠지. 반혼술이 아니라 차시환혼을 시도한 것이었군."

차시환혼이란 시신을 빌려 혼을 바꾼다는 뜻으로 여기서는 산 자에게서 혼백을 뽑아내고 그 결과로 주인 없이 비어버린 육신에 죽은 자의 혼백을 불어넣는 대법을 말한다. 결국 이미 죽은 자를 육신 채로 살려내는 건 불가능에 가까울 정도로 어려우니 그보다 쉬운 방식으로, 산 자에게 죽은 자의 혼백을 씌워 되살리는 것과 같은 효과를 낸다는 것이었다.

나현이 아하 하고 감탄사를 발했다.

"어쩐지 부적이 안 먹힌다 했더니."

여귀에게 부적이 안 먹히고, 강시 둘 중에서도 진양 씨에게만 먹히고 진소 씨에게는 안 먹힌 이유가 그거였다고 알아차린 것이다. 육신은 진소 씨라도 혼백은 진숙분의 것이니 그랬을 것이다. 여귀 역시 육신은 진숙분이었으나 혼백은 진소 씨의 것이어서 그랬을 것이고.

"하긴 선인도 이름 갖고 사기를 치는데, 속인이 왜 안 그러겠습니까."

도사가 들으라고 하는 말이었다. 도사도 금각과 은각을 두고
이름사기를 치지 않았던가. 진 대인 같은 속인이 그러는 것도 이
상한 일이 아니다. 그걸 도사는 진작에 눈치챘어야 한다는 이야
기인데, 이 이야기를 함으로써 나현은 오늘 내내 맛봤던 좌절감
이 약간은 해소되는 기쁨을 느꼈다. 그 잘난 척하는 도사도 실패
라는 것을 하는데 이제 막 강호에 나온 초보가 실패 좀 한들 어
떠랴.

도사가 가볍게 꾸짖었다.

"지금 그런 이야기를 할 때가 아닐세. 우린 지금 반혼시나 강시
보다 더 위험한 상대와 맞서고 있다는 걸 모르겠나."

그 말에 나현은 방술사를 다시 보았다. 기묘한 복장을 하기는
했지만 그가 진짜 명부의 사자도 아닌 이상 두려워할 게 뭐가 있
나 싶었던 것이다. 그쪽은 하나고, 이쪽은 둘이다. 아니, 아초까지
합쳐서 셋이다. 도사는 주술에 일가견이 있고 아초는 힘이라면
당할 사람이 없다. 적어도 사람 중에는 없을 것이다. 그런데 뭐가
두려울 것인가.

하지만 그건 상황을 너무 표면적으로만 살핀 것임을 그는 곧
깨달았다. 방술사는 조금도 두려워하고 있지 않았다. 그는 무언
가 비장의 한 수를 가지고 있는 것 같았다. 반면 도사는 극히 조
심스럽게 행동하고 있었다. 시선은 방술사에게서 떼지 않고 있으

며, 걸음은 함부로 옮기지 않았다. 손가락 하나도 조심스럽게 움직이는 것 같았다.

나현은 그래도 모르겠어서 옆에 선 아초에게 속삭여 물었다.

"저쪽이 우리보다 센가?"

아초가 나름대로 낮은 소리로 대답한다고 하는 것이지만 기본적으로 목소리가 커서 모두가 듣도록 대답했다.

"방술을 쓰는 인간은 항상 위험하지. 무슨 짓을 할지 모르니까. 그보다 위험한 건 지금 저자가 감추어 쥐고 있는 칼이다. 보통 놈이 아닌 것 같거든."

그 말을 듣고서야 발견한 것이지만 방술사는 소맷자락 아래로 삐죽이 하얀 칼날을 내놓고 있었다. 칼을 뒤로 숨겨서 뽑아 들고 있었던 것이다.

얇고 좁은 데다가 완만하게 뒤로 휘어진 칼날이었다. 그가 입은 복장과 마찬가지로 중원에서는 보기 드문 형태의 무기, 최근 수십 년간 강남의 해안을 침탈하곤 했던 왜구들이 주로 사용해서 알려진 그쪽 나라의 칼, 왜도 같았다. 게다가 그 칼은 단순한 칼이 아니라 심상치 않은 귀기를 흘리고 있었다.

"귀신 붙은 칼인가?"

그것으로 방술사가 도교 계통이 아님은 더욱 확실해 졌다. 검은 마음을 비추는 거울이며 귀신을 쫓아내는 법기라 도사가 주로 쓴다. 그래서 거울, 도장과 더불어 도교의 세 보물 중 하나라고까지 하는 것이다.

반면 칼은 귀신을 부르고, 귀신이 붙기 쉬운 흉기이다. 그래서 도사보다는 무당이 주로 사용한다.

무림인에게는 검이나 칼이나, 여기서 칼이란 한쪽 면에만 날이 있는 도를 말하는 것이지만, 비슷하게 생긴 무기에 불과하겠지만 도교의 수행자에게는 의미가 전혀 다른 것이다.

아초가 나현의 중얼거림에 대답했다.

"귀신 붙은 칼 정도가 아니라 저건 그 자체로 요마다. 핏속에서 태어나 인간의 피를 먹고 자란 놈이다. 정체는 정확히 모르겠지만 아주 기분 나쁜 놈이라는 건 잘 알겠다."

방술사가 비로소 아초를 발견했다는 듯 눈에 이채를 띠었다.

"그 말씀이 맞소. 이 칼은 자기를 만든 대장장이의 피로 담금질을 하며 태어나 지금까지 수백 명의 목을 베고 그 피를 마셨지. 그런 걸 알아보는 당신은 대체 누구요? 내가 눈이 흐려 제대로 알아보진 못하지만 당신이야말로 생각도 못 한 거물이 분명하군. 실례가 아니라면 정체를 물어봐도 될런지?"

아초가 크하하 웃으며 이름을 밝히려는 찰나 도사가 경고를 발했다.

"지나친 요구를 하는군. 그대가 과연 이분의 이름을 감당할 수 있을 것 같은가?"

방술사는 이것 참이라고 하는 듯 양손을 들어 올렸다. 한 손에 쥔 칼이 자연히 전체 모습을 드러냈다. 칼날의 길이만 석 자가 넘어 보이는 긴 칼이었고 손잡이가 또 한 자 길이는 되어 보였다. 기분 나쁜 건 방술사가 움직이지도 않는데 칼이 제멋대로 일렁이고 꿈틀거리며 형체를 움직이고 있다는 것이었다. 마치 먹이를 앞에 둔 뱀처럼 위협적인 모습이었다.

도사는 일순 긴장하는 기색이 역력했다. 방술사는 겁먹지 말라는 듯 태연하게 말했다.

"일이 어쩌다 이렇게 되었는지 말해주겠소. 사정을 다 아는 편이 서로에게 편할 테니까."

진 대인이 제발이라고 작은 목소리를 냈지만 방술사는 상관하지 않았다.

"여기 진 대인은 어려서 아버지를 잃고 홀어머니 밑에서 자랐다오. 모자 사이가 아주 좋았다지. 보통사람은 상상도 할 수 없는 방식으로 말이오. 그러다 모친이 세상을 떴소. 진 대인은 어머니의 품에 안겨 받았던 정을 잊을 수 없었나 보오. 집안 뒤뜰에 가묘를 만들고 방부제에 재운 어머니의 시신을 모시는 것으로 모자라 매일 밤 관뚜껑을 열고 어머니를 찾아뵙곤 했다오. 살아 있을 때와 같이 말이지. 결혼도 최대한 어머니를 닮은 여자를 찾아 했지만 만족할 순 없었겠지. 닮은 사람은 닮은 사람일 뿐 같은 사람은 아니니까. 그런데 이번에야말로 죽은 모친을 꼭 빼닮은 딸이 태어난 거요. 진 대인의 머리에 나쁜 생각이 자라기 시작했지."

진 대인이 절규하듯 그만하라고 소리쳤다.

방술사는 가볍게 무시하고는 계속 말했다.

"아버지인 주제에 딸을 건드리는 것으로도 모자라 그 딸의 몸을 이용해 어머니를 되살릴 계획을 짠 거요. 그 결과가 이것이지."

도사가 말해다.

"그 계획을 짜준 건 당신일 것 아닌가."

방술사가 자긴 무죄라는 듯 양팔을 벌렸다. 칼이 옆으로 움직였다. 도사는 뒤로 한 걸음 이동했다. 결과적으로 그는 어느새 탁자 옆에 가있게 되었다. 부적이며 목검, 족자가 올려져 있는 그 탁자였다. 방술사와 이야기하는 사이에 거의 일 장가량을 움직여 거기까지 이동한 것이다.

방술사가 말했다.

"진 대인은 경사 급한 산비탈에 위태롭게 얹혀있는 바위 같은 상태였소. 나는 그걸 약간 밀어줬을 뿐이지. 그리고 내 요마도가 노리는 가운데 거기까지 이동한 능력은 인정하오. 하지만 손끝하나라도 더 움직이면 나는 참아도 내 요마도는 더 이상 참지 않을 거라는 걸 알려두는 바요. 아까 전부터 이놈이 피를 마시고 싶어 징징 소리를 내며 울고 있다는 건 당신도 알고 있었겠지."

도사는 아무렇지도 않게 말을 받았다.

"글쎄, 그 칼이 내 동전검의 일격을 받아낼 수 있을까 의문이군. 이건 요마사냥에 특화된 파요검이라서."

말은 그렇게 하지만 검을 들지 않은 그의 손은 탁자 위의 족자를 향해 움직여가다가 멈춘 상태로 더 이상 움직이지 않고 있었다.

둘은 단지 서서 서로를 바라보며 한담을 나누는 것처럼 보였지만 실제로는 칼날을 마주 댄 것 같은 팽팽한 긴장상태를 유지하고 있었다. 나현은 뒤늦게 그걸 깨달았다. 이건 무림고수의 싸움과도 같아서 서로가 약간의 틈이라도 보이면 바로 패배로 직결되는 그런 대결의 일종이었다. 그리고 원래 무림고수의 대결에는 구경꾼이 끼어들어선 안 되는 것이다. 그게 강호도의라서가 아니라 함부로 끼어들면 끼어든 사람도 위험할 뿐 아니라 막상 끼어든 결과 대치한 두 사람 중 어느 쪽이 유리해질지도 예측할 수 없어서였다.

하지만 나현에게는 생각이 있었다. 잔머리라고 해도 좋았다. 그에게는 자신은 조금도 위험해지지 않고, 도사에게도 해를 끼치지 않으면서 방술사에게만 타격을 줄 방법이 있었다.

"아초!"

"응?"

아초가 그를 보았다. 고조할아버지가 맺은 계약이긴 하지만 그 계약에 따르면 그럴 수밖에 없었다. 주인이 부르면, 물론 아초는 그를 조금도 주인이라고 인정하고 있지 않으므로 이 경우 보호 대상자가 찾으면, 아초는 그쪽으로 시선을 주게 되어 있는 것이다.

"손!"

이건 계약사항에 규정되어 있는 건 아니었다. 나부파에서 나현 말고는 아무도 아초에게 이런 명령을 하지도 않았다. 하지만 나현은 아주 어린 시절 아초를 그냥 늙은 개라고 생각했던 시절부터 최근까지 틈만 나면, 애정과 신뢰의 표시로 그걸 요구해왔고, 아초는 교육의 결과 습관적으로 그걸 따랐다. 자신이 개의 모습을 하고 있지 않을 때에도.

그래서 나현이 내민 손에는 아초의 두툼한 손이 올라갔다. 그 손에는 아까 나현에게서 받아간 목검이 들려 있었다. 나현의 목표물은 바로 그것이었다. 그는 아초의 손에서 목검을 받아들고는 그걸 방술사 쪽으로 던졌다.

"물어와!"

아초의 주둥이가 삐죽하게 길어지고 귀가 커지며 늘어졌다. 금빛 장발을 한 얼굴이 순식간에 개대가리로 변했다. 손발이 더욱 두툼해지고 발톱이 튀어나왔다. 방금까지 두 발로 서 있던 아초가 이제는 네발로 땅을 디디고 있었다. 꼬리는 덤이었다. 치켜 올라간 상의와 살짝 내려간 바지 사이로 북슬북슬한 꼬리가 나와 좌우로 흔들렸다.

그렇게 눈 깜짝할 사이에 반쯤 개로 변한 아초는 번개처럼 달려가서 방술사의 발 앞에, 요마도의 칼날 아래 떨어져 있는 목검을 입으로 물어 나현에게 돌아왔다. 그러고는 두 발로 일어나며 불같이 화를 냈다.

"무슨 짓이냐!"

나가고 돌아오는 그 동작이 너무나 빨랐기 때문에 방술사는 한 박자 늦게 반응하고 말았다. 요마도가 소리 없이 허공을 갈랐지만 거기에는 이미 아초가 없었다. 빈 허공을 가르고 말았다. 도사가 이 틈을 타서 족자를 잡아 펼쳤다. 족자 안에서 하얀 얼굴에 검은 몸을 한 새 한 마리가 튀어나와 방술사를 덮쳐갔다.

방술사는 한 손으로 얼굴을 가리고 다른 손으로는 잡고 있는 요마도를 휘둘러 새를 베려 했다. 새는 그 서슬에 겨냥했던 얼굴 대신 머리에 쓰고 있는 검은 모자를 찢어발겼다. 도사가 한 손에 부적을 들고 입 앞에 가져와 주문을 외면서 동시에 오른손에 들고 있던 동전검을 허공을 격하고 찔렀다. 동전검이 폭발하듯 터지면서 동전들이 유성처럼 쏟아져 나갔다. 방술사는 거기 꿰뚫려 벌집이 되어 버리는가 싶더니, 검은 안개처럼 흩어져 공중에 흡수되어 버렸다.

"곧, 곧 다시 만나게 될 것이다."

방술사가 사라진 허공에 마지막으로 남은 대사는 조무래기 악당이나 할 법한 것이었다.

나현은 멱살을 잡고 짤짤 흔드는 아초를 달래느라 혼이 나고 있었다.

"일이 잘 해결됐잖아. 그러면 된 거 아냐."

아초의 화는 그런 말로 가라앉지 않았다.

"날 보통 개처럼 취급하지 말란 얘기다!"

"밥!"

나현이 비장의 무기를 꺼냈다.

"맛있는 요리로 사과할게."

아초가 멱살을 흔들던 손을 멈추었다.

"내가 처음 먹어보는 걸로?"

나현은 고개를 끄덕였다.

"이곳은 소흥주로 찐 민물 게가 유명하다더라. 그런 거 먹어본 일 없지."

아초가 나현의 멱살을 놓아주었다. 그 입가로는 벌써 침이 떨어지고 있었다.

"확실히 그건 맛본 일이 없지. 몇 마리나 줄 건데?"

나현은 도사 쪽을 가리켰다.

"그건 저쪽에 물어봐야지. 돈 낼 사람이니까."

도사는 족자를 말고 있었다. 거기서 나간 새가 돌아온 모양이었다. 혹은 거기서 구천현녀를 닮은 새가 튀어나온 것은 단지 착각이거나 환상이고 지금 도사는 그 환상을 일으킨 원인을 수습하고 있는 것일지도 모른다.

나현이 물었다.

"그 방술사 안 쫓아가도 됩니까?"

도사가 대답했다.

"추격은 내 일이 아닐세. 관청에서 알아서 하겠지. 이 모든 일의 배후니까. 아마 관청에선 자기들만으로 처리할 수 없다고 판단해서 우리에게 협조를 요청할 테고, 그럼 모산에서 전문적으로 그런 일을 하는 누군가를 파견하겠지. 하지만 결국 잡지는 못할 것일세."

"그렇게 특징적인 모습인데 찾기가 어려울 거라는 말씀입니까?"

"옷은 벗으면 되고 화장은 지우면 그만 아니겠나. 그 칼은 요괴의 기운이 강해서 우리 같은 사람의 눈을 피하기 어렵겠지만 그건 또 그것대로 감추는 법이 있겠지. 어쨌건 우리 손을 떠난 일일세. 언젠가는 또 마주치겠지만 적어도 당분간은 아니라는 것이지."

"그럼 여기 일은 다 끝난 겁니까?"

"대충 그런 것 같네. 아직 안 끝난 사람도 있는 모양이지만."

그건 진 대인이었다. 의지하던 방술사가 사라진 후 그는 어찌할 바를 모르고 서 있다가 비틀비틀 걸어서 여귀에게 다가갔다. 그리고 웃옷을 벗어 여귀에게 붙은 불을 두들겨 끄려고 했다. 대단히 비뚤어지긴 했지만, 한편으로 보면 눈물겨운 애정이기도 했다. 상대가 어떻게 변하건, 어떤 몰골이 되었건 변하지 않는 애정인 셈이니까.

하지만 그 애정은 제대로 보답받지 못했다. 요마가 되어버린 상대에게 바치는 애정이란 좋은 보답을 받지 못하기 마련이었다.

"커어!"

비명이 울렸다. 어느새 요마가 손을 뻗어 진 대인을 잡아끌어서는 그 목을 물어뜯고 있었다.

"저런!"

나현이 달려가려 했지만 도사가 말렸다.

"관두게! 이미 늦었어."

과연 그랬다. 여귀의 커다란 입, 날카로운 이빨은 단지 한 번

물었을 뿐인데도 진 대인의 목을 반이나 뜯어먹어 버렸다. 그러고는 이번에는 손톱으로 배를 갈라 창자를 빼 먹는 것이다.

진 대인은 비명을 질렀다. 그렇게 고통스러운 비명은 나현이 평생 처음 듣는 것이었다. 하지만 비명 사이사이에 진 대인의 목소리가 들려오는 것 같았다. 긴 비명 사이사이에 한 마디씩, 끊어질 듯 이어지며 들려오는 그 말을 연결하면 이랬다.

"어머니, 드디어 한 몸이 되는군요."

도사가 탄식했다.

"인간의 망집이란."

정확한 이름을 알게 된 뒤에 여귀며 강시 따위는 도사에겐 쉬운 상대였다. 도사는 정확한 이름을 기입한 부적을 새로 발부했고, 그걸 여귀에게 붙이고, 그 결과 갑자기 얌전해진 여귀의 심장에 부적을 감은 목검을 박아 넣었다.

두 강시는 묘당에 붙은 불이 꺼지고 난 후 처리하기로 했다. 그말은 그런 화재 속에서도 두 강시가 완전히 소실되지 않고 위험한 존재로 남았다는 뜻이기도 했다. 어쨌건 남은 일은 날이 밝은 후에 찾아올 모산파의 하급도사들에게 맡기면 될 일이었다.

요마가 출몰하고 준동했던 집을 완전히 정화하는 데에는 적잖은 시간과 공들인 의식이 필요하다. 그 일에 대해서도 나머지 도사들에게 맡기면 될 것이다. 도사는 그런 일에까지 남아서 일일이 관리하기에는 너무 바쁜 몸이었다.

11

나현의 고조부 금당진인은 중원이 아직 몽고족의 지배를 받고 있던 젊은 시절 신강까지 도를 찾기 위한 여행을 떠났었다. 거기 하늘에 가장 가까운 산들이 있고, 그 산에는 진리를 깨달은 지혜의 큰 스승들이 있다는 말을 들어서였다. 그리고 그는 거기에서 진리의 가르침을 받고 도를 깨우쳤는지 모르나 그와 더불어 개도 한 마리 데리고 돌아왔다. 그게 아초였다.

도교에서는 띠를 관장하는 십이지신 대신 십이신장을 신봉하는데, 이 십이신장은 하루를 열두 시진으로 나누어 그 각 시진을 관장한다고 한다. 십이지신과 마찬가지로 쥐, 소, 호랑이 등으로 구성된 십이신장 중에 술시를 관장하는 개의 신장이 바로 금당진인이 데려온 개였다. 신의 계보에 전하는 그의 원래 이름은 초두라, 가까운 사이에는 이름 앞에 아를 붙이는 전통에 따라 애칭으로 아초라고 부르게 된 것이 지금까지 이어져 온다.

그게 아초에 대한 나현의 설명이었다.

어린 시절 요마에게 당할 뻔하다가 구해진 이후 나현은 아초의 정체를 알고 있었다. 뿐만 아니라 의도적으로 나초를 구속하고 있는 목줄을 해제해주고 사람으로 변신한 그와 함께 이곳저

곳을 다니기도 했다. 그걸 중단한 이유는, 그리고 그가 힘으로만 놓고 보면 이렇게 든든한 아초와 함께 강호에 나오기 싫어했던 이유는⋯⋯

"노상방뇨를 합니다. 그것도 자주."

나현이 얼굴을 붉히며 말했다.

"개의 습성을 버리지 못하고 어디 낯선 곳에 갈 때마다 영역표시를 하는 것처럼 오줌을 싸 갈깁니다."

그는 그렇게 말하는 순간에도 풀숲 한쪽에 서서 바지를 내리고 오줌을 싸는 아초를 가리켰다.

"그냥 개일 때는 개니까 그럴 수도 있다고 하는데 멀쩡한 사람 모습으로 저러니 문젭니다. 창피해서 같이 다닐 수가 없어요."

도사는 나현이 만난 이후 처음으로 얼굴을 일그러뜨려 표정 비슷한 것을 만들었다. 어이가 없다는 듯한, 혹은 난감하다는 듯한 표정이었다. 소변을 본 아초가 다가오며 말했다.

"그건 본능이란 거다. 나도 자제하려고 하지만 깜빡깜빡 잊는단 말이다."

"갑자기 궁금해졌는데⋯⋯"

도사가 아초를 바라보며 말했다.

"소와 양, 말과 토끼의 신장은 그럼 되새김질을 합니까?"

되새김질이 뭔지 설명을 듣고 난 후에 아초는 곰곰이 생각하며 말했다.

"만날 때마다 늘 우물거리긴 하는데 나는 그게 간식을 먹는 거라고 생각했지 일단 먹은 걸 다시 토해내서 씹고 있다는 생각은 안 했지. 다음에 만나면 물어보도록 하지."

"그건 그렇고!"

갑자기 도사가 화제를 돌렸다.

"자네는 이미 말했듯이 생각만큼 쓸모가 없다는 게 확인되었지만, 서로가 인정하듯이 이렇게 쓸모있는 동행이 있으니 나와 함께 일할 자격이 충분하네. 이미 다음 일할 거리는 몇 가지 들어와 있네. 서호에 출몰하는 악룡을 퇴치해 달라는 건, 마을의 무덤을 파헤쳐 시신을 훼손하고 소를 전멸시킨 여우요괴 호리정을 잡아 죽여 달라는 건, 갑자기 흉포해져서 사람을 공격하는 원숭이 떼를 어떻게 해달라는 의뢰도 있지. 사람들은 이게 미친 원숭이 왕이 나타난 때문이 아닌가 하더군. 이중 어느 것부터 하고 싶은가?"

나현이 웃었다. 어이가 없어서였다.

"그걸 같이 하겠냐고 물어보시는 게 먼저 아닙니까. 답은 정해져 있습니다. 안 합니다. 저는 정말 그런 것에 약하다고요."

"오늘 일한 대가는……"

도사는 나현의 말을 못 들은 척 소매에서 숫자가 여럿 적혀있는 종이 한 장을 꺼내 보여주며 말했다.

"제령의식에서 사용한 물품대금을 제외한 보수 전부, 그리고 지난 사흘간의 재초의식으로 받은 사례금 중 이 할, 또 앞으로 정화를 위해 백 일간 거행할 의식에 나는 참여하지 않지만 결국 내가 물어다 준 일거리나 다름없는 관계로 받을 일 할이 내가 문파로부터 받는 대가일세. 자네가 일한 대가는 내 몫에서 떼주게 되는데, 썩 만족스럽지는 않았지만 장래성을 보아 후하게 쳐주지. 오 푼 어떤가?"

나현은 종이에 적힌 금액을 보았다. 눈이 휘둥그레질 정도로 많은 금액이었다. 그중 오 푼, 그러니까 도사가 이 할을 받는데 그중 오 푼을 그가 받는다고 치면…… 도사는 일 할 오 푼, 그가 오 푼으로 나눈다는 것일까?

"제게 사 분의 일을 주시겠다는 겁니까?"

도사가 정색했다.

"그럴 리가 있나. 내 몫의 오푼, 그러니까 자네는 내가 받은 돈에서 이십 분의 일을 받게 되는 걸세."

나현은 실망했다. 물론 그렇게 해도 큰돈이지만 그보다 더 큰돈을 벌 수 있는데 어찌 적은 돈에 만족할 것인가.

"오 푼은 너무 적군요. 어감도 어쩐지 불쾌하고. 일 할 주시지 않으면 안 하겠습니다."

도사가 손가락 일곱 개를 펴 보였다.

"칠 푼으로 하세."

칠 푼도 어쩐지 기분이 나쁘지만 기껏 올려봐야 팔 푼인데 그건 더 기분 나빴다. 나현은 고개를 끄덕였다.

"그걸로 하죠."

그때 아초가 끼어들었다.

"내 몫은?"

도사가 눈살을 찌푸렸다. 이 도사는 요마를 대할 때는 세상 냉정하더니 돈 이야기를 시작하자 놀랍도록 표정이 풍부해졌다.

"당신의 몫은 주인에게 포함되는 것 아닙니까."

아초가 화를 냈다.

"누가 누구의 주인이라는 거야! 나는 이 아이의 보호자일 뿐이야. 보호자로서 나는 이 아이를 지켜야 하지만 그게 꼭 당신 일에 협력하는 방식은 아닐 수도 있지. 내게도 제대로 대가를 지불하지 않으면 말이야."

도사는 잠시 고민하는 듯하더니 주저주저 말했다.

"그럼 당신 몫으로 일 할…… 아니, 하루에 요리 한 접시 어떻습니까?"

아초가 눈을 빛냈다.

"세 접시로 하지."

금전감각이 없어서 그런 것일 터였다. 도사가 버는 돈의 일 할이면 최고급 요리를 세 접시가 아니라 삼백 접시도 사 먹을 수 있는데 겨우 세 접시로 만족하겠단 말인가. 그렇게 생각한 나현이 끼어들기도 전에 도사가 재빨리 아초의 제안을 수락해 버렸다.

"그렇게 하죠."

아초가 덧붙였다.

"데운 술을 더해서. 물론 한 접시에 술 한 근씩."

도사가 그것도 승낙했다.

"계약성립입니다."

나현은 내심 탄식했다. 그가 끼어들 틈도 없었고, 끼어들었어도 이대로 진행되었을 것이다. 아초는 요리 이야기가 나오자 꼬리를 흔들기 시작해서 술 이야기에 이르러서는 엉덩이까지 실룩거렸다. 이래선 협상이 될 리가 없었다.

그래서 나현은 아초의 협상에 대해서는 말하지 않고 에둘러 도사를 비난했다.

"선인의 길을 수행하는 도사님이 돈에 너무 민감하신 것 아닙니까?"

도사는 진지하게 말했다.

"나는 장차 산중에 작은 도관을 짓고 은거해서 수행을 계속하는 게 꿈일세."

나현이 더욱 의아해하며 물었다.

"그럼 더욱더 금전에는 초연하셔야 하는 것 아닙니까."

도사는 코웃음을 쳤다.

"경치 좋은 봉우리와 계곡에는 이미 사찰이며 도관으로 가득 차 있는 게 현실일세. 운 좋게 빈 곳을 발견해도 이웃한 사찰과 도관에 돈을 찔러주지 않으면 여러 가지 방법으로 괴롭힘을 당하게 된다는 걸세. 그 권리금이 만만치 않아. 그리고 산중에 도관을 차리면 건축비는 한 번 들고 마니까 괜찮다 쳐도 매끼 식사는 어떻게 해결할 건가. 나는 아직 수행이 깊지 못해서 솔잎과 이슬만 먹고 살 수도 없고, 사람이 검소하지 못해 기장밥에 고사리 반찬으로 살지도 못한다네. 젊었을 때 잔뜩 벌어서 재물을 쌓아 두고 산 아래 사람들에게 양식을 배달시켜 먹는 편이 여러모로 현명하지 않겠나. 지금의 고생은 다 그때를 위한 투자라네. 자네도 옷이며 검에 돈을 낭비하지 말고 노후를 위해 저축하는 것이 좋을 걸세."

나현은 고개를 끄덕일 수밖에 없었다. 속세를 떠난 수행자에게서 이렇게 현실적인 계산과 계획을 들을 줄은 몰랐지만 적어도 이 사람과 함께 있으면 가난뱅이가 되지는 않겠구나 하는 생각이 들었다. 강호에 나온 지 보름도 안 되어 빈털터리가 될 뻔한, 거의 되었던 그로서는 이런 스승이 가장 필요한 것인지도 몰랐다.

그게 아니라도 지금은 달리 방법이 없었다. 숙부와 도사가 경고한 대로 비단무복은 겨우 드잡이질 몇 번 했다고 찢어지고 더럽혀져서 걸레로도 더 이상 입을 수 없게 되었다. 비단장삼은 다행히 안 입었으니 헌옷 가게에 가져다 팔면 동전 몇 푼은 받을 수 있을 테지만 이 비단무복은 팔지도 못할 상태라고 했다. 부러진 보검에서 장식을 떼 새 검에 붙인다는 계획도 묘당의 화재 때문에 무위로 돌아갔다. 아, 그리고 옥대와 검대도 팔아치울 수는 있겠구나.

지금 나현은 산에서 나올 때 입은 의복에 헌옷 가게에 팔 비단장삼 한 벌과 옥대, 검대, 그리고 늙어서 언제 주저앉을지 모를 노마 한 마리만이 전재산인 셈이었다. 생각해 보니 검도 한 자루 새로 사야 한다. 결국 적자였다. 도사에게서 오늘 일한 보상을 받으면 며칠 살 돈은 생길 것이다. 그 다음은? 계속 따라다니는 수밖에 없다.

"같이 하겠습니다."

이렇게 나현과 도사, 그리고 아초의 동행이 결정되었다.

"아참, 도사님 도명을 아직 못 들었습니다."

도사가 대답했다.

"구곡이라고 하네. 인생엔 여러 굴곡이 있고, 그 굴곡마다 저마다의 곡절이 있지. 그런 뜻일세."

2019. 3.11

고양이 눈

좌백: 자 그럼 이제 당신도 고양이가 말하는 동물 무협을 한 번 써 보시지

진산: 자.

만나고

―후냐아아아.

한숨이 절로 나온다. 십년감수란 바로 이런 경우를 두고 하는 말이렸다.

아니지. 십 년이란 하찮은 인간 나부랭이들한테나 걸맞은 찰나일 뿐, 이 몸에겐 백 년 감수쯤은 되어야 어울릴 터이다.

나로 말하자면 묘귀(猫鬼), 선리(仙狸), 표(豹) 부인, 시낭낭(豺娘娘), 묘파파(猫婆婆).

수많은 이름으로 불리는 고양이 요괴로, 천하에 무서운 것이 없는 몸—이었으면 좋겠지만 아쉽게도 그렇지는 못하다.

이번 일만 해도 그렇지.

야들야들 맛있어 보이는 꼬맹이 녀석을 잘 몰아넣어 잡아먹기 일보 직전이었는데 하필 그런 무시무시한 호위가 붙어 다닐 줄이야. 세상에, 견신 초두라라니. 재수가 옴 붙어도 분수가 있지.

살아서 도망친 게 천운이다. 다른 놈들은 어찌 되었을까? 다 잡아먹혔을까?

버드나무 영감의 긴 팔이 삭정이처럼 부러져 나뒹굴던 모습을 얼핏 본 기억이 난다. 썩은 불상 녀석은 엉덩이가 무거워 도망도 못 쳤을 게 분명하다.

뭐 상관있나. 어차피 각자도생이다. 나라도 살았으면 됐지, 아무렴. 아이고, 삭신이야.

세상은 야박해졌다. 옛날은 좀 더 좋은 시절이었다. 그 시절 인간들에겐 인정이나 의리라는 게 있고 순박했다. 좀 더 잡아먹기 쉬웠다는 뜻이다. 혀에 침만 조금 발라도 팍팍 넘어가는 호구들 천지였는데, 키힝.

물론 그때도 위험한 인간들이 없던 건 아니다. 그래도 그 시절 도사니 검객이니 하는 족속들은 깊은 산중에서 고고히 수련이나 하고 자빠졌기 때문에 별종들이 사는 구역만 잘 피해 다니면 먹고 살기 나쁘지 않았더랬다.

그런데 요새는 그런 놈들이 너무 많아진 데다 죄다 협객행이네 뭐네 하면서 강호에 쏟아져 나온다.

도사라는 종자들이 우화등선은 안 하고 길거리에 나와 부적을 판다.

출가한 중놈들이 경이나 욀 것이지 무슨 파사현정을 한답시고 강호행을 나와서는 '소승, 오늘 불가피하게 살계를 범하겠소' 따위 헛소리를 하는 것이다.

야, 이 나쁜 놈들아. 맨날 어기는 계율이 무슨 계율이냐.

하여튼 이 무림인이라는 잡것들이 문제다. 보통 인간보다 힘이 센데 겉으로 봐서는 잘 구별이 안 가기 때문에 멋모르고 잡아먹으려다 혹 간 요괴들이 꽤 있다.

한때 이 몸과 더불어 요괴계의 미녀 쌍벽으로 불리며 천하제일미요의 자리를 두고 겨루던 여우 할망구 호대랑이 몇 해 전에 바로 그 꼴이 되었다. 지나가던 까마귀 놈에게 그 소식을 듣고 어찌나 고소하던지.

원래 인간들은 야들야들 허약해서 뼈째로 씹어먹어도 걸리는 게 없어야 제맛인데 외공을 익힌 놈들은 질기고 딱딱해서 잘못 먹다간 이가 부러지고, 내공을 익힌 놈들은 뱃속에서 탈이 나는 경우가 많다. 한 마디로 불량식품들이다.

개척되지 않은 땅. 신령한 전설이 숨 쉬는 오지. 영험이 우물처럼 모이는 토지묘와 귀기 서린 폐사당.

살기 좋은 장소들은 갈수록 줄어들고, 천지사방에 돈 받고 부적 파는 도관이며 사찰 따위나 늘어나는 망할 놈의 세상.

장삼이사조차 몇 푼으로 비급을 사서는 이른 아침마다 광장에 나와 무슨 무슨 권법을 수련하는, 나처럼 늙은 요괴가 갈수록 살기 힘들어지는 세상. 그야말로 말세다, 말세야.

다시 한번 한숨이 절로 나왔다.

간신히 목숨은 건졌지만 이번에 입은 손해로 최소 일 갑자의 요력은 날아간 것 같다. 이걸 보충하려면 한동안은 납작 엎드려 지내야 한다. 그 '한동안'이란 못해도 인간의 한평생은 될 테지.

사실 가장 빠른 회복술은 맛 좋은 인간을 잡아먹는 것이다. 하지만 지금은 그럴 수 없다. 아직 근처에 무서운 초두라가 있는데 괜히 흔적을 남겼다간.

고로 빠르지는 않지만 안전한 방법을 취해야 한다. 요력을 드러내지 않고 평범한 금수로 지내는 것이다. 외견도 평범하게, 식사도 평범하게.

……쥐는 먹기 싫은데 별수 없겠지.

이런저런 궁리를 하고 있을 때, 수풀 속 은신처 바로 앞에서 부스럭 기척이 들렸다.

솔직히 말해 나는 적잖이 놀랐다. 이렇게 가까이 다가오는 동안 눈치채지 못하다니, 확실히 요력 손실이 컸던 게다.

어쩐다. 그 초두라 놈이 여기까지 쫓아온 건가?

선수 필승이다. 뛰쳐나가 싸울까?

차라리 납작 엎드려 삭삭 빌까?

순식간에 서너 가지 방책을 떠올렸지만, 몸이 굳어 아무것도 하지 못하는 내 꼬락서니가 죽은 여우 할망구를 닮은 듯하여 처량한 기분이 들었다.

아아, 호대랑아, 호대랑아. 내 너를 멍청하다고 평생 놀렸는데 이러다 너처럼 훅 갈 모양이다.

그때 뗏물 꾀죄죄한 얼굴 하나가 쑥, 안을 들여다보았고.

—키이이이이잇!

나는 반사적으로 위협의 포효를 터뜨렸다.

자화자찬 같지만 이렇게 안 좋은 상태라는 걸 고려하면 제법 힘을 낸 셈이다. 무섭겠지, 무섭고말고.

꾀죄죄한 얼굴에 달린 눈이 휘둥그레지더니, 곧 입이 벌어졌다. 놀라 비명을 지르는 입도, 잡아먹으려고 벌린 입도 아니었다.

함박웃음을 지으려고 벌어진 입이었다.

웃어? 감히 날 뭐로 보고?

—키이이이이잇!

통통한 손 하나가 수풀을 헤치고 은신처 안으로 들어왔다. 나는 온몸의 털을 곤두세웠다.

그러거나 말거나 무도한 손은 거침없이 우리 사이의 간격을 가로질러 내 머리에 닿았다.

"고야이, 우뚜뚜."

"키우꺼야."

"안돼."

"키우꺼야아흐애애애."

혀짧은 소리로 고집을 부리던 인간 애새끼가 그예 울음을 터뜨렸다.

으으, 애 우는 소리는 정말 질색이다. 인간들은 발정기의 고양이 울음이 어린애 소리 같아서 요망하다고들 하는데 천만의 말씀. 인간 어린애 우는 소리가 훨씬 요망하다.

왜냐고? 짐승 새끼들의 울음은 단순하다. 배고파, 배고파.

인간 애새끼의 울음에는 그 이상의 강력한 의지가 실려 있다. 배가 고프니 먹을 것을 내놓아라! 저것들은 무리 지어 사는 짐승이라 무리의 다른 구성원을 부릴 줄 아는 것이다.

뭐, 어차피 이 애새끼가 휘둘러대는 건 제 어미일 테니 내가 상관할 바는 아니지만, 문제는 요 녀석이 내 겨드랑이를 꼭 붙들어 안고 있다는 사실이다.

아랫도리를 받쳐 안을 힘은 없기 때문에 강제로 두 팔을 번쩍 들고 벌을 서는 듯한 자세가 되었고, 오랜 세월의 덕이 쌓여 육중한 내 몸뚱이는 아래로 떡 덩어리처럼 축 늘어졌다.

이런 우스꽝스러운 자세로 인간 애새끼에게 붙들린 채 인간 어른새끼를 마주 보고 있어야 하는 팔자라니, 한심 천만이다.

"내가 두어써어어 키우꺼야아아아."

떼를 쓰는 인간 애새끼 앞에 선 어른은 이 녀석의 어미인 모양이다.

뭐라더라, 인간들이 '병약한 절세 미녀'라고 부를 법한 외양을 하고 있다. 흐음, 제법 봐줄 만한 용모다. 다음번에 둔갑할 때는 저 외양을 참고로 삼아 봐야겠다.

"안 된다니까. 이 고양이는 나이도 들었잖아. 주인이 있을지도 몰라. 없더라도 이 나이까지 혼자 살았으면 들고양이일 테고."

그래, 그래. 잘 생각했다. 어서 네 새끼에게 나를 좀 놔주라고 말을 해라, 병약미녀.

"아냐아아주인엄써어어어아야아야하고이써써내가키울래키우꺼야아아니면밥안먹을꺼야아아."

"정말? 오늘은 은려가 좋아하는 산천어 구우려고 했는데."

애새끼가 순간 움찔하는 기척이 고스란히 느껴졌다. 눈알 굴리는 소리가 요란하더니 잠시 후.

"밥은먹고약안먹을거야아아."

어미가 한숨을 푸욱 내쉬더니 고개를 옆으로 돌리고 애새끼한 테는 들리지 않게 중얼거렸다. 물론 나는 들었다.

"……기왕 주우려면 좀 귀여운 새끼 고양이로 데려올 것이지 어디서 저런 돼지인지 고양이인지 모를 물건을 주웠담."

나도 모르게 이마에 핏줄이 섰다.

요년 봐라? 네년도 애 키우느라 고생이 많다 싶어서 적당히 해 안 끼치고 떠나줄까 했더니 맘이 바뀌었다.

그래, 좋아. 어차피 금수 시늉을 하며 한동안 엎드려있어야 하 니 기왕이면 인간에게 봉양 받는 집고양이로 뒹굴어볼까?

—냐아아아앙

한때 여우도 찜쪄먹을 애교성이라고 명성이 자자했던 목 울리 는 소리를 내주었다. 인간들은 보통 이 소리를 '키워주세요'라고 알아듣는다.

"봐아아아. 나 좋아해애애애. 키우꺼야아아아아아."

나의 조력에 힘입어 인간 애새끼는 한층 핏대를 세웠고, 결국 어미는 딸의 고집에 졌다.

후후, 뭐? 돼지인지 고양이인지 모르겠다고? 어디 돼지 고양이 맛을 좀 보아라, 하찮은 병약미녀.

인간 애새끼는 나를 시시(豺豺)라고 불렀다.

애새끼 외의 인간들은 이 몸을 돼지라고 불렀다. 조금 달라져 봐야 돼지 고양이 정도였다. 괘씸한 것들.

한심하고도 괘씸한 이 집구석에는 식솔이라고는 달랑 셋뿐이다. 애새끼의 부모와 애새끼.

병약한 미녀의 남편이자 애새끼의 아비는 말수가 적은 남자로, 어미와 제법 어울리는 미장부였다.

'고양이를 키우기로 했어요.' 라는 아내의 말에 나를 힐끔 보더니 잠깐 눈을 찌푸렸다가 토 달지 않고 고개를 끄덕일 정도의 양식은 있는 사내였다.

그나저나 꽤 멀쩡하게 생긴 인간들이 이런 궁벽한 산속의 초옥에 산다는 점이 꽤 이상하다 싶었다.

그들 세 식솔 외에 이 외딴집에 드나드는 사람은 딱 한 명뿐이었는데, 처음 보는 순간부터 마음에 들지 않는 작자였다.

"뭔가, 이 돼지는? 고양이 맞나?"

어느 날 초옥을 찾아온 백색 유생복 짜리가 보자마자 무례한 소리를 하더니 감히 내 배를 만지려고 손을 뻗길래 응징의 앞발질을 날렸건만, 기묘한 동작으로 그걸 피해내더니 혀를 쯧쯧 찼다.

"성질머리가 사나운 놈이로고. 그런데 고양이를 키우는 거냐,

은려야? 고양이 털은 네 몸에 안 좋을 수도 있는데."

"내 고야이야! 안 좋은 거 아냐!"

"오, 그러냐? 어허, 그놈의 고양이 아주 살이 투실투실하구나."

"내가 밥줘떠!"

"그래, 그래. 은려도 저렇게 살이 쩌야지. 고양이한테만 밥 주지 말고."

그 작자는 이 집에 드나드는 의원으로, 대략 애새끼의 아비와 비슷한 또래였고 아비와는 친구 사이인 모양이었다.

나를 볼 때마다 살이 너무 쪘니 어쩌니, 고양이가 환자에게 좋지 않을 수 있니 어쩌니 잔소리를 해대는 걸 보면 돌팔이가 분명하다.

한 번은 어미가 '강호에서 천하제일명의로 불리는 성수신의께서'라고 존대하는 소리를 들었다.

돌팔이 확정이다. 신의니, 명의니 그런 별호를 쓰는 녀석들일수록 사기꾼인 법이거든.

우리 동네에서도 그렇다. 사람을 많이 잡아먹는 녀석일수록 무슨 신선, 무슨 존자 그런 별호를 즐겨 쓴다.

마음에 들지 않는 놈이지만, 그나마 도사 나부랭이가 아닌 것을 다행으로 여기기로 했다.

이렇게 하여 나는 그 집의 고양이가 되었다.

초라하기 그지없는 초옥의 부엌 한구석에 낡은 방석과 밥그릇, 물그릇이 놓였다.

이 몸의 위신에 어울리지 않는 빈한한 집이었으나 과히 신경은 쓰지 않았다. 어차피 오래 머물 생각은 아니었기 때문이다.

그리고 그 생각대로 되었다.

그들과 함께 한 시간은 잠시였다. 인간이 아니라, 내 관점에서.

살고

돌팔이 녀석이 이 집에 드나드는 건 병약한 어미 때문인 줄 알았다. 바람만 불어도 날아갈 것처럼 생겼으니까.

한데 그것만이 아니었던 모양이다.

"……은려도 같은 병이라고?"

잘 놀던 아이가 갑자기 쓰러져 앓아누웠던 어느 밤의 일이다.

나는 부엌에서 한숨 돌리고 있었는데, 벽 너머에서 들려오는 아비의 음성에 귀가 쫑긋 섰다.

"모계유전인 모양일세. 천음절맥은 그렇게 전해지는 경우가 많다더군."

신중하게 대답하는 것은 돌팔이의 음성이었다.

그나저나 천음절맥이라. 먹을 수 있는 거던가?

"너무 상심하지 말게. 엄밀히 말하자면 천음절맥은 '병'이라고
는 할 수 없어. 일종의 체질이지. 어떤 무림인들에게는 그야말로
바라마지 않는……"

돌팔이는 나름대로 아비를 위무하려 한 모양이지만 씨알도 먹
히지 않는 것 같다.

"병이 아니라고? 체내에 음기가 너무 강해 음한계열의 무공에
는 천부적인 재질을 보이고 삼라만상의 이치를 꿰뚫어 보는 오성
을 타고났으니까?"

"……그래."

"남궁세가 같은 곳에서는 일부러 그런 체질이 잘 유전되도록
혼사를 맺기도 할 정도니까?"

"……그것도 사실이지."

"대신 스무 살, 많아야 서른을 넘기기 힘들지. 그런데도 병이
아니라고 할 텐가?"

돌팔이는 결국 입을 다물었다.

그놈 참 까칠하기는. 돌팔이 나름대로는 위안이랍시고 한 말일
텐데.

둘 사이에 흐르는 어색한 정적 사이로 나는 입을 크게 벌려
하품했다.

대충 그만 떠들고 가서 자라. 서른 살 사나 일흔 살 사나 도토리 키재기지. 별 시답지 않은 이야기로 어르신 잠을 방해하고 앉았어.

"······살릴 거야."

문득 아비가 이를 악물며 말했다. '어떻게'가 생략된 허무한 다짐이었지만 돌팔이는 참견하지 않았다. 그 녀석, 물렁한 구석도 있네.

"아내도, 은려도 살리고 말 걸세. 그러려고 모든 걸 버리고 이 궁벽한 곳까지 왔어. 강호의 눈을 피해, 천음절맥의 몸에 가장 좋다는 명산을 골라서."

돌팔이 친구의 침묵에 격려받은 것처럼 아비는 점점 힘을 주어 다짐했다.

"아내도 스물을 넘겼어. 은려도 살리고 말겠어. 어떻게 해서든."

그러니까 그 '어떻게'가 문제라고, 이 한심한 인간아. 애새끼의 고집이 어디서 온 걸까 싶었더니 저놈을 닮은 모양이다.

한심하긴 하지만 인간들이란 대체로 저런 모양새로 자신의 마음을 다져 모양을 만든다. 딱히 저 아비만 어리석다고 탓할 일도 아닌 데다, 상관할 일도 못 된다.

"그래. 분명 잘 될 걸세. 양생이라는 게 별건가. 좋은 숨을 들이쉬고 좋은 물을 마시고, 격한 일을 삼가며 마음을 고요히 다스리면 큰 탈 없이 살 수 있을 거야."

돌팔이가 상냥하게 말했다. 저놈은 혀에 꿀을 바른 거짓말쟁이가 분명하다. 아비도 그걸 아는지 딱히 대꾸하지 않았다.

둘의 어색한 침묵 사이로 '그렇게 사는 것을 과연 산다고 볼 수 있는가' 하는 무형의 글자들이 방황하듯 떠다녔다.

산다는 것은 욕망한다는 것이 아닌가. 마음껏 죄를 저지르고 탐닉한다는 것이 아닌가.

때로는 나쁜 숨을 들이마시고 독한 술을 마시는 것, 격한 일에 스스로 뛰어들고 마음을 용암처럼 끓어오르게 하는 것들을 찾아 헤매는 것이 바로 산다는 것이 아닌가. 그 모든 것을 절제하고 살아가는 삶이 과연 삶일까.

벽 너머에서 들려온 날카로운 쇳소리가 그 글자들을 잘라냈다. 이어서 느리게 바람 베는 소리가 들렸다.

부엌문 틈새로 내다보았더니 아비가 검무를 추고 있었다.

미쳤나, 달밤에 웬 검무?

한 자루 검을 휘두르며 헛헛한 마음을 달랜다. 듣기엔 좋은 말이다. 내가 보기엔 다 개소리지만 말이다. 참고로 고양이 요괴 계통에서 개소리란 매우 심한 욕이다.

그런다고 아픈 마누라가 낫냐. 딸이 천음절맥이 아니게 되느냐. 코웃음 쳐주고 싶었지만 그러기엔 너무 아름다운 검무였다.

한 번 손을 떨칠 때마다 파르르 진동하는 검 끝이 허공에 새긴다.

꽃, 별, 나비, 불티, 눈송이, 또는 그 비슷한 것들.

내, 인간의 무공이며 병법에 밝은 것은 아니지만 짐승의 감각으로 알아차릴 수 있었다. 저놈은 고수다.

저렇게 힘들이지 않은 동작으로 정교한 검흔을 허공에 남길 수 있다면 보통 고수가 아니다.

검을 휘두르는 인간 옆에는 절대 다가가지 않는 내가, 어느 순간 부엌을 나가 움찔움찔 앞발을 들고 일어나 허우적허우적 검 끝을 쫓아다녔다.

아비도 내 존재를 눈치챈 것 같았지만, 검무는 흐트러지지 않았다.

제법이구나. 그렇다면 이 몸도 흥을 깨지 않고 어울려주지.

그리하여 아비는 검으로 별과 나비를 그리고 나는 앞발로 별빛과 나비의 날개를 쫓았다. 달은 밝고 바람은 소슬하니 좋은 밤이었다.

"자네 성취가 전보다 더 깊어졌군. 한낱 미물조차도 검극을 따라가게 만들 정도니."

한옆에 서서 구경하던 돌팔이의 음성이 흥취를 깰 때까지 우리는 그러고 있었다. 눈치 없는 녀석.

그래도 오랜만에 즐거운 시간이었다. 아비도 조금은 기분이 풀어진 듯했다.

뭐, 안 풀어졌다고 한들 내가 신경 쓸 문제도 아니고.

춤바람이 가라앉은 뒤, 정작 나는 다른 문제를 신경 써야 했다.

저 아비라는 놈의 정체가 무림인 나부랭이였다는 문제 말이다.

물론 당장은 돌팔이 외의 다른 무림인들이 얼씬거리진 않는다. 그러나 먼지는 먼지 끼리 뭉쳐 다니기 마련이라고 언제 그런 종자들이 이 집에 들이닥칠지 모르는 법이다.

개중에 도사나 승려라도 있으면 아주 골치 아프게 되는 것이다. 아무렴.

그런 일이 벌어지기 전에 뜨는 것이 상수다. 그러려면 힘을 좀 모아야 할 필요가 있다. 영양분을 비축해야 한다는 소리다.

그리고 영양이라면야 뭐니 뭐니 해도 인간이 제일이다.

……그런데 천음절맥.

그거 먹어도 별 탈은 없으려나? 아비라는 작자가 무림인이라면 위험할까? 그놈 없을 때 모녀만 먹고 튀어? 돌팔이는 먹어도 될까? 독이 들었을지도 모를 것 같긴 한데.

안전한 식단을 짜느라 며칠을 흘려보냈다가 어느 밤 나는 태산 같은 몸을 일으켰다.

천음절맥이라는 게 먹어도 될 음식인지 시험해 보기 위해, 혹시 독이 되더라도 덜 치명적일 어린 것을 먼저 먹기로 했다.

별문제가 없다면 그 다음에 어미를. 회복한 힘을 보아 아비, 가능하다면 돌팔이까지.

후후. 진미를 차려놓고 먹을 순서를 정하는 것만큼 즐거운 일도 드물다.

아이가 잠든 방에 들어가기는 아주 쉬웠다. 공들여 요력을 쓸 필요도 없다. 원래 고양이 몸뚱이는 가느다란 나무 살 사이로도 얼마든지 빠져나갈 수 있어, 인간들은 자기네 고양이가 물귀신이 되었다며 기겁하기도 한다.

살짝 열린 들창 틈으로 들어가 보니 이불을 걷어차고 네 활개를 편 채 잠든 아이의 모습이 보였다. 기운이 넘치다 못해 온 사방에 튀길 정도인데 쟤가 무슨 병이라고? 역시 그놈, 돌팔이가 확실하다.

곤히 잠든 어린애를 홀라당 잡아먹는 것은 손바닥 뒤집기보다 쉬운 일이다.

그래야 했다. 다가가던 도중에 그 냄새를 맡기 전까지는 말이다.

오, 세상에.

이렇게나 먹음직스럽고 향긋한 냄새가 다 있다니.

천상의 미주가 이런 향기일까? 한 입 먹기만 해도 삼생의 번뇌가 사라지고 곤륜으로 가는 길을 보게 된다는 불로초가 이런 냄새일까?

나도 모르게 춤을 추며 나는 그 향기의 진원지를 향해 다가갔다.

아이를 지나쳐, 방구석에 놓인 옷장과 벽 사이 좁은 틈으로.

이 향기를 맡은 뒤론 보들보들한 인간 아이조차 먹을 생각이 나지 않았다. 아니, 그때 사실 나는 숫제 아이의 존재를 잊고 있었다.

틈은 좁았지만 상관없었다. 일단 머리만 집어넣으면 다음은 꿈틀꿈틀 미끈덩 미끈덩.

오오, 닿았다. 이제 향기의 원천을 탐하고, 그 달콤한 그릇 속에 머리를 들이밀고……

그다음엔 정신을 잃었다.

향기롭고 맛있고 행복했다는 기억만 어렴풋이 남았다.

깨어났을 땐 주변이 온통 시끄러웠다.

"……나 원. 이런 도둑고양이, 아니 도둑 돼지를 보았나."

"은려야. 대체 왜 약을 거기 숨겨둔 거니? 그러니까 고양이가 다 훔쳐 먹었잖아."

"맛엄떠."

나는 옷장과 벽 사이에 낀 채로 발견되었고 그 덕분에 아이가 빼돌린 약이 들통난 모양이다.

부모와 돌팔이 모두 노발대발한 모양인데, 이것들아…… 그렇게 큰소리치고 흔들대지 마라. 머리 아프다. 으으, 이건 영락없는 숙취인데?

"내 고양이! 혼내지 마! 착해! 약 다 먹어 착해."

오직 아이만이 희희낙락하여 내 편을 들어주었다. 오냐, 오냐. 당분간 너를 잡아먹는 건 미뤄주지.

물론 그런 자비를 베풀기로 한 이유는 앞으로도 저 녀석이 그 '약'을 나에게 줄 가능성이 농후해 보였기 때문이다.

그건 그렇고, 인간 어린애보다 더 맛있는 냄새를 풍겼던 그 '약'의 정체가 무엇인지 궁금해하지 않을 수 없었는데.

"대체 뭐로 만든 약이길래 저렇게 애가 먹기 싫어하는 건가."

아비가 탓하는 투로 물었더니 돌팔이가 대답했다.

"개다래 열매의 벌레혹으로 만든 약이네만."

아하.

아비는 종종 집을 비웠다. 인근 마을에 장을 보러 가는 모양이다.

그럴 때 나는 기분이 한결 느긋해졌다. 이 집에서 위협이 될만한 유일한 존재가 사라졌으니 언제든 마음만 먹으면 밥상을 차릴 수 있는 것이다.

마음이 느긋해지면 배도 고프지 않다. 언제라도 잡아먹을 수 있지만 그게 딱히 지금일 필요는 없다.

잠재적 먹이들이 꼬물꼬물 움직이는 걸 구경하는 기분으로 나는 너그럽게 모녀가 바람을 쐬고 집안일을 하고 약을 챙겨 먹는 모습을 지켜보았다.

아이는 개다래 열매의 벌레혹으로 만든 독한 약을 변함없이 빼돌려 내게 주곤 했는데, 그 맛이 또 질리지 않고 말이지.

그날도 실컷 약을 먹고 데굴거리고 있던 참인데, 밖에서 두런두런 모녀의 소리가 들렸다.

"아빠 안 와?"

"그러게, 오늘은 어째 늦으시네?"

"히이잉, 왜 안 와?"

"오시겠지. 우리 은려 착하게 약 먹고 코 자면 아침엔 와 계실 거야."

어미는 아이를 달래려고 애썼지만 아이는 계속 칭얼거렸다. 잠깐 조용해서 잠들었나 안심할라치면 또 칭얼거리는 소리가 들렸다.

으으, 도저히 못 들어주겠네. 이리 뒤척 저리 뒤척하다 결국 못 참고 나는 일어서고 말았다.

밤의 산중은 어둡고 적요하다.

문풍지를 흔드는 바람 소리처럼 울어대는 밤새 소리, 먹이를 찾아 헤매는 짐승이 덤불 사이를 가르고 지나가는 소리.

허약한 인간이나 어린 짐승에게는 이보다 더 위험한 곳이 없겠지만 나에겐 다르다.

앞마당을 산책하는 느낌으로 나는 산 아래 기슭까지 내려갔고, 딱히 마중할 생각은 없었지만 거기서 아비를 발견했다.

아비는 싸우고 있었다. 한참을 그랬던 모양으로 이미 온몸이 피투성이였고, 주변에는 그가 쓰러뜨린 몸뚱이들이 여럿 나뒹굴고 있었다. 그러고도 아직 너덧 명이 아비를 둘러싼 채였다.

오오, 싸움 구경이라 좋지. 나는 적당한 바위 위에 올라앉았다.

무림인들의 싸움에 대해 내가 아주 잘 아는 것은 아니지만, 한 명이 여럿을 상대로 싸우는 일이 절대 쉽지 않다는 것은 알고 있다.

짐승의 세계도 결국 비슷하다. 생사를 겨루는 싸움에서는 덩치 큰 놈, 주먹 큰 놈, 무기가 좋은 놈, 최종적으로는 쪽수가 많은 쪽이 압도적으로 유리하다.

그러나 나는 조금 기대하고 있었다. 일전에 보았던 아비의 검무는 이 몸을 홀릴 정도로 아름다웠다.

그렇게 완벽한 형을 그려낼 수 있는 검이라면, 허공에 별과 나비를 그릴 수 있는 검이라면 인간의 몸을 대상으로는 얼마나 멋진 것을 그려내겠는가.

마른 붓으로 천궁을 휘젓던 화백이 드디어 붉은 먹물을 손에 넣었으니 얼마나 선명한 그림을 그리겠느냐.

하나, 결론부터 말하자면 내 기대는 시시하게 부서졌다.

몇 명 남은 잔당들과 아비의 싸움에는 형도 아름다움도 없었다. 돌팔이의 찬양을 받던 그 검법과 닮은 일 초식도 거기엔 없었다.

포위한 자들은 우아하게 보법을 밟는 것이 아니라 쭈뼛쭈뼛 다가가다가 아비가 검을 불쑥 내밀면 퍼뜩 놀라 뒤로 물러서곤 했다. 보고 있자니 속이 터질 지경이다.

아비 역시 크게 검을 휘두르거나 허초와 실초를 섞는 여유 따위 부리지 못했다. 피와 땀이 뒤섞인 액체가 눈에 들어갈 때마다 초조하게 눈을 깜빡이며, 적들이 다가오지 못하도록 헛소리로 위협해 가면서 버텼다.

마치 상처투성이 짐승이 텃세 부리는 다른 짐승들 앞에서 허세로 맞서는 것처럼.

그렇게 한참을 서로 쉿, 으르렁, 크르릉, 움찔하고 볼품없이 겨루다가 누구도 원하지 않았는데 일어나는 사고처럼 가끔 한 놈과 아비의 간격이 좁아졌다.

그러면 그 둘은 제대로 눈도 뜨지 못한 채 죽으라고 서로의 무기를 상대방이 있음 직한 방향을 향해 휘둘러댔다.

대여섯 번을 휘두르다 보면 어쩌다 하나가 상대의 몸에 제대로 들어갔다. 한쪽만 일방적으로 적중하는 경우는 거의 없었다. 보통은 아비의 검이 상대를 찌르면, 상대의 병기도 아비를 찔렀다.

다만 차이라면 아비의 검 쪽이 좀 더 치명적인 곳을 찔렀고, 상대의 병기는 아비의 살갗에 상처 하나를 더하는 정도에 그쳤다는 것이다. 내가 보기엔 그냥 운이 좋은 것 같았다.

그렇게 해서 포위한 적 중 하나를 쓰러뜨리고 나면 다시 남은 놈들과 쉿, 으르렁, 크르렁, 움찔하면서 지겹도록 탐색전을 벌이는 것이다.

하아, 하품이 날 지경이다. 무림고수니 뭐니 얼어 죽을. 대체 실제 싸움을 저렇게 할 거면 뭐하러 그리 멋들어진 검법을 수련하고 검무를 춘 거냐?

나는 하품을 몇 번 하다가 아예 엎드려 자기 시작했다.

주변이 조용해진 뒤에야 눈을 떴는데, 서 있는 사람은 아무도 없었다. 포위했던 자들은 모두 쓰러졌고, 아비는 주저앉아 가쁜 숨을 몰아쉬고 있었다.

쯧쯧. 보아하니 예전에 강호를 주유할 때 원한이라도 샀던 모양이지. 그러게 착하게 살아야지. 아무렴. 착하게 산 인간은 영육

이 모두 양념을 빼먹은 것처럼 싱거워서 우리들 요괴도 즐겨 먹지 않는다고.

하긴 내가 알던 식인귀는 너무 간이 센 악당들만 잡아먹다가 콩팥에 병이 들어 늘그막에 고생했지. 건강하게 살려면 착한 놈 못된 놈 골고루 잡아먹어야 하는데.

한참을 헉헉거리던 아비가 비틀비틀 일어났다. 이제야 집에 돌아가려나. 나도 어슬렁어슬렁 일어나 뒤를 따랐다.

아비가 나를 알아보더니 움찔 놀랐다.

"네가 왜 여기……"

네 새끼가 하도 징징거려서 잠을 못 자겠길래 나와봤다—라고 대답하면 기절초풍할 테니, 나는 너그럽게 평범한 대답을 돌려주었다.

"냐앙."

"……마중이라도 나온 거냐?"

인간들은 이런 점에서 편리하다. 대충 말해도 제멋대로 알아들어 주는 것이다. 게다가 제 착각에 스스로 기분이 풀려서는 스르륵 웃기까지.

"같이 돌아가자. 다들 기다리겠구나."

그래, 그래. 내가 하고 싶은 말도 그거다. 앞장서라, 인간.

아비는 곧장 집에 돌아가지 않고 냇가에 들려 피를 닦아냈다.

그러곤 운기조식인가 뭔가를 해서 원기도 회복했다. 그래봤자 옷 찢어진 건 못 감출 텐데 저게 무슨 바보짓이람. 들키고 싶지 않으면 바느질이라도 하던가.

그보다 더 한심한 것은 남편이 돌아온 기척에 깨어난 어미의 반응이었다. 옷 찢어진 거며 눈탱이에 멍든 것이 빤히 보일 텐데도 '왔어요?'가 끝이다.

그렇게 징징대던 아이는 곤히 잠들어서 깨어날 줄 몰랐다. 은근히 부아가 났다. 아니 내가 누구 때문에 밤마실을 다녀왔는데.

좋은 싸움 구경이라도 했으면 억울하지나 않지. 본 거라곤 달밤의 검무와 달밤의 싸움은 전혀 딴판이라는 것뿐이다. 아, 아비와 어미 내외가 아주 죽이 잘 맞는 능청스러운 녀석들이라는 것도 포함해서.

불행히도 얼마 지나지 않아 나는 또 밤마실을 하게 됐다. 이번에는 은려라는 이름의 꼬맹이가 문제였다.

그날도 아비가 외출한 날이었고, 늦도록 돌아오지 않았다.

지난번 일이 있었기 때문에 나는 일찍 관심을 껐다. 어차피 어딘가에서 옛적들과 볼품없이 투닥대다가 돌아오겠지. 못 돌아와도 제 팔자고.

그런데 요 맹랑한 녀석이 밤중에 부엌으로 와서는 나를 답삭

안아 들었다.

나 잔다, 라고 점잖게 그르릉 경고했지만 물색 모르는 아이는 아랑곳 않았다.

"아빠 마중 가자."

네 아비는 안 죽었으면 제 발로 기어들어 올 텐데 왜 나가겠다는 거냐. 아니 너 혼자 나가는 건 상관없지만 왜 나를 데리고 가느냐. 제대로 편하게 안지도 못하는 솜씨 없는 것이. 놔라, 겨드랑이 집힌다. 놓으라고! 캬오오옹.

버둥거려도 소용이 없어서 결국 포기한 채 축 늘어진 가래떡 자세로 아이에게 끌려가고 말았다.

한동안 가다 보니 뭔가 이상했다.

어라, 어라. 이쪽은 길이 아닌데. 이 녀석아. 이리로 가면 길을 잃는다. 그쪽은 벼랑이라고! 죽으려면 너 혼자 죽지 왜 나까지 끌고 와서 이러느냐!

"……어쩌지? 우리 길을 잃었나 봐."

이제 알았느냐! 그리고 우리가 아니라 네가 잃은 거다!

아이가 다리에서 힘이 풀렸는지 스르륵 주저앉았다. 칭얼거릴 기운도 없는 모양이다.

하는 수 없지.

"……어라? 달이 떴네? 아깐 없었는데."

달이 아니라 이 몸의 요력이다. 어서 저 빛을 따라 걸어라. 고양이 눈이 비춰주는 고양이 길이 사라지기 전에 어서 집으로 돌아가라고.

다행히 이번 말은 알아들은 건지 아이는 나를 안고 열심히 집으로 돌아가는 길을 밟았다.

마침내 집에 돌아오자 아이는 원래 목적이었던 아비를 까먹고 해죽 웃었다. 마치 이번 밤 나들이의 목적을 달성한 것처럼.

생각보단 일찍 돌아온 편이라 어미는 아이가 없어진 것을 아직 눈치채지 못했다. 다행이었다.

집안으로 몰래 들어가기 전, 아이가 해죽 웃으며 말했다.

"헤헤, 저 달, 꼭 네 눈 닮았다."

내 눈이다, 멍청아.

어미에게 들키지 않고 넘어간 것은 좋은 일이 아니었다.

그 밤 내내 어미는 아팠던 모양이다. 그리고 끝내 일어나지 못했다.

이번에도 옷이 찢어진 채로 돌아온 아비는 간신히 아내의 임종에 늦지 않았다.

장례는 거창하지 못했다. 문상객은 돌팔이가 전부였다. 집 뒤쪽 야산에 땅을 파고 아내를 묻은 아비는 딸을 돌팔이에게 맡기고 그곳에 며칠이나 앉아있었다.

온 집안이 슬픔에 가라앉아 물속처럼 조용했다. 그거야 지네들 사정이지만, 무엄하게도 내 밥을 챙겨주는 놈이 없었다.

그래도 큰 문제는 없었다. 그즈음 이미 몸소 먹이를 사냥할 수 있을 정도가 되었으니까. 요력을 사용하지 않고 짐승의 힘만으로 먹이를 잡을 수 있다는 건 꽤 좋은 징조다.

산에는 잡아먹을 만한 동물이 무척 많다. 다래미, 고슴돛, 두데기, 넉다구리, 꿀꾸리, 노루, 능소니.

오랜만에 신나게 이리저리 뛰어다니다 어슬렁어슬렁 돌아가던 차에 새로 만든 무덤 앞을 지나게 되었다.

거기서 아직도 앉아있는 아비를 발견했다. 마지막으로 보았을 때와 달라지지 않은 석상 같은 자세였다. 저러다 부처님 녀석처럼 되는 게 아닌가 모르겠다.

물론 내가 아는 그 부처님 녀석처럼 남 잡아먹을 기운은 전혀 없어 보인다. 눈도 풀려 있고 입도 헤벌린 것이 되레 잡아먹히기 딱 좋은…… 흠.

그러고 보니 무림인은 잡아먹긴 힘들지만, 게다가 불량식품의 비율이 높긴 하지만, 제대로 좋은 물건이 얻어걸리면 영약이나 다름없다던가.

조심조심 아비 곁으로 다가갔다. 딱 한 입만 맛보면 될 것이다.

딱 한 입만.

아비가 눈을 번쩍 떴다. 얼른 도망치려고 했지만 아비의 손이 좀 더 빨랐다.

"왜 여기 온 거냐."

크윽, 눈치챘나?

"날 위로하러 온 것이냐?"

……엥.

"……걱정하지 마라."

켈룩! 그렇게 끌어안지 마라!

바둥거리고 할퀴어봤지만, 이 무작한 놈은 숨 막히게 끌어안은 채 내 두툼한 뱃살에 얼굴을 비벼댔다.

"무슨 일이 있어도 내 딸을 살릴 것이다. 나한테 남은 건 그것밖에 없다. 무슨 일이 있어도……"

뜨겁고 축축한 것이 털을 적셨다. 나 원 참.

기껏해야 마누라 죽었다고 여기서 눈물 참고 있다가 고양이 앞에서 징징대다니. 너무 한심해서 화도 나지 않았다.

이봐, 아비 놈아.

그렇게 멋 부리며 각오를 다질 요량이면 여기서 이럴 게 아니라 네 딸 곁에 있어 주라고.

나는 검은 밤하늘을 향해 눈을 찡긋했다.

한동안 내 털을 적시던 아비가 문득 고개를 들고 하늘을 보았을 때, 휘어진 고양이 눈 같은 달과 눈이 마주치도록.

"……돌아가야겠구나."

아비는 그제야 생각이 미쳤고, 나를 안은 채 일어났다.

아비와 함께 초옥으로 돌아가던 나는 걸음을 멈추고 뒤를 돌아보았다.

어둠 속에 묻힌 쓸쓸한 무덤가에 흰옷을 입은 어미의 넋이 서 있었다. 지아비를 향해 천천히 손을 흔들며.

저 하늘의 고양이 눈은 아비의 귀갓길을 위해서 띄운 것만이 아니다. 어미의 마지막 길을 위해서이기도 했다.

이봐. 대충 봤으면 이제 가라고. 귀신이 세상에 너무 많으면 곤란해. 나 먹을 게 안 남으니.

어미는 그 말을 알아들었을까. 나를 향해 미소 짓고, 천천히 달빛의 길을 밟으며 멀어져갔다.

돌아올 수 없는 곳, 영원한 저쪽으로.

살아지고

어미를 잃은 새끼는 빨리 자란다.

은려라는 아이도 그랬다. 이젠 더 이상 애새끼라고 부르는 것이 어색하다 싶을 정도로 순식간에 자랐다.

다행히 어미처럼 병약해 보이진 않았다.

천음절맥인가 뭔가가 생각만큼 무서운 병은 아닐지도 모른다는 생각이 들 정도로.

그 돌팔이가 진짜 돌팔이였을 수도 있고.

팔다리가 길쭉길쭉 자라더니 어느 날부터는 아비에게 무공을 가르쳐달라 졸랐다.

내 보기에 아비는 처음엔 분명 안 된다던 눈치였는데, 마음을 고쳐먹고는 그러마 했다.

다음날 시작된 무공수련을 보니 이유가 짐작이 갔다.

단전이 어쩌고 내공이 어쩌고 하는 일장연설로부터 시작하는 양생법부터 가르치려는 모양이다. 그게 딸의 병에 도움이 될 거라 여긴 게 분명하다. 약은 녀석 같으니.

하지만 양생법이 몸에 좋을지는 몰라도 재미는 없다.

무림인이라는 위험한 적에 대한 정보를 얻을 좋은 기회라서 햇볕을 쬐는 척하며 수련을 구경하고 있자니 못 견딜 노릇이었다. 하품하다가 턱이 빠질 뻔했다.

한 가지만은 확실히 배웠다. 저 지루한 숨쉬기 운동과 기마자세를 버텨내는 것만 보아도 무림인이라는 종자들은 천하의 독종들이라는 교훈 정도.

은려는 며칠 숨쉬기 운동을 하다가 볼멘소리로 병기술이나 권
각술, 아니면 유용한 경공을 배우고 싶다고 졸라댔다.

그 옆에서 나도 냥냥거리며 거들었다.

내공수련법 따위 훔쳐 배워봐야 무림인 타도에 전혀 도움이
되지 않으니까.

그러나 아비는 완고했다. 기초가 닦이지 않으면 권각술이나 경
공을 배워도 그 성취가 높지 않을 거라면서.

개소리다.

세상에는 한 걸음 한 걸음 차곡차곡 나아가는 방식이 있는가
하면 정반대로 한걸음에 천 리, 두 걸음에 만 리를 딛는 방식도
있는 법이다.

현자는 여러 길이 모두 존재함을 알지만 한 가지 길밖에 알지
못한 자들은 다른 길을 부정한다. 세상에는 낮만 있다고 생각하
는 바와 같은 어리석은 소치다.

이놈들아. 세상에는 점수돈오도 있고, 응? 돈수점오도 있고!
점수점오, 돈오점수, 돈오돈수도 있다고, 응!?

깨달음으로 향한 길이 오직 하나뿐이라고 여기는 거야말로 어
리석은 소치다. 그러니까 좀 더 멋들어진 걸 가르쳐 내놓으라고.
어서, 어서!

한 달이 지나고 두 달이 지나고 반년이 지나고 일 년이 지나도록 은려는 졸라댔고 나도 거들었다.

마침내 아비가 항복했다. 삼 년이나 걸렸다는 점에서 이게 항복인지 아닌지 조금 걸리긴 하지만 말이다.

당연히 검술을 가르치려니 생각했는데, 병기 수련 첫날 딸에게 내민 것은 의외의 물건이었다.

자루에 날이 달린 물건이니 굳이 부르려면 검이라고 못 부를 것도 아니지만, 검신이라고 할만한 부분이 없는 꼬챙이처럼 뾰족한 물건이다. 길이는 거의 딸의 키만큼이나 길었다.

그렇게 길쭉한 검이 어찌나 얇은지 손에 쥐고 휘두르니 팔랑팔랑 흔들렸다. 저걸로 뭘 찌를 수나 있으려나? 그 전에 부러지지 않을까?

"네 힘으로는 무거운 검이나 도를 들고 싸우는 것은 무리다."

흠, 그건 그렇지. 저 녀석은 성질이 드세서 기운이 펄펄 나는 것처럼 보이지만 오래 버티질 못한다. 제 팔다리만 간수하면 되는 내공 수련 때도 그 지경인데 병기를 들면 더 심하겠지.

"이건 보통 강호에서 쓰는 세검보다도 한층 얇게 만들었다. 무게가 거의 없으니 네게 꼭 맞을 것이다."

아비는 잠시 사이를 두었다가 덧붙였다.

"아마도, 천하에 이렇게 얇고 가벼운 검은 없을 것이다. 이 검으로는 벨 수가 없다. 오직 찌를 수 있을 뿐이다. 그러니, 너는 오늘부터 찌르는 초식만 익히면 된다."

은려가 아랫입술을 불쑥 내밀었다.

"왜 찌르기만 해요? 전 베고도 싶고, 내리치고도 싶은데."

"그건 힘이 많이 들고 낭비가 심하다. 고수가 취할 움직임이 아니다. 격조가 없지."

나는 아비가 거짓말을 하고 있다는 걸 알아차렸다.

목숨을 다투는 싸움에서 격조는 무슨 얼어 죽을 놈의 격조인가. 애초에 싸움이라는 것 자체가 먹지도 않을 적의 피를 흘리는 거대한 낭비다.

하나 그런 낭비를 통해 살아남은 자는 먹이를, 재물을, 힘을 독점하여 더 크게 낭비할 권리를 획득하는 것이 아니더냐.

그러니 개소리하지 말고 가르칠 수 있는 건 다 가르쳐라! 내가 무림인들에 대해 더 알 수 있도록 비법을 모두 밝혀내란 말이다, 캬옹— 하고 다그치고 싶었지만.

아비는 딸이 그런 사치를 누릴 수 있을 만큼 건강하지 못하다는 걸 알고 일부러 딱 하나만 가르치려고 하는 것이 뻔했다.

거기에 격조니, 뭐니 하는 설탕물을 입혀 얼버무리는 것이지.

은려도 그걸 모르는 바는 아니어서 아랫입술은 불퉁하게 내밀었지만, 더 조르지는 않았다.

아비의 판단이 옳았다는 건 첫날 수련으로 입증되었다.

찌르기의 가장 기초적인 초식 하나를 아비가 시범 보였고, 은려는 놀랍게도 딱 한 번 보고 그 초식을 똑같이 따라 했다.

천음절맥의 소유자는 오성이 뛰어나다는 걸 알고 있던 아비도 적잖이 놀란 표정이었다.

"한 번 더 해보아라."

은려는 '이렇게 쉽고 시시한 걸 뭘 또'라는 표정으로 그대로 했다.

"한 번 더."

은려는 시큰둥한 표정으로 반복했다.

"한 번 더."

이번엔 하지 못했다. 그 가벼운 검을 들 힘이 남아 있지 않았다. 그날 수련은 그걸로 끝이었다.

전력을 다해 찌를 수 있는 횟수가 하루에 많아야 다섯 번. 보통은 세 번.

그런 고양이 세수 같은 수련을 매일매일 반복하며 은려는 자라고 또 자랐다.

아비가 딸을 위해 맞춰준 세상에 하나뿐인 가는 검에 이름도 지어주었다. 첨성(瞻星). 별을 바라보며 찌르는 검.

한 해가 가고, 두 해가 가고, 은려는 오직 찌르는 동작 하나만으로 수많은 변초를 만들어냈고, 그 검사위는 제법 아비를 닮아 갔다.

어느 날 낮잠을 자다 깨어났을 때, 막 수련을 마치고 긴 팔을 쭉 뻗어 기지개를 켜는 은려를 보고 문득 깨달았다.

아직 앳되긴 하지만 더 아이라고 부를 수 없는 나이가 되었구나. 잘 여물었어.

그렇게 느낀 것이 나만은 아니었던 모양이다.

모처럼 아비와 술잔을 나누던 돌팔이가 문득 물었다.

"지난번 이야기한 건 생각해 보았나?"

"혼담 말인가?"

아비가 내키지 않는다는 듯이 되물었다.

혼담? 하긴, 다른 집 딸 같으면 진작에 오갈 이야기긴 하지만, 저 아비놈이 딸을 여읠 마음이 들리 없지 않나?

"솔직히 내키지 않네. 너무 힘들 수도 있고."

"하지만 나이가 더 들면 출산도 힘들지 않겠나. 자손이라도 있어야 빈자리를 채우지. 이대로 있다가는 너무 적적해질 걸세."

아니 저 돌팔이 놈 보게.

남은 놈 적적할까 봐 새끼를 뽑아두자고? 새끼 낳는 일이 얼마나 어미 몸을 축나게 하는 일인지도 모르는 의원이라니 돌팔이 칭호가 부끄럽지 않구나. 우라질 놈.

적잖이 분개하였지만, 나는 이내 정신을 차렸다. 하긴 뭐, 그러거나 말거나 내 일도 아니고. 인간들 바보짓이야 어디 하루 이틀인가.

신경 끄고 뒹구는 사이 며칠이 흘렀고, 돌팔이가 또 찾아왔다. 수상쩍은 나무 상자를 품에 안고서.

새로 구한 약재인가 싶었는데 그 상자 안에서 무언가 짐승 소리가 났다.

얼레? 아비와 돌팔이, 딸내미까지 부엌으로 들어와서는 나를 포위했다. 어, 어. 어째 분위기가 요상타?

"잘 잡게. 앗, 거기!"

"신의 아저씨! 문, 문 닫아요!"

"허, 저 덩치에 저런 날렵함이라니. 정말 무서운 놈이로고."

나는 꽤 영웅적인 저항을 거듭했으나 마침내 네 다리가 붙잡힌 수치스러운 꼴로 그들에게 들려갔다.

캬오옹, 캬오옹.

나는 특히 은려를 원망스럽게 노려보았다.

야, 이 년아. 내가 이래 봬도 너를 쬐끔 걱정해주었는데 어떻게 나한테 이럴 수가 있느냐!

그들은 나를 헛간에 집어넣고 문을 닫았다. 발톱을 세우고 문을 긁어댔지만 소용없었다.

이 놈들 대체 무슨 속셈인 거야?

뒤에서 고양이 소리가 나서 홱 돌아보니, 아까 돌팔이가 들고 온 상자가 헛간 가운데 덩그러니 놓여 있었다.

상자 뚜껑은 열린 채고, 그 안에서 나온 새카만 고양이 한 마리가 나를 빤히 바라보고 있었다. 젊은 수컷이었다.

하도 어이가 없어서 이 사태를 파악하는데 꽤 시간이 걸렸다.

"어쩨 조용하군. 고양이 혼사는 꽤 시끌벅적할 줄 알았는데."

"신랑 고양이가 일찌감치 제압했을지도 모르지. 저래 봬도 흑수당 당주의 애묘라네. 서역 상인에게서 천금을 주고 산 고양이라 긴 털이 아주 탐스럽고 윤기가 흐른다지. 인근의 묘주들이 모두 탐냈는데 내가 그댁 노모의 병을 고쳐주고 특별히 기회를 얻은 걸세."

문밖에서 흐뭇한 대화가 들렸다. 이런 수치가 몇백 년만이던가. 수염이 곤두서고 꼬리가 터져나갈 지경이다.

흑수당 당주의 애묘인지 뭔지 하는 젊은 애송이는 진작에 기가 죽어 있었다. 그나마 짐승 수컷들이 이런 감각은 빠르다. 인간 수컷들하고는 수준이 다르다.

"우리 고양이도 만만치는 않을 걸세."

"어쩌면 희대의 영물이 태어날지도 모르지."

내 속에서 부글부글 끓어오르는 분노의 소리를 들었는지 검은 수컷이 그 자리에 납작 엎드려 가늘게 울었다. 그러고는 눈치를 보며 엉금엉금 기어 내 앞으로 다가왔다. 제법 애교가 있는 놈이었다.

나는 놈이 바로 앞까지 기어 오도록 내버려 두었다가 후려쳤다.

검은 수컷이 처량한 소리를 내며 헛간 벽으로 날아갔다. 나를 원망하지 마라, 젊은 놈아. 저 물색 모르는 인간들을 원망해.

수컷의 이름은 대흑호라고 했다. 저런 쫄보 녀석에게는 가당치 않은 이름이다.

며칠 동안 인간들은 나와 대흑호의 신방을 차려보려고 애를 썼다.

인간들 앞에서는 수줍은 새색시 고양이처럼 참고 지냈다.

물론 인간들의 눈이 없을 때는 잘 먹어서 토실토실 살진 몸뚱이를 골고루 패주었다.

대흑호는 틈만 나면 도망치려고 했지만 몇 번은 인간들에게 붙잡혔고 대부분은 나한테 덜미가 붙들렸다.

이놈아. 이렇게 된 거 협조라도 하란 말이다. 응?

아무래도 둘이 짝이 맞지 않는지 영 새끼가 생길 기미가 보이지 않는다고 마침내 인간들이 포기할 때까지 그 일은 계속되었다.

돌팔이가 대흑호를 넣어왔던 나무 상자의 뚜껑을 열자마자 수컷 애송이는 캬오오오옹 울부짖으며 상자 안으로 스스로 뛰어들었다. 드디어 무서운 고양이 요괴 앞을 떠나 집으로 돌아가게 되었다고 우는 평범한 고양이의 눈물이었다.

"나이가 너무 들어서일까?"

"사실 암컷이 아니었을지도 몰라, 아빠."

"……하지만 분명히."

부녀가 동시에 침묵하더니 스르륵 나를 돌아보았다.

흡족한 기분으로 뒷다리 사이를 핥던 나는 움찔해서 동작을 멈췄다.

하지 마.

나는 눈으로 그들에게 경고했고, 부녀는 이 몸의 자웅을 가리려는 무엄한 시도는 하지 않았다.

그렇게 내 새끼를 보겠다는 인간들의 하찮은 계획은 물거품으로 돌아갔다.

웃기는 녀석들.

너희들도 기대수명이 천년쯤 되는 요괴로 살아봐라. 새끼 낳고 싶나. 이 몸은 토끼가 아니란 말이다.

비록 그 혼사 건처럼 가끔 턱없는 짓을 하긴 했어도, 그곳에서 보낸 시간은 대체로 평화로웠다.

강호의 명리에서 벗어난 그들의 삶은 속세의 그것과 달리 적적할 정도로 평온했다.

비록 천음절맥이라는 먹구름이 항상 머리 위에 드리우고 있었지만 말이다.

이를테면 그것은 천천히 평온하게 죽음을 향해 기울어져 가는 경사로 같은 삶이었다.

나도 어느덧 그 삶에 젖어, 떠나야 할 이유가 없으니 떠나지 않는다는 식으로 그곳의 사계에 주저앉아버렸던 모양이다.

하지만 그런 날은 돌연 중단되는 법이다.

어느 저녁, 은려가 쓰러졌다. 아비가 출타한 새에 벌어진 일이다.

내가 어찌해줄 방도는 없어서 몇 번 쓰러진 녀석 옆에서 울고 앞발로 건드려보다 산길을 달려 아비를 찾아 나섰다.

죽은 처의 무덤에 난 잡초를 손질하던 아비는 심상치 않은 기미를 알아차리고 즉각 집으로 내달렸다.

아비가 딸을 방에 누이고 이런 일이 생길 때 먹이라며 돌팔이가 주고 간 환약을 숟가락에 개어 먹였다. 딸의 숨결은 고르게 진정되었지만, 여전히 안색은 창백했다.

그 밤 내내 아비는 제 아내의 무덤 앞에서 그랬던 것처럼 딸의 머리맡을 떠나지 못했다.

나는 문간 앞에 앉아 그 처량한 행색을 구경하다가 새벽 동이 터올 때쯤 자리를 뜨려 했다.

"어쩌면 좋으냐."

아비가 문득 갈라진 소리를 뱉었다.

"이대로 너를 살릴 방도가 없으면…… 어쩌면 좋으냐."

나는 지붕 위로 올라가 앉았다. 그믐밤의 하늘이 다림질한 것처럼 반드르르한데, 아비의 목소리는 꺾이고 부서졌다.

"세상에는 아직, 네가 보지 못한 것이 많은데, 이 아비나, 신의 그 친구 말고도, 사람도, 많은데, 겪어보지 못한, 것들도 많은데, 그런 것들을 다, 보지도 못하고 겪지도, 못하고 가면 어찌하냐, 나는, 어쩌면, 어쩌면 좋……"

쯧쯧. 다 큰 놈이 뭘 저리 말도 제대로 잇질 못하고.

아, 이 녀석아. 인간은 어차피 죽어.

천음절맥이 대수냐. 솔직히 그게 무슨 특별한 병도 아닐 게 분명해. 돌팔이 녀석도 잘 모르니까 이상한 병명을 갖다댄 거지.

인간들은 그게 뭔지 모를 때 더욱 거창하고 화려한 이름을 붙이는 법이다. 뭔진 모르지만 넌 일찍 죽어, 라고 하기 미안하니까 몸이 약하지만 천재의 기질을 타고 나네 어쩌네 하는 위로의 장식을 붙이는 거지.

천음절맥이건 아니건 인간은 죽는다. 그중에서도 저 계집아이는 각별히 빨리 죽을 것이다. 딸이 혼자 죽고 나면 아비 혼자 남겠지만, 그 아비의 삶도 이전과 같을 수가 없겠지.

오늘 고비를 넘겼다 해도 다음에 언젠가는 그리될 것이다. 오늘이 아니면 내일, 내일이 아니면 또 그 어느 날.

해보지 못한 일이 많다고? 언제 죽더라도 그건 마찬가지일 것이다.

삶이란 본래 완성되지 않는 것이다.

어떤 삶도 자기가 원하던 순간에 맺어지지 않는다. 인간에 비해 오래 사는 요괴의 삶도 마찬가지다.

삶은 중단될 뿐 결말지어지지 않는다.

누군가의 삶이 훌륭하게 마무리 지어졌다고 찬양하는 것도 다 헛소리다.

어떤 삶도 완성되지 않는다.

모든 살아있는 것들은 끝내 결말을 맺지 못한 채 어느 날 갑자기 멈춰버릴 이야기들이다.

나는 그들의 이야기가 갑자기 멈춰버린 자리에 홀로 남고 싶지 않다.

그래. 이제 떠날 준비를 해야지.

인간의 봉양을 받지 않아도 될 정도로는 힘도 되찾았다. 진작 떠났어야 하는데 꽤 오래 뭉그적거리고 있었구만.

자, 그럼 이제 떠나 볼까? 그 전에 해야 할 사소한 일 몇 가지가 있었다.

하늘을 쳐다보자, 그믐밤의 하늘에 달이 비쳤다. 내 눈처럼 휘어진 달이다.

생사의 고비를 넘긴 계집아이가 눈을 떴을 때, 아비는 머리맡에 가부좌를 튼 채 꼿꼿한 자세로 깜빡 잠에 빠져있었다.

딸은 아비를 깨우고 싶지 않아 조용히 몸을 일으켰다.

중간에 잠깐 비틀거리느라 하마터면 아비를 깨울 뻔했지만 간신히 벽을 짚고 버텼다.

그래도 깨어나지 않는 아비를 보며 딸은 안도의 숨을 내쉬었다. 그러곤 측은한 눈으로 아비를 보았다.

평소 같으면 이 정도 기척에도 여지없이 눈을 떴을 아비인데, 오늘은 많이 피곤한 모양이다.

딸은 아비가 잠시라도 단잠을 더 자도록 내버려 두고 방을 나왔다. 고양이 먹이를 챙겨주러 부엌으로 들어가다 걸음을 멈췄다.

고양이는 부엌 한 귀퉁이에 마련된 자리에 변함없이 누워있었다.

여기 온 첫날부터 쓴 방석에 오랜 세월의 때가 앉아 꼬질꼬질했다.

고양이도 아비처럼 꼼짝하지 않았다. 그저 잠이 든 거라 치기엔 평소에 자던 자세와 어딘가 달랐다.

"어디 아픈가……?"

힘없이 중얼거리며 고양이의 머리에 손을 가져가다 멈칫했다.

풀어진 눈, 기운 없이 축 처진 머리. 뻣뻣한 사지.

이 모든 것들이 거짓말이라고 여기고 싶었던 잠시의 침묵을 지난 뒤, 은려는 울음을 터뜨렸다.

그 소리에 아비가 깨어나 달려왔다.

고양이를 안고 통곡하는 딸을 보고 무슨 일이 일어났는지를 알아차리고, 아비는 잠시 숨을 거둔 것이 딸이 아니라 고양이라는 사실에 안도의 숨을 내쉬었다가 그런 자신에게 놀라 흠칫했다.

자괴감 위로 천천히 슬픔이 차올랐다.

"……잠들었다 간 모양이구나. 편히 갔을게다."

"꿈에, 어젯밤 꿈에."

자지러질 듯이 울며, 딸이 말 조각을 뱉었다.

"꿈에 나왔어요. 간밤의 꿈에. 그때, 그때 죽었나 봐요. 내가, 내가 깨어나서 봤어야 하는데. 그랬어야 하는데."

딸은 그랬어야 했다는 말만 되풀이하느라고 정작 어제 무슨 꿈을 꾸었다는 건지는 말하지 못했다.

아비도 꿈 이야기는 묻지 않고 그저 고양이를 안고 우는 딸의 머리를 안고 토닥이며 위로하기만 했다.

나는 그 꿈이 무엇인지를 안다.

딸이 다 기억할지는 모르겠지만, 간밤의 꿈에 딸은 고양이와 만났다.

야옹야옹 우는 소리에 잠에서 깼고, 고양이 울음소리를 따라 집을 나왔다.

하늘에 뜬 휘어진 고양이 눈 같은 달을 따라 어딘가로 가고 또 갔고, 계속 고양이의 이름을 부르며 걸었다.

다가가면 다가갈수록 이지러진 달이 차올랐다. 딸은 그 달이 이제는 고양이의 눈동자 같다고 생각했다.

어쩌면 그건 커다란 환약처럼도 보였을 것이다. 점점 커지는 그 달을 딸은 크게 입을 벌려 받아먹었다.

딸이 깨어날 수 있는 건 그 덕분이다.

아무렴. 내가 십 년을 은인자중하며 모은 요기의 절반인걸.

돌팔이 녀석이 그걸 봤으면 기절초풍을 했을 거다.

이걸로 빚은 갚았다, 아이야. 네 천음절맥이 고쳐질지 어떨지 나는 모른다.

돌팔이만큼도 인간의 의술은 모르니까 말이지. 하지만 생명은 인간이나 요괴나 마찬가지니까.

나를 살리는 기운이라면 너한테도 나쁘진 않겠지.

어쩌면 네 어미보다는 좀 더 살 수 있을지도 몰라.

자, 해야 할 일은 다 끝났다. 이제 작별할 때가 되었다.

나는 금수의 허물을 고이 벗어두고 새벽에 빠져나왔다.

이렇게 한 이유는 달리 없다. 그냥 사라져버리면 저 부녀가 쓸데없이 나를 찾아 헤맬 테고, 요괴의 흔적을 남기면 괜히 인근의 도사 나부랭이들 눈에 띌 수도 있으니까 말이지.

이별은 딱 이런 방식이 좋지 않을까. 극히 자연스럽게. 아무런 예고도 없이. 삶이 느닷없이 중단되듯이 그렇게.

내가 벗어둔 짐승의 허물을 안고 우는 부녀를 두고, 그 길로 초옥을 떠났다.

그리고 다시는 돌아가지 않았다.

다시 만나고

다시는 돌아가지 않았다. 오래도록.

원래의 자리로 돌아가 내 시간대로 살다가 우연히 그 산 근처를 지날 일이 있어 잠깐 들렀다.

그게 벌써 몇 년 전의 일이었더라? 딸은 아직 살아있을까? 그 아비는 어떨까?

초옥은 사람이 살지 않은 지 오래된 폐허가 되었다.

아아, 역시.

괜한 발걸음을 했다 후회하며 돌아서려던 그때, 어미의 무덤이 있던 뒷산 쪽에서 인기척이 느껴졌다.

혹시 모르는 일이라 나는 고양이 모습으로 둔갑하고 조심조심 다가가 보았다.

무덤이 두 개가 되어 있었다.

두 무덤 앞에 한 늙은 여인이 서서 뭘 중얼거리고 있었다. 미친 할멈인가.

"……그래서, 아버지가 돌아가신 후에 강호에 나갔어요."

늙은 여인은 어린애 같은 말투로 무덤을 향해 말하고 있었다.

"세상에, 그렇게 사람이 많을 줄은 몰랐어요. 게다가 그거 아세요? 그 많은 사람들이 대부분 바보 멍청이더라고요. 세상인심이 각박하고 눈 감으면 코 베어 가니 저 같은 촌닭은 강호에 나가면 큰일 날 거라고 신의 어르신이 맨날 걱정하셨는데, 다 거짓부렁이 더라고요."

그래, 그래. 그 돌팔이 놈은 입만 열면 구라였지.

"무공이라는 게 한 번 보면 외워지는 것이 당연한 거 아니에요? 내가 그렇게 했더니 다들 기절초풍을 하고 말이죠."

……그걸 구라라고 하면 조금 너무한 소리가 아닌가.

"내가 천음절맥이라는 걸 알아보는 사람들도 간혹 있었어요. 하지만 그들도 멍청하긴 마찬가지였죠. 대체 천음절맥이 어떻게 저리 멀쩡히 살아서 돌아다니냐고. 이해는 빨라도 그걸 실현할 원기가 부족해 고수가 될 수 없어야 한다고 입에 거품을 물더라고요."

아마 원래는 그게 맞을걸? 내가 요기를 주지 않았다면 넌 평생 비빌거리고 살았을 테니까.

아마 인간들은, 특히 그 돌팔이 같은 녀석은 그런 방법은 전혀 생각도 못 했을 거다.

음기는 보통 양기와 조화를 이뤄야 한다고 하지만, 세상에 어디 정답 하나만 있겠어. 균형을 이루고 사는 법도 있고, 극한으로 달려서 사는 법도 있는 게지.

"천하제일 고수를 뽑는 비무대회에도 나갔어요. 결승전까지 올라갔는데, 집도 절도 소속 문파도 없이 남의 무공을 한 번 보기만 해도 다 익히는 나 같은 여자에게 그 자리를 주고 싶진 않았던 모양이에요. 온갖 트집을 잡아 결국 제 자격을 박탈하더라고요. 까짓 천하제일고수 안 해도 상관없는 거지만 배알이 뒤틀리

잖아요? 뭇 사람들의 찬양을 받으며 최고수 자리에 오른 자를 그 날 밤에 찾아가서 흠씬 두들겨 패서는 저잣거리에 거꾸로 매달 아 놓았죠. 그때부터 온 강호에 쫓기는 신세가 되었고요. 재미있 었어요."

그때부터 무슨 무슨 마녀라는 별호로 불렸고, 무림 공적이 되 어 어디서나 욕을 먹고 살았다고 한다.

그렇긴 해도 딱히 위험한 일은 없었다고 조잘대는데, 내 보기 엔 돌팔이에게 허풍을 배운 게 분명하다.

그래도 세상의 두려움을 받는 자리가 업신여김을 받는 것보다 는 나았을 테지.

때로는 추종자도 나타났고, 제자로 삼아달라는 이도 있었단다. 대부분 멍청한 자였지만, 간혹 그렇지 않은 자도 있어, 남들처럼 혼인하고 자리 잡진 않았지만 쭉 함께 강호행을 했던 동반자도 만났던 모양이다.

"적은 많고 친구는 적었지만, 그래도 나쁘지 않았어요. 아니, 오 히려 좋았다고 할 수 있죠. 돈도 벌 만큼 벌었고, 엄청나게 쓰기 도 했지요. 싸움도 실컷 했어요. 몇 번은 지기도 했지만, 그래봤 자 죽진 않았으니 완전히 패배한 거라고는 할 수 없죠."

결국 그들을 죽인 것은 세상이나 적이 아니었다. 시간이었다.

친구들이 하나둘씩 세상을 떠났고, 마지막으로 남았던 동반자도 숨을 거뒀다.

그리고 머리가 하얗게 센 그 어린 계집애는 정인의 유골단지를 들고 제 고향 집으로 돌아온 것이다. 오랜 여행을 마치고.

"이젠 여한이 없어요. 해볼 것은 다 해보았죠. 미련이 없다고는 할 수 없지만, 그 정도의 미련은 가지고 떠나도 될 것 같아요. 어머니, 아버지. 이제 이 사람을 두 분 곁에 묻고 저도 마지막을 준비해서 곧 따라갈까 합니다. 이제 더 이상 미련은……"

거기서 문득 말이 멈췄다. 백발의 아이가 하늘을 쳐다보았다.

"딱 한 가지만 빼고요."

중얼거렸다.

"……그때 시시는, 내 고양이는 나한테 무슨 말을 하려고 했을까요? 아직도 그 밤의 꿈이 잊히지 않아요. 그 말을 나는 왜 듣지 못했을까요. 들었어야 했는데."

나 원, 고작 그게 미련이란 말이냐? 한심하기는. 하는 수 없지.

나는 앞으로 나갔다. 바스락 소리에 백발의 아이가 흠칫 돌아보았다.

기겁할 줄 알았는데, 잠깐 눈이 커지다 말았다. 쪼글쪼글한 주름살 사이로 웃음이 흘러넘쳤다. 처음 만났던 그때처럼.

인간은 아주 어릴 때와 아주 늙었을 때 얼굴이 비슷해진다. 쪼글쪼글 못생긴 것도 똑같다.

그때 나는 고양이의 말을 했지만, 지금은 다른 말을 했다.

—그때, 내가 하려던 말은 이것이지.

내 입에서 말이 나와도 늙은 아이는 놀라지 않고 고개를 끄덕였다. 이제는 들을 준비가 되었다는 듯이.

—난 이제 떠나련다. 너도 갈래?

"응, 가자, 고양아."
알아듣지 못해 답하지 못한 그 말에 이제야 늙은 아이가 답했다.
나를 주웠던 어린아이가, 부모의 무덤과 정인의 유골을 남기고, 고되지만 내키는 대로 살았던 백발의 허울을 벗고 나를 따라나선다.
어딘가에서는 고양이 요괴 묘파파가 또 인간을 하나 잡아먹었다는 이야기가 퍼지겠구나. 그러면 뭐 어때.
기분이 좋아 웃었다.
하늘의 달도 나를 따라 웃는다.

2019. 7. 26

폐허의 개들

좌백: 새 단편을 구상했어. 제목은 충견 해피. 주인이 돌아올 수 없는 몸이 되었다는 것도 모르고 귀가를 기다리며 집을 지키는 개의 이야기야.

진산: 제목이 그게 뭐야. 무협답게 황구 백구 흑구도 있는데.

좌백: 좋아 그걸로 하지.

그래서 그렇게 했습니다.

흑수당과 더불어 강남의 흑도무림을 양분하며 패권을 다투었던 철검장에는 세 마리의 개라고 불리는 고수들이 있었다.

그들은 이름 대신 황구, 백구, 흑구라 불렸다.

1

죽기 딱 좋은 때로군.

동이 트기 전의 동쪽 하늘을 바라보며 그는 그렇게 생각했다.

해는 아직 떠오르지 않았지만, 동쪽 산 위로 하늘은 희끄무레하게 밝아오고 조금 전까지 밤하늘을 짓누르던 검은 구름들도 귀퉁이부터 빨갛게 달아오르고 있었다. 금방이라도 무슨 일이 일어날 것 같은 분위기였다.

하늘의 변화에 맞추려는 듯 땅에서도 화광이 일어났다. 사실 아까 전부터 불은 사방에서 피어오르고 있었다. 이번에는 조금 더 가까운 곳에 불이 붙어 타오르는 것일 뿐. 적이 가까이 왔다는 신호였다.

이번에 철검장은 흑수당에게 완전히 당해버렸다. 지난 10년에 걸친 강남 흑도 무림의 반목과 갈등을 해결하고자 화친의 대화가 오가는 중에 그들 철검장은 정예들을 엄선하여 흑수당의 본거지를 기습했다. 비겁한 짓이었다. 하지만 가장 비겁한 것이 가장 강한 것이다. 그런 철검장주의 신념을, 그리고 그 신념 위에 세워진 계획을 흑수당은 보기 좋게 되받아쳐 버렸다. 철검장의 기습을 예상하고 자신들의 본거지는 비운 채 거꾸로 철검장주와 몇 안 되는 심복들만 남은 철검장을 기습해온 것이다.

전력을 기울여 서로 맞상대했다면 승부는 알 수 없었다. 아니 오히려 철검장 쪽이 약간 우세했을 것이다. 하지만 계략 대 계략의 싸움에서 비겁함과 비겁함의 겨룸에서 진 것은 그들이었다. 상대가 될 수 없었다. 결국 그들은 최후의 일인까지 맞서 싸운다는 항전의 기세를 드높이고 뒤로는 철검장주를 호위하여 극히 소수의 심복들만 탈출하기로 결정했다. 끝까지 비겁한 한 수였지만 이미 말했듯이 비겁한 것이 강한 것이다.

물론 추격을 막을 대책은 필요했다. 겨우 서너 명에 불과한 도망자들을 수백의 적들이 뒤쫓는다면 결과는 보지 않아도 뻔했다. 그래서 그가 남은 것이다. 철검장주와 심복들이 탈출로로 삼은 지하도의 입구를 단독으로 지키는 임무를 받고서.

그는 지하도의 입구 옆에 기대어 세워두었던 무기를 잡았다.

무기는 구환도. 휘어진 칼날의 길이가 세 자 다섯 치, 손잡이가 한 자 해서 네 자 다섯 치나 되는 거대한 무기다. 칼날의 폭도 일곱 치나 돼서 얼핏 보면 널빤지를 들고 있는 것으로 착각할 정도였다.

그가 지하도를 막고 서서 최후의 퇴로를 지킨다고 했을 때 철검장의 동료들이 못 미더워한 것도 바로 이 무기 때문이었다. 그의 용기나 능력을 의심한 것이 아니라 겨우 사람 둘이 나란히 지나갈 수 있는 그 좁은 지하도에서 그렇게 거대한 무기로 어떻게 싸울 것인가를 믿지 못하는 것이다. 하지만 그에게는 그만의 방책이 있었다. 구환도는 칼등을 따라 나란히 아홉 개의 구멍이 있고 그 구멍마다 쇠로 만든 고리가 하나씩 채워져 있다. 그래서 구환도, 아홉 개의 고리가 있는 칼이라고 부르는 것이다. 보통 구환도는 칼을 사용할 때에 칼등에 달아놓은 고리가 칼의 몸체와 부딪히며 요란한 소리를 내기 때문에 마주한 적의 신경을 분산시키는 효과가 있다고 한다. 그 말은 절반의 진실을 담고 있다. 그도 여태까지 넓은 곳에서 적과 싸울 때는 그 효과를 누려 왔다. 하지만 지금처럼 좁은 장소에서 구환도의 고리는 또 하나의 용법을 가지고 있다. 한 손은 손잡이를 잡고 다른 손은 제일 위의 고리를 잡는 것이다. 그렇게 칼을 품에 안듯이 하고 회전하면서 적을 베는 것이 그만의 구환도 사용법, 널리 알려지지는 않았지만 그의 비전 절기인 반룡도법이라고 하는 것이다. 이렇게 함으로써 그는 칼을 휘두르지 않고도 이 좁은 지하도를 꽉 채우듯이 막아 선 채로 싸울 수가 있고 적은 회전하는 칼날 앞에 고기처럼 썰려 나가게 될 것이다.

이 반룡도법은 전적으로 좁은 공간에서 싸우기 위해 만들어진 것으로 넓은 공간에서는 거의 쓸모가 없다. 큰 무기를 선택하는 이유는 넓은 공간에서 마음껏 휘둘러 그 파괴력과 길이로 적을 압도하려는 것인데 반룡도법은 스스로 그 장점을 버리고 약점을 취하는 것이기 때문이다.

사실 이 기술은 철검장주가 거리의 부랑자로 떠돌던 그를 거두어서 철검장으로 데려왔을 때부터 그에게만 은밀히 전수된 것이다. 그것은 즉 그의 은인인 철검장주는 언젠가 이런 날이 올 줄을 알고 이날을 위해 퇴로를 지키는 용도로 그를 길러왔다는 뜻이 된다. 철저히 그는 이용되려 거두어진 것이고 길러진 것이다.

하지만 그게 뭐 어쨌다는 것인가. 세상에는 이용될 기회조차 얻지 못하고 스러져가는 생명들이 너무나 많다. 그는 정말로 운이 좋아서 은인에게 이용될 기회를 가졌고 거기에 만족하며 지금까지 살아왔다. 솔직히 말해 그는 이것 이외의 삶을 알지 못한다. 그러므로 지금까지 살아온 것처럼 앞으로도 살아갈 것이다.

그리고 죽을 것이다.

주인을 위해 싸운다. 그것이 그의 삶이다.

주인을 위해 싸우다 죽는다. 그것이 그가 아는 유일하게 옳은 방식의 죽음이다.

생각은 여기서 끝났다. 화광을 뒤로 하고 흑수당의 무리들이 다가오는 것이 보였다. 이제는 싸울 시간이다. 죽을 시간이다. 즐겁게, 적극적으로 죽음을 모색하는 것이다.

거칠 것 없이 달려온 적들은 그를 보고 당황했는지 잠시 주춤하더니 다시 달려들었다. 자기들의 수적 우위를 믿는 것처럼 한 꺼번에 뭉쳐서. 그에게는 이렇게 쉬운 먹잇감이 없다. 적은 많을 수록 좋다. 그리고 그 적이 한 덩이로 뭉쳐 있으면 더욱 좋다. 그러면 그에게는 썰기 쉬운 고깃덩어리로밖에 안 보이는 것이다.

그는 구환도를 품고 회전했다. 적은 많으니 굳이 목표를 고를 필요도 없었다. 그는 그저 돌고 돌고 또 돌며 구환도의 칼날에 걸리는 적의 고기를 썰기만 하면 되었다.

잠시 빈틈이 생겼다. 적들이 물러나며 공간이 만들어진 것이다. 이차전이 시작되기 전의 막간이다.

그는 호흡을 가다듬고 다친 데가 없는지 몸 상태를 점검하고 구환도를 품에 안은 채 지하도 입구로 들어갔다. 이차전의 전장은 이곳이 될 것이다.

다친 데는 물론 많았다. 그가 적을 베는 만큼 적들도 그를 베었다. 하지만 치명상은 없었다. 그것으로 되었다. 아직 싸울 힘이 남았다. 그것으로 된 것이다.

이차전은 생각만큼 빨리 시작되지 않았다. 적들은 무얼 망설이고 있는 것일까. 그 의문은 잠시 후에 해결되었다. 적들 틈으로 활과 화살을 장비한 일단의 궁수들이 나왔다. 그들은 이 열 횡대로 서서 앞렬은 무릎을 꿇고 뒷렬은 버티고 선 채 활을 발사할 자세를 갖췄다.

'흑수당답군.'

전쟁에서 싸워야 되는 군사들이라면 몰라도 무림인들은 활을 잘 사용하지 않는다. 숙련될 때까지는 적잖은 시간과 노력이 필요하고 그러고도 천부의 재능이 없으면 좀처럼 맞추지 못한다. 그리고 어지간한 무림인이라면 화살 한두 대쯤 칼로 베어 떨어뜨리는 것은 어려운 일이 아니다. 즉 일대일을 위주로 하는 무림인들 간의 싸움에서는 활이 거의 쓸모가 없다.

그런데 흑수당은 궁수를 준비해왔다. 철검장을 기습하는 이번 싸움을 전쟁으로 간주하고 준비했다는 뜻이었다. 충분히 흑수당답다. 즉 비겁하다.

이제 그 비겁한 수단이 그를 향해 퍼부어지기 직전이었다. 하지만 그에게는 이에 대비한 방법도 있었다. 그는 막다른 동굴에 틀어박힌 것이 아니다. 뒤는 장주와 동료들이 후퇴한 그 길이 열려있다. 적이 화살을 쏘면 그만큼 후퇴하면 된다. 만약 적이 궁수들을 지하도 안으로 들여보내면 그땐 또 그의 먹이가 될 뿐이다.

그때가 왔다. 겁도 없이 선두에 있던 두 명의 궁수가 화살을 시위에 건 채 지하도 안으로 들어왔다. 그는 물러나던 걸음을 반전하여 적들을 향해 득달같이 달려들었다. 화살이 발사되었다. 하지만 갑작스러운 발사라 두 대 다 그를 스치고 지나갈 뿐 상처를 입히지는 못했다. 그 뒤는 그의 순서였다.

그는 순식간에 두 명의 생명을 끊고 구환도를 한 손으로만 든 채 다른 한 손으로는 아직 몸이 채 식지도 않은 궁수의 시체를 잡아 들었다. 시체를 방패삼아 화살을 막으려는 생각이었다.

적들도 머리가 있는지 궁수를 내세운 공격은 거기에서 끝이 났다. 방패가 생긴 이상 불리한 것은 그쪽이니까. 그리고 잠시의 소강상태. 삼차전을 준비하려는 것이다.

삼차전은 이 또한 무림인의 상궤를 벗어나는 공략법으로 시작되었다. 이번에는 장창부대가 동원된 것이다. 여섯 간짜리 긴 창을 앞으로 내민 창병 셋이 어깨를 나란히 하고 지하도로 들어왔다. 왼쪽과 오른쪽에 선 자들은 벽면에 팔이 비벼질 정도로 바짝 붙어서 겨우 들어온 것 같았다. 여섯 간이라면 스무 자 길이다.

무기는 길면 길수록 유리하다는 말이 있다. 아주 길면 당연히 아주 유리하다. 적에게 접근하지 않고 제압할 수 있는 것이다. 하지만 창에는 근본적인 약점이 있다. 맨 끝의 창날만 피하면 나머지 부분은 전혀 위협적일 것이 없는 나무 몽둥이에 불과하다. 넓은 곳에서라면 창끝을 피해 접근한 적에게 창대를 휘둘러 때린다는 선택지도 있지만, 이 좁은 지하도에서는 그것도 불가능하다. 그런데 흑수당은 확실히 머리를 썼다. 그들의 공격대는 전열의 세 명만이 아니었다. 그들 틈으로 뒤의 두 명이 다시 바짝 붙어서 긴 창을 전열의 세 명 사이로 내뻗고 있었다. 전열은 창을 상대적으로 짧게 잡고 후열은 길게 잡는다. 그럼으로써 다섯 개의 창끝이 벽을 이루어 전진하는 전법이었다.

그는 비웃었다. 저것은 지하도가 시작부터 끝까지 일직선으로 쭉 뻗은 통로일 경우에나 유효한 전법이다. 당연히 지하도는 그렇지 않다. 휘어진 곳도 많고 어떤 곳은 위로 아래로 오르내리는 곳도 있다. 그런 곳에 닿으면 저 긴 창은 더 이상 전진하지 못하는 방해물에 불과하게 될 것이다. 하지만 그렇게 두는 것은 재미없다. 지금이야말로 반룡도법의 위력을 보여줄 때다.

그는 창끝을 향해 몸을 던졌다. 거의 그러는 것처럼 보였다. 하지만 다섯 개의 창끝이 그를 관통하기 전에 그는 맹렬히 회전했고 그 창끝들은 그리고 창대들은 수수깡처럼 부러져 나갔다. 그리고 그는 창대 사이를 비집고 들어가 창병들 앞에 바짝 붙어 또 한 번의 회전을 했다. 세 개의 목숨이 사라졌다. 그리고 다시 두 개의 목숨도. 그렇게 삼차전이 끝났다. 창병들은 더 있는 것 같았지만 그들을 들여보내는 무익한 짓은 흑수당도 하지 않았다.

다시 잠깐의 소강상태. 몇 명의 비무장한 흑수당원들이 들어와 쓰러진 시체들을 거두어갔다. 그들은 깔끔하게 부러진 창대와 창날, 아까 쏘아 보냈던 화살들까지 거두어갔는데 이건 아무래도 전장을 정리하려는 심산인 듯싶었다. 그렇다면 이제 제대로 된 싸움. 칼과 칼이 부딪히는 무림인들의 싸움이 준비되고 있다는 뜻일 것이다.

과연 그랬다. 모든 것이 정리되고 타오르는 횃불의 빛을 등 뒤로 하고 한 사람이 지하도 안으로 걸어들어왔다. 불빛을 뒤로하고 있기 때문에 얼굴은 보이지 않았다. 하지만 그가 양손에 든 두 자루의 단검은 또렷이 보였다. 길이가 적어도 한 자 반은 되어 보이는 것이 무림에서 사용하는 일반적인 단검 혹은 비수와는 달랐다. 장검의 거의 절반쯤 되는 길이. 딱 이렇게 좁은 장소에서 쓰기 적합하도록 준비된 것 같은 그런 단검이었다.

'기다리던 바다.'

평생 좁은 곳에서 싸우는 방법을 수련해 왔지만 실전에서 사용하는 것은 처음인 그였다. 좁은 곳에서 특화된 그의 반룡도법이 역시 좁은 곳에서 특화된 단검술과 겨루면 어떤 결과가 나올지 그도 흥미진진해 하고 있었다. 지금이야말로 전력을 발휘할 때였다. 지금까지는 장난에 가까웠다면 이제부터는 서로의 전력을 다한 기술과 기술이 맞부딪히는 집중된 정신과 육체의 힘이 겨루어지는 그런 때요 장소였다.

땀 냄새가 풍겨왔다. 긴장된 땀 냄새다. 아무리 고수라도 삐끗하면 죽음을 맞이하는 이런 때와 장소에서는 식은땀을 흘리지 않을 수가 없었다. 느끼지는 못하지만 지금 그도 아마 그럴 것이다. 하지만 일단 싸움이 시작되면 긴장할 틈 같은 것은 없다. 와다다닥하는 사이에 무기가 오가고 둘 중의 한 명은 칼 맞은 돼지처럼 피를 흘리며 쓰러져 경련하고 있을 것이다.

싸움이 시작되었다. 싸움은 실제로 그렇게 진행되었다. 쌍비단검의 주인은 그런 무기를 사용할 때의 정석대로 잔걸음을 내디디며 전진해 왔고 양손에 든 단검으로 현란한 곡선을 그려대었다. 베고 찌르고 감아 돌리고 휘둘러 치는 갖가지 기술들이 몸에 닿는 거리에 들어오기 전부터 끊임없이 사용되었다. 이상한 일이 아니다. 겁을 먹어서 그러는 것도 아니다. 이런 싸움은 일일이 눈으로 보고 판단하고 행동한다는 것이 불가능에 가깝기 때문에 평소에 연습한 대로 이럴 때는 이렇게 한다고 배운 대로 행동하는 것이다. 그리고 실제로 적이 거기에 걸리면 효과를 보거나 혹은 실패하거나 하는 것이고.

그래서 그도 그렇게 했다. 그가 알고 있는 대로 배운 대로 제자리에서 회전하며 구환도를 움직였다.

찌르르르릉—!

구환도의 고리 아홉 개가 요란한 소리를 내었다. 그 소리는 동굴을 가득 채우고 바깥으로까지 퍼져나갔다. 덕분에 단검과 구환도가 부딪히는 소리도 칼날이 살점을 저며내는 소리도 묻혀서 들리지 않게 되었다.

피가 튀고 살점이 흩날리고 옷깃이 찢어지고 칼날이 튕겨나가고 거친 숨소리가 교환되었다. 순식간에 두 사람은 수십 번의 칼질을 교환했고 똑같이 피투성이가 되었다. 하지만 결국 쓰러져 누운 것은 쌍비단검의 사용자였다. 그는 숨을 헐떡이며 뒤로 물러섰다. 손으로는 구환도에 묻은 핏물을 쓸어 닦으면서. 그의 몸에 난 상처보다 구환도에 묻은 핏물이 굳어 예리함이 무뎌질까 하는 걱정이 더 컸다.

지하도 안으로 한 사람이 걸어 들어왔다. 하얀 천으로 생각되는 무언가를 손에 쥐고 흔드는 것으로 보아 싸울 의사는 없는 듯했다. 항복을 권유하려는 것일까? 이제 와서? 그런 짓으로 이 싸움을 더럽히지 않기를 바랐는데. 다행히 그는 시체를 거두러 온 자일 뿐이었다.

시체가 치워지고 또 한 사람이 들어왔다. 이번에는 곧게 뻗은 검 한 자루를 무기로 삼는 자였다. 이런 방식도 생각해둔 적이 있었다. 이 지하도 안에서 곧게 뻗은 검이건 휘어져 있는 도건 마음껏 휘두른다는 것은 가능하지 않은 일이다. 그렇다면 적은 저 검을 어떻게 사용하려는 것일까. 답은 하나밖에 없다. 찌르기다.

좌우로는 공간이 충분하지 않지만 전후로는 충분한 공간이 있다. 그렇다면 전진과 후진을 반복하며 기회를 노리다가 빈틈을 보아 찌른다. 동굴 안에서 그리고 동굴 같은 지하도 안에서 그보다 효과적인 공격법은 없을 것 같다. 과연 이번에는 그도 고전했다. 그가 회전하며 따라가면 적은 찌르기를 반복하며 후퇴하고 그가 물러서면 다시 적은 빈틈을 보아 찌르며 따라붙었다. 까다로운 적이었다. 순식간에 그는 피투성이가 되었다. 원래부터 피투성이였지만 이번에는 제법 깊은 상처 여럿이 생기면서 뿜어내는 핏물이었다.

이러다간 죽는다. 죽는 것은 두렵지 않으나 싸움이 여기에서 끝나는 것은, 적을 열 명도 못 죽이고 끝나는 것은 너무 아쉽다.

'그렇다면'

그는 지금까지와 달리 벽에 몸뚱이를 부딪치고 가는 것처럼 움직였다. 그리고 공이 튀어 오르는 것처럼 반대편 벽으로 다시

가서 부딪히고 세 번째에 이르러서는 바로 적의 목전에 달려들어 회전했다. 그의 배 어딘가에 적의 검날이 깊숙이 박혔다. 그리고 그 검날은 그의 회전에 따라서 다시 그의 몸을 크게 베고 몸 밖으로 빠져나가 떨어졌다. 아마도 옆구리 같은 것에 박혔다가 살가죽을 자르고 빠져나갔을 것이다. 보통은 석 달쯤 싸매고 누워 있어도 나을까 말까 하는 큰 상처다. 하지만 그 대신 얻은 보상은 컸다. 적은 순간적으로 얼굴에서부터 배까지 여섯 군데나 베여서 쓰러지기도 전에 이미 죽어버렸다.

'다음은. 그다음은?'

적은 하나씩 계속 나타났고 그는 맞서 싸웠다. 방패와 칼을 든 자일 때도 있었고 표창과 비수를 던져대는 자도 있었다.

상대를 가리지 않고 그는 싸웠다. 전력을 다해. 이대로 싸우다가 생명이 닳아 없어질 때까지. 싸우는지 안 싸우는지 살았는지 죽었는지도 모르게 될 때까지. 그의 머리 위를 지배하는 한 가지 명령은 단지 '싸워라 그리고 지켜라'였고 그는 충실히 그 명령에 따랐다.

그의 가슴은 환희로 터질 것 같았다. 이것이 그가 사는 방식이고 이것이 그가 죽는 방식이었다. 이것이 그가 아는 유일한 삶과 죽음의 길이었다.

눈앞이 어두웠다. 핏물이 스며들어 눈이 보이지 않게 된 것인지 아니면 불이 꺼지고 밤이 되어 어두운 것인지는 알 수 없었다. 새벽이 밝아올 때 싸움을 시작한 것으로 그는 기억했다. 그렇다면 지금은 다시 밤이 된 것일까. 혹은 몇 명을 상대했는지 그러는 동안 며칠이 지나갔는지도 모를 긴 싸움의 끝에 몇 번의 새벽이 밝아오고 다시 어둠이 찾아왔던 것일까. 혹은 지금 그는 이미 죽은 것은 아닐까.

시야 구석에 밝은 빛이 나타났다. 신경을 집중해 그 빛을 따라가니 그것은 한 사람의 모습이 되었다. 그가 익히 아는 얼굴이었다.

"백구!"

나타난 사람은 그의 동료이자 철검장주의 심복으로 백구, 흰 강아지라 불리는 자였다.

"여기 웬일인가. 장주님은 무사히 피신하셨나? 거기 따라가지 않고 자네는 여기서 무얼 하는가!"

백구가 대답했다.

"싸움은 끝났네. 철검장은 흑수당과 화친을 맺었어. 다 자네가 여기서 적을 막고 서서 이렇게 시간을 끌어준 덕분일세. 장주님이 혁혁한 전공을 세운 자네를 포상하려 기다리고 계시네. 나와 함께 가세."

백구의 얼굴은 늘 그랬던 것처럼 해맑고 순박했다. 거짓을 모를 것 같은 보기만 해도 미소가 지어지는 따뜻한 표정이었다. 하지만 그는, 철검장주의 세 마리 개 중에 누런 강아지라 불리던 그, 황구는 상대가 진짜 백구가 아님을 알았다. 하는 말에는 빈틈이 너무 많았고 이럴 때 장주는 직접 오지 아랫사람을 보내서 말을 전달하는 사람이 아니었다. 비록 그게 심복 중의 심복이라 해도.

그러므로 가짜다. 황구는 구환도를 뻗어 백구의 목을 겨누었다.

"넌 누구냐. 진짜 백구냐? 진짜라면 적에게 항복하여 한 패가 된 것은 아니냐!"

백구가, 아니 백구처럼 보이는 자가 양손을 들어 적대할 의사가 없음을 표시했다. 하지만 황구는 더욱 경계했다. 백구의 특기야말로 전혀 그렇게 보이지 않는 상황 속에서도 온몸에 숨긴 비수며 표창 독침 등등을 발사하여 적을 제압하는 것임을 그는 잘 알고 있었다.

황구는 한 걸음 물러서며 구환도를 품에 안고 왼손을 뻗어 구환도의 제일 위쪽 고리에 손가락을 걸려고 했다. 하지만 그건 불가능했다. 고리는 그 자리에 있었지만 그의 왼손 손가락이 남아있지 않았다. 사실 그에게는 손이라고 할 것도 남아있지 않았다. 상처투성이 핏물로 범벅이 되었어도 살과 근육으로 남아있어야 할 손은 보이지 않았다. 거기에는 검게 변색한 뼈 몇 개만이 있었다.

오른손도 마찬가지였다. 알고 보면 그의 다리도 배도 가슴도. 확인할 수는 없지만 머리까지도. 그에게는 피와 거죽이 없는 백골뿐이었다.

쿵—!

무거운 구환도가 지하도 바닥에 떨어졌다. 황구에게는 더 이상 그것을 들 힘도 손도 남아있지 않았다.

아아아악—!

산 자의 비명이라고는 할 수 없는 공허한 울부짖음이 지하도를 채우고 퍼져나갔다. 백구는, 백구처럼 보였던 자는 그 소리를 뒤로하고 밖으로 빠져나갔다.

2

"실패했네."

펼쳐 들고 있던 그림이 그려진 낡은 두루마리를 감으며 도사가 그렇게 말했다. 태극모를 쓰고 팔괘의를 입은 모산파 도사였다. 그의 뒤편 지하도 안쪽에서는 바닥에 떨어져 있던 녹슨 구환도에 푸른 인광이 서리면서 빛나기 시작하더니 천천히 공중으로 떠올랐다. 그리고 그 구환도를 품에 안듯이 쥐고 있는 백골이 모습을 드러냈다. 백골은 이윽고 핏줄과 근육을 가진 형체가 되었고 그 형체 위로 가죽이 덮이면서 사람의 모습이 되었다. 황색 옷을 입은 건장한 사내가 구환도를 양손으로 들고 이쪽을 노려보며 버티고 서 있는 것이다.

"증언에 의하면 황구는 새벽부터 싸움을 시작해서 황혼이 오기 직전에 죽었다고 하네. 하지만 그의 싸움은 거기에서 끝나지 않았던 거야. 매일같이 새벽이 되면 그는 다시 일어나 싸움을 시작하고 황혼이 깔리면서 같이 누워 짧은 안식에 드네. 그리고 그걸 30년째 반복해오고 있지."

"엄청난 이야기군요."

도사를 따라온, 그리고 여태 말없이 그의 이야기를 듣고 있던 청년이 감탄사를 내뱉었다. 그리고 도사가 들고 있던 족자를 받아서는 펼쳤다. 얼마나 오래전에 그려진 것인지 낡고 얼룩진 그 족자에는 태사의에 앉은 한 남자와 그 주변을 둘러싸듯 서 있는 세 사람이 그려져 있었다. 청년은 그중 황삼을 입고 구환도를 든 건장한 사내를 손가락으로 가리켰다.

"이 사람인가 보군요."

도사는 고개를 끄덕였다. 그리고 족자에 그려진 인물 중에 백의를 입은 인상 좋은 청년을 가리켰다.

"내가 조금 전에 변장이라고 할까 변신이라고 할까. 족자의 힘을 빌려 변화했던 그 모습은 바로 이 사람이지."

도사는 청년의 손에서 족자를 받아 들고 감아서 품속에 넣었다. 그리고 계속 말했다.

"죽어서도 지치지 않는 저 망령 때문에, 요로를 차지하고 있는데다가 풍광도 좋은 철검장의 옛 부지인 이곳을 아무도 차지하지 못하고 있지. 당시 싸움에 이긴 흑수당도. 흑수당에게서 권리를 넘겨받은 다른 사람들도 이곳에 새 건물을 짓고 머무르려는 생각은 하지 않았다네. 아무리 자리가 좋아도 한쪽 구석에 망령이 날뛰는 것까지 어찌 참고 지내겠는가. 산 사람은 죽일 수 있지만 이미 죽은 망령을 두 번 죽일 수는 없는 법이라 처리도 곤란하고."

청년은 그 말에 다시 한번 감탄사를 흘리면서 주변을 둘러보았다. 무너진 돌벽과 풀숲에 거의 삼켜진 옛 건물들의 흔적을 그리고 그 한 귀퉁이에 검게 입을 벌리고 있는 지하도와 그 안에서 아직 싸우고 있는 그 옛날의 망령을.

"도사님은 그래서 이곳을 정화하러 오신 거군요. 저 망령만 퇴치하면 이 부지를 다시 사람 사는 곳으로 만들 수 있을 테니까요."

도사는 긍정도 부정도 하지 않았다. 그저 그는 대답하지 않고 걸음을 옮겼다.

"몇 번이나 와 봤지만 매번 실패했네. 그림의 힘을 빌려 옛 동료의 모습을 취해본 것도 이번이 처음은 아니지만 역시 통하지 않았어."

그러면 왜 또 왔냐고 청년은 물으려다가 참았다. 당연히 이유가 있을 것이고 필요하다면 그 이유를 말해줄 거라 기대했기 때문이었다. 대신 그는 다른 요긴한 질문을 했다.

"떠나는 겁니까? 저 녀석 돌아오라고 할까요?"

그가 말하는 저 녀석이란 아까 전부터 폐허의 이곳저곳을 다니며 바닥에 엎드려 개처럼 냄새를 맡고 일어서서는 오줌을 싸고 또 다른 곳에 가서 같은 일을 반복하는 덩치 큰 사내를 가리킨 것이었다. 분명 사람의 모습을 하고 있으면서 개 같은 짓을 하는 기묘한 사내, 그 역시 여기 같이 온 일행 중 하나였다.

도사가 고개를 끄덕였다.

"그래 오늘은 다른 전략이 있어 온 것일세. 그 전략에 저 녀석은 필수 불가결한 존재이니 당연히 같이 가야지."

그 말에 따라 청년이 부르기도 전에 낌새를 알아차린 듯 사내는 번개같이 옆으로 돌아와 섰다.

"밥 먹으러 가는 거야? 나 배고파."

도사와 청년은 대꾸도 하지 않고 잡초 우거진 숲속 길을 따라 산 아래로 내려갔다. 사내도 별수 없이 그 뒤를 따랐다. 거기에는 그들이 타고 온 마차가 서 있었다. 마차는 마차인데 말이 끄는 것이 아니라 특이하게도 검은색 물소 두 마리가 끄는 우마차였다. 우마차의 전면에 돌출된 마부석에 올라탄 도사는 청년이 옆자리에 타는 것을 확인했다. 개 같은 짓을 하는 기묘한 사내는 굳이 말하지 않아도 우마차 꽁무니에 매달려 있을 것을 알기 때문에 돌아보지도 않았다.

"살았을 때를 기준으로 퇴로를 하루씩이나 지키고 있었으니 황구로서는 성공한 임무 수행이라고 할 수 있겠지. 혼자 몸으로 수백 명을 며칠씩이나 막을 수 있을 거라고는 본인도 기대하지 않았을 테니까. 하지만 당시에 공격을 감행했던 흑수당도 바보는 아니었네. 지하도를 십 리 백 리나 길게 팔 수도 없을 테니 멀지 않은 어딘가로 반드시 나올 거라는 걸 그들도 알고 있었던 거야. 그래서 일부의 병력만 남겨서 지하도를 공략하고 본대는 뒤로 돌아서 철검장주가 도망쳤을 길을 추적하기 시작했네. 어렵지 않은 일이지. 사람은 결국 길로 다니게 되어 있으니까. 즉 다른 곳으로 통하는 길을 몇 군데 따라가면 그중에 하나는 반드시 적의 도주로가 된다는 뜻일세."

채찍을 휘두르지도 않았는데 우마차를 끄는 두 마리의 물소는 알아서 걸음을 옮기기 시작했다. 도사는 더 이상 말하지 않았다. 청년도 그랬다. 그는 침묵을 지켜야 할 때는 그러는 것이 좋다는 것을 이 도사와 지내면서 배우게 되었다. 어느 편이냐 하면 도사는 기본적으로 말이 많은 편이라(도사와 승려, 선비는 기본적으로 말이 많은 족속일 수밖에 없다고 이 도사가 말한 적도 있다.) 가만히 내버려 두어도 때가 되면 먼저 입을 열 것이다. 그때는 길을 떠나고 거의 두 시진이 지난 후에야 찾아왔다.

"황구를 제물로 바치고도 철검장주 일행은 멀리 도망가지 못했지. 거의 백 리도 못 갔을 걸세. 그때 철검장주의 세 심복 중 하나인 백구가 추격대 앞에 나타났다고 하네. 그는 철검장주의 신물인 철검과 철검장주의 수급, 그러니까 잘린 머리를 들고 투항할 의사를 밝혔네. 그러면서 흑수당주를 만나게 해달라고 했다지."

청년이 참지 못하고 말했다.

"고전적인 수법이군요. 적이 바라는 중요 인물의 수급을 가지고 항복하는 척하면서 암살을 시도하는 것은 저 전국시대의 자객 형가가 시도한 이후 거의 이천 년이나 된 낡은 수법 아닙니까. 그나마도 실패했죠. 그래서 흑수당주는 만나줬답니까?"

"만나줬지. 수하의 중요 인물들과 더불어 그를 환영하는 모양새를 취했네. 당연히 그건 환영식이 아니었고 철검장의 중요 인물이었던 백구의 어리석은 꼴을 구경하자는 의도였다고 하네. 철검은 아무거나 비슷한 걸 장식만 바꿔서 가져오면 되는 것이고 사람의 수급은 몸에서 떨어지고 나면 비틀리고 부어올라 원래의 모습을 알아보기 힘든 것이니 그게 누구의 수급인지 알 게 뭐란 말인가."

청년은 조금 전까지 비웃던 것도 잊고 안타까운 한숨을 흘렸다.

"불쌍하군요. 그래서 백구는 적에게 둘러싸여 비웃음거리가 된 채로 죽은 것입니까?"

도사가 손을 들어 앞을 가리켰다. 완만하게 올라갔다가 다시 내려가는 고갯길이었다. 좌우로는 바위가 듬성듬성 있을 뿐 나무가 드물어 시야가 확보되고 제법 많은 인원들이 모여 설 수 있는 공간이었다.

"이곳에서 그 일이 벌어졌다네. 하얀 강아지라는 이름 그대로 백구는 원래 누구에게나 호감을 주는 인상이긴 하지만 존재감은 별로 없는 인물이었지. 그래서 한창때에도 사람들은 그를 철검 장주의 애완견이라고 불렀다네. 귀여움받는 것 외에는 할 줄 아는 게 별로 없는 인물이라고 평가절하했던 것이지. 하지만 30년 전 그날 이곳에서 백구는 감추고 있던 본성을 드러냈네. 혼자서 흑수당주를 비롯한 다수의 고수들과 사투를 벌인 것이지. 그때 그 자리에 있었던 사람들은 그렇게 미친 듯이 싸우는 사람은 그 전에도 후에도 본 일이 없었다고 술회하곤 했다네. 그래서 그날 그가 얻은 새 별명이 백주의 광란자, 미친개였지."

우마차가 멈춰 섰다. 도사는 마차에서 내리지 않고 숙연한 표정으로 주변을 둘러보았다.

"이제는 흔적조차 남지 않았지만, 그날 그가 벌인 영웅적인 사투는 오랫동안 사람들의 입에 회자되었지. 하지만 실제로 그가 거둔 소득은 크지 않아 죽은 사람은 그 본인 하나뿐 흑수당의 피해자는 다수의 부상자뿐이었네. 그가 던지고 날린 비수와 표창 암기에 찰과상을 입는 정도였지."

도사는 헛웃음을 터뜨리고는 계속 말했다.

"그런데 그게 그가 노린 바였던 거야. 그의 무기에는 하나같이 독이 발려져 있었지. 스치기만해도 며칠을 앓아눕고야 마는 그런 독이었네. 치명상은 못 입히지만 치료하긴 어려운 그런 종류의 독이었다지. 아무도 죽이지 못했지만, 추격의 발길을 며칠 잡아두는 데에는 그것으로 충분했던 것일세. 지하도를 막고 선 황구와 같이 추격자를 며칠이라도 막아서 주인의 퇴로를 확보하자는 그게 그의 목표였던 것이지."

도사가 손뼉을 치자 우마차가 다시 움직이기 시작했다. 느릿느릿 고갯길을 내려가며 도사는 다시 입을 닫았다. 그렇게 또 얼마를 갔을까 길은 여러 곳으로 갈라진 갈래 길에 도달했다. 우마차가 다시 서고 도사는 무엇을 기다리는지 팔짱을 낀 채 조는 듯 머리를 숙이고 있었다. 이 이유 모를 침묵에 지겨워진 청년이 무어라 말하려 입을 열려 하자 도사가 손가락을 들어 조용히 하라는 신호를 보냈다. 그리고 그 손가락을 그대로 움직여 그들이 이미 지나온 길 저편을 가리켰다. 도사가 말했다.

"세 강아지 중에 마지막은 검은 강아지, 흑구였다네. 그는 황구와 백구의 희생에도 불구하고 이어지는 추격을 피해 마지막까지 철검장주를 옆에서 보필했지. 그리고 마침내 적에게 따라잡혀 격전이 벌어졌을 때 필사적인 투쟁에도 불구하고 철검장주가 부상을 입고 쓰러지자 자기 등에 업고는 혈로를 열고 탈출했다네. 그는 달리고 또 달렸지. 자기를 위해서가 아니라 등에 업은 철검장주의 목숨을 구하기 위해서. 하지만 독은 백구만 쓸 줄 아는 것이 아니었던 것이야. 게다가 이들은 백구와 달리 치명적인 절독을 사용했네. 흑수당의 궁수들이 날린 화살에 바로 그 독이 발려 있었고 그중 몇 개가 흑구의 등에 업힌 철검장주를 맞췄을 때 그는 이미 살 수 없는 몸이 되었네. 흑구는 그래도 달리고 달려 도망쳤지. 등에 업은 철검장주의 몸이 싸늘하게 식은 것도 모른 채."

도사는 고개를 흔들었다. 스스로의 말을 부정하려는 듯이.

"아니 정말 몰랐을까? 몇 날 며칠을 달려 안전한 곳에 도달했을 때 아마 바로 알았을 거야. 하지만 그는 그것을 받아들일 수 없었겠지. 그 후로도 그는 이미 죽은 철검장주의 시신을 업고 도주를 계속했네. 그 시신이 썩어 문드러지고 결국에는 백골이 되어버릴 때까지. 그렇게 달리다 지쳐 그 자신이 죽을 때까지. 자신이 죽은 것도 모르고 계속해서 도주를 했다네."

도사가 가리키는 손끝에 한 형체가 들어왔다. 사람이라고는 믿기 어려울 정도로 빠른 속도로 달리는 한 사람의 모습이었다. 순식간에 그들 앞을 지나가서 저 멀리로 사라지려 하는 그 사람의 등에는 누군가가 혹은 무엇인가가 업혀 있었다.

도사가 마차 뒤를 향해 외쳤다.

"네가 활약할 때가 왔다. 쫓아가서 잡아!"

하지만 수레 뒤에서는 태평스러운 대답이 돌아올 뿐이었다.

"내가 왜?"

도사가 이런 일을 짐작했다는 듯 준비한 대사를 읊기 시작했다.

"아까 그 철검장이 있던 산 아랫마을에는 몇십 년째 동파육만 만드는 오래된 반점이 있다네. 거기 동파육을 한 번 맛보고 나면 다른 곳에서 파는 동파육은 그냥 삶은 돼지고기에 불과하다고 여기게 된다는 거야. 맛이 없어 못 먹는다는 거지."

그 말이 채 끝나기도 전에 수레 뒤에서 뭔가가 뛰어오르더니 마차 앞 땅에 내려앉았다가 번개처럼 달리기 시작했다. 그리고 빠른 말처럼 달려 시야에서 사라져가던 검은 형체를 잡아 낚아채서는 다시 수레 쪽으로 달려왔다.

"몇 접시 사줄 거야? 배부를 때까지 먹어도 되는 거지?"

숨을 헐떡이면서 혀를 빼물고 군침을 흘리는 그의 얼굴은 사람이 아니라 개의 그것이었다. 도사는 그 말에는 대꾸하지 않고 그 사내가 잡아 온 혹은 가져온 것을 뺏어 들었다. 분명히 쫓아가 잡았을 때는 누군가를 업은 검은 옷의 사내였는데 지금 도사가 뺏어 든 것은 오래되어 잿빛이 되어버린 해골 하나였다.

청년이 조심스럽게 물었다.

"흑구의 유해입니까?"

도사는 고개를 가로저으며 그 해골을 품에서 꺼낸 천으로 조심스럽게 감싸 묶었다.

"철검장주의 유해일세. 흑구는 그 자신의 유해는 남기지도 못했어. 옛 글에 전국시대의 묵자는 남의 일을 위해서 몸을 아끼지 않아 발뒤꿈치가 다 닳도록 달리고 또 달렸다고 하는데 이 사람 흑구는 주인을 위해서 마지막 남은 뼛조각 하나까지 다 닳아 없어지도록 달린 것이라고나 할까."

그렇게 말하며 유해를 싼 천을 가슴에 안은 도사의 눈에 얼핏 습기가 비친 것 같다고 청년은 생각했지만 곧 부정했다. 언제나 냉정해 찔러도 피 한 방울 나올 것 같지 않던 도사가 생판 남의 일로 눈물을 비칠 리 없다고 생각해서였다.

"자 이제 돌아가세."

도사는 우마차를 돌려 왔던 길로 돌아갔다. 그 지겨운 길을 또 터덜거리며 돌아가는 것인가 하고 하품을 하던 청년은 무심코 뒤를 돌아보고 자지러질 듯 놀랐다. 검은 옷을 입은 피골이 상접한 사내가, 그러니까 그 사내의 망령이 주인의 유골을 돌려달라는 듯 두 손을 앞으로 뻗은 채 마차의 뒤를 쫓아오고 있던 것이다. 아까 달렸던 것처럼 그렇게 쏜살같이 빠른 걸음으로. 그런데 이상한 점은 느릿느릿 터덜터덜 가고 있는 이 우마차를 망령은 따라잡지 못했다는 것이었다.

도사가 말했다.

"저들과 우리는 시간의 흐름이 다르고 서 있는 공간 또한 다르지. 우리가 아무리 쫓아가 봐야 저 망령을 잡을 수 없듯이 저 망령이 아무리 빨라도 우리를 잡을 수는 없다네. 내가 그렇게 노력해도 이 유골을 손에 넣을 수 없었던 이유지. 하지만 저녀석은……"

그러면서 턱으로 뒤편을 가리키며 도사는 말을 이었다. 뒤에 있을 사내를 가리키는 것이다.

"그런 존재니까. 이곳에도 있고 저곳에도 있는. 반쯤은 신과 같은 그런 존재. 그래서 이번에는 이 일을 해결할 수 있을 거라 믿었던 걸세."

망령이 쫓아오는 길을 우마차는 그리고 거기에 탄 세 사람은 꿈결처럼 지나와서 어느새 백주에 미친개, 백구가 대활약을 하고 최후를 마쳤던 그 고갯길로 돌아왔다. 거기서 우마차를 멈추고 도사가 다시 뒤편을 향해 말했다.

"자 네가 힘써줘야 할 일이 여기 하나 더 있다. 뭘 찾으면 되는지 알지?"

마차 뒤의 사내는 코웃음만 칠 뿐 움직이려 하지 않았다. 그러자 도사는 다시 준비해온 대사를 읊조리기 시작했다.

"아까 말한 그 반점 옆에는 반점만큼 오래된 주점이 하나 있는데 이곳 주인은 안주는 죽어라고 못 만들면서 술 하나만은 기가 막히게 맛있는 것을 빚어낸다고 소문이 자자하지. 그래서 도저히 참고 먹을 수 없는 안주인데도 불구하고 주루에는 항상 손님이 비는 일이 없다네. 이곳 술을 한 병 사서 반점으로 가 동파육을 안주로 먹으면 그거야말로 최고의 진미라고 할 수 있지 않겠나."

어느새 사내는 수레에서 뛰어내려 땅바닥에 코를 박고 킁킁거리며 돌아다니고 있었다. 그건 정말로 개들이나 하는 짓이었다. 거기 어울리게 사내의 엉덩이 쪽에는 복슬복슬한 꼬리도 하나 튀어나와 있었다. 그렇게 한참을 돌아다니다 사내가 한 곳을 개처럼 파헤치기 시작했다. 그리고 찾아낸 것은 시뻘겋게 녹이 슬고 부스러진 두 뼘 정도의 쇳조각이었다. 한쪽은 중간에서 부러진 듯 단면이 뭉툭하고 다른 쪽은 뾰족한 걸로 보아 검의 끝부분인 듯싶었다. 도사가 그것을 보고 고개를 끄덕였다.

"그래 바로 그거야. 백구가 그때 가져온 수급은 가짜였어도 철검은 진짜였던 것이지. 이리 가져오너라."

사내는 쇳조각을 뒤로 감추고 약속을 받으려 들었다.

"요리 세 접시에 술 세 병. 그게 아니면 안 줄 테야."

도사가 고개를 끄덕였다.

"개 세 마리가 관련된 일이니 요리도 세 접시로 하지. 술도 세 병. 좋다. 오늘 일은 전적으로 네 공이라고 할 수 있으니까."

우마차가 다시 출발하고 청년은 잠깐 뒤를 돌아보고는 또 한 번 경악했다. 우마차를 뒤쫓는 망령은 둘로 늘어나 있었다. 검은 누더기를 입은 망령과 흰 누더기를 입은 망령. 그것을 아는지 모르는지 도사는 뒤도 돌아보지 않고 우마차를 재촉해 왔던 길을 갈 뿐이었다.

그들이 철검장의 폐허에 돌아온 것은 거의 황혼이 질 무렵이었다.

3

눈앞이 흐렸다. 얼마나 시간이 지났을까. 몇 번의 새벽이 오고 또 갔는가. 황구는 시간의 흐름도 사태의 변화도 자신의 생사까지도 분간하지 못하는 상태에 처해 있었다. 그럼에도 불구하고 그의 머릿속에는 '이곳을 지켜야 한다'라는 한 문장만이 또렷이 남아있었다.

시간이 얼마나 흐르건 그가 죽건 살건 그는 그 하나만을 위해 서 있을 것이고 싸울 것이다.

시야 속으로 희미한 빛이 들어왔다. 그 빛 속에 누군가가 서 있었다. 그 사람은 조금씩 커지고 또렷해지더니 그렇게 오랫동안 기다려왔던 모습, 하지만 결코 두 번 다시 만나지 못할 거라 생각했던 그 모습으로 고정되었다.

"자, 장주……님!"

빛 속에 떠오른 인물, 철검장주라 불린 그 인물은 웃을 듯 울 듯 묘한 표정으로 그를 바라보다가 문득 말했다.

"꼴이 그게 뭐냐. 더럽구나. 가서 씻고 자라."

황구는 무릎을 꿇었다. 이 말투 이 목소리 거친 듯 애정이 담긴 이 말버릇. 그 뒤에 풍겨오는 냄새까지. 그가 아는 철검장주가 틀림없었다.

"저는……, 속하는……!"

철검장주는 그의 말을 들으려 하지 않았다. 손으로 코앞에 바람을 일으키며 불쾌하다는 듯 돌아섰다.

"냄새난다. 나가자."

황구는 철검장주의 뒤를 따라 주춤주춤 걸어 나왔다. 지하도

밖에는 황혼이 내리고 있었다. 붉은 색조의 사나운 새벽 기운과 달리 모든 것을 편안하게 하고 가라앉게 하는 보라색 색조의 저녁 하늘이 머리 위에 깔려 있었다. 그리고 그 아래에는 반가운 얼굴들이 있었다.

"흰둥이……, 검둥이……! 너희들까지……!"

철검장주를 호위하듯 양옆에 서 있는 흰옷과 검은 옷의 사내들. 그와 함께 철검장의 세 마리 개라 불린 그 사람들이었다.

"오랫동안 고생하셨소. 형님."

백구의 말이었다.

"우리가 돌아왔으니 그만 쉬어라."

흑구의 따스한 말 한마디였다.

철검장주는 먼 하늘을 바라보며 아무 말 없이 서 있었다. 그러다가 문득 손을 들어 얼굴에 바람을 부치는 듯했다. 그 끝에 반짝이며 날려가는 작은 방울들이 보였지만 황구는 못 본 걸로 하기로 했다. 철검장주가 말했다.

"집에 돌아오니 좋구나. 그렇지 않느냐."

백구와 흑구 그리고 황구는 서로를 바라보았다. 그리고 대표로 황구가 말했다. 한껏 웃음 띤 얼굴로.

"집이니까요. 우리 집 아닙니까."

4

철검장의 폐허 한 모퉁이에 작은 봉분 네 개가 새로 생겼다. 도사는 그 주변을 천천히 돌며 무언가 나지막이 읊조리는 소리를 내었다. 청년은 도사가 정화의 주문이나 뭐 그런 걸 외우나 했다. 하지만 귀를 기울여 자세히 들어보니 그것은 '부디 극락왕생하시라. 나무아미타불 나무아미타불'이라고 하는 도사의 입에서 나오기에는 어색한 단어들이었다. 그것은 불교의 것이지 도교의 것이 아니지 않은가. 그런 그의 생각을 들여다본 듯이 도사가 걸음을 멈추고 청년을 보며 말했다.

"달리 적합한 주문이 없어서."

그것만으로 부족했다고 생각했는지 도사는 변명하듯 보충 설명을 했다.

"사람이 죽으면 육신은 흙이 되어 대지로 돌아가고 혼백은 흩어져 자연의 기에 동화되고 흡수되어 사라진다고 우리 도교는 말하고 있지. 그것이 대자연의 도이며 생물이 마땅히 가야 할 올바른 길이라고 나는 거기에 전적으로 동의하네. 하지만 때로 인간의 마음이란 약하고 어리석은 것이라 죽은 뒤에도 또 무엇이 있었으면, 그렇게 고생하고 어렵게 살아온 삶의 저 뒤편에는 편안하고 안락한 쉼터가 되어줄 수 있는 또 다른 세계가 있었으면 하고 바라는 것일세. 도사로서는 잘못된 생각이겠지만 한 인간으로서는……"

그 뒤의 말은 너무나 가늘어져서 청년의 귀에는 들리지 않았다. 청년은 궁금해하지 않았다. 듣지 않아도 알 것 같아서였다. 대신 그는 어쩐지 어색해진 이 분위기를 바꾸려고 화제를 돌렸다.

"아까 그 네 사람은 주인과 부하들이라고 했는데 그보다는 마치 형제들 같아 보이지 않았습니까. 철검장주에게 따로 가족이 있었는지는 모르겠지만 그 세 명의 심복이야말로 진짜 가족 같아 보이더군요."

"철검장주에게는 아름답고 현숙한 처가 있었다고 하네. 어린 딸과 그보다 더 어린 아들도 있었다지."

도사는 점점 어두워지는 서쪽 하늘 끝을 바라보며 무언가 망설이다가 말을 이었다.

"하지만 그들은 삼십 년 전 그날 흑수당과 철검장의 전란에 휘말려 다 죽었다고 하더군. 장주의 심복인 저 세 마리 개는 그 가족들의 안위에는 아무런 관심도 없었던 거야. 그들에겐 그저 장주만이 있었으니까."

도사는 별일 아니라는 듯 손을 휘휘 저었다.

"이상한 일도 아니지. 예로부터 처자는 의복과도 같고 형제는 수족과도 같으니 의복은 찢어지면 다시 갈아입으면 되지만 수족은 한 번 잘리면 다시 생겨나지 않는 법이라고 하지 않는가. 처자식 따위야 다시 얻으면 그만이겠지. 그러니 철검장주에게는 형제와도 같던 심복들이야말로 진짜 가족이었을걸세."

청년은 눈살을 찌푸렸다.

"그런 말도 안 되는……!"

도사는 피식 웃었다.

"흑도의 의리란 그런 거라네. 우리하고는 상관없는 일이지."

그는 저만치 뒤쪽에서 똥 마려운 강아지처럼 끙끙거리며 기다리는 사내를 향해 걸어갔다.

"날이 어두워지기 전에 내려가세. 저 녀석에게 약속한 것도 있으니."

2019. 8. 4

고양이 귀

진산: 어 얼렁뚱땅 책 한 권이 됐네요.

편집부: 아 분량이 조금만 더 있으면 책이 예쁘게 나올 수 있을
렌데요.

진산: (더 쓸 계획은 없는데!)

편집부: 혹시 더 생각나면 써주세요. ^^

진산: (정말 없는데)

그리고 몇 달 후……

진산: 여기요.

이렇게 탄생한 고양이 무협 마지막 이야기. 정말 다음은 없어요.
(글썽) 등장인물들은 전작에서 일부, 그리고 누구나 아실 무협의
고전에서 찬조출연. 추운 겨울, 길에서 살아가는 이들을 위하여.

그들이 모인다.

소문을 들은 강호인들은 특이한 반응을 보였다.

회합에 대한 무림의 반응은 보통 둘 중 하나다. 고수들의 논검이 벌어진다고 하면 옷자락이라도 한 번 만져볼까 싶어 몸이 단 어중이떠중이들이 구름처럼 모여든다.

흉악한 무림공적들이 작당한다는 소문이 퍼지면 약자들은 도망치고 강자들은 잘 갈아둔 칼을 품은 채 득달같이 달려간다. 저놈 때려잡고 내가 영웅이 되겠다는 청운의 꿈을 안고서.

그러나 '그들'이 모인다는 소문이 돌자 강호인 대다수가 보인 반응은 그 어느 쪽도 아니었다.

우선 들자마자 움찔하고, 그다음에는 아무 말도 못 들은 척했다. 머리 좀 돌아가는 자들은 최대한 빨리 짐을 싸서 먼 곳으로 여행을 떠났다.

어떤 자리에서도 그 모임은 공론화되지 않았다. 모두가 알지만 아무도 입에 올리지 않는 뒷간 같은 일이었다.

그들은 그렇게 모였다. 주류의 침묵과 점잖은 무시의 시중을 받으며.

그들 중 어떤 자는 명성이 높고, 어떤 자는 악명이 높았다. 어떤 자는 세력에 속해있고, 어떤 자는 평생 홀로 걸었다.

고향도 나이도 취향도 다르며 함께 강호를 휩쓴 일도 없건만 묘하게도 한데 묶여 불리는 일곱 명.

강호인들이 무림 칠공주라 칭하는 자들의 모임이었다.

약속 장소인 폐가에 가장 먼저 도착한 사람은 나였다. 원래 약속을 가장 잘 지키는 건 남은 시간이 별로 없는 사람인 법이다.

―야옹.

어디선가 덜 떨어진 고양이 울음이 들렸다. 둘러보았지만, 어디에도 고양이는 없다. 바람 소리였을까, 아니면 환청이었을까.

나이가 들면 가는 귀가 먹는 법이니 들릴 소리가 안 들리는 건 그렇다 치더라도 왜 안 들릴 소리까지 들리는 걸까?

마당에 화톳불을 피우고 고구마를 굽고 있자니 다음 사람이
도착했다.

"어서 오련."

고개만 꾸벅하고 불가에 와서 앉는 그 아이는 '꼬리'라고 불린
다. 한때 모셨던 주인을 죽이고 도망친 일로 악명을 날렸다.

—냐앙.

이번에 들린 소리는 환청이 아니었다. 꼬리를 따라온 고양이가
인사하는 소리다.

꼬리가 꼬리라고 불리는 이유는 이 고양이 때문이다. 꼬리는
제 고양이를 꼬리라고 부르고, 우리는 꼬리를 꼬리라고 불렀다.

고양이 꼬리는 언제나 꼬리를 깃발처럼 꼿꼿이 세우고 다녔다.
경계하는 건 줄 알았더니 고양이에겐 그게 반갑다는 뜻이란다.
사람을 따라 세상을 떠도는 방랑 고양이에게 온 세상이 반가운
모양이다.

"네 고양이, 전보다 더 살이 쪘구나."

"내 고양이 아니거든."

꼬리가 무심히 대꾸했다. 말버릇이 곱다고는 할 수 없지만, 처
음 만날 때부터 그런 건 따지지 않기로 해둔 일이다. 우리가 무
슨 도원결의를 한 사이도 아닌데 형 아우 줄 세우는 짓은 하지
말자고.

아마 그런 약속을 하지 않았다면 꼬리는 우리와 어울리지 않았을 것이다. 주인을 죽이고 뛰쳐나온 자가, 제가 달고 다니는 고양이조차도 자기 것이 아니라고 선을 긋는 자가 또 다른 관계에 얽매이는 일을 달가워할 리가 없다.

"으아, 추워! 배고파! 돌아가시는 줄 알았네! 다 익었어? 먹어도 되는 거죠?"

고구마가 다 익었을 때쯤 다음 사람이 호들갑을 떨며 도착했다. 말이 끝날 땐 이미 불 속에서 맨손으로 꺼낸 고구마 껍질을 벗기고 있었다.

저 급한 성질머리를 보면 그의 과거가 정말 사실인지 의심하지 않을 수 없다. 그는 우리 사이에서 '마 씨'로 통한다.

강호에선 대략 십 년마다 한 번씩 무슨 발작처럼 '무림겁난'이라는 일이 벌어진다.

악한의 음모가 무르익고, 궤멸한 줄 알았던 마교가 재림하며, 피로 피를 씻고, 거대 세력과 세력이 충돌하는 거대한 전쟁이자 재앙이다.

무림겁난의 원인에 대해서는 여러 설이 있다. 마교의 활동 주기설, 강호의 인구조절설 등.

내가 들은 이야기 중에 가장 그럴듯한 설은 마 씨의 주장이었다.

"무림겁난이 왜 일어나냐고? 십 년에 한 번은 피 터지게 싸워야 몸이 풀리는 게 무림인이라는 종자들이라서지. 때려잡을 놈이 없으면 만들어서라도."

무슨 이유가 됐건, 대략 십 년에 한 번씩 무림맹이라는 단체가 결성된다. 겁난이 일어나면 당연히 그걸 해결할 영웅들의 결사체가 필요하니까.

무림맹에는 당연히 빠질 수 없는 인사가 바로 총사다. 가끔 예외도 있지만 총사는 대체로 신비한 미녀가 맡는다.

미녀는 미녀지만 얼굴은 면사로 가려야 하고, 머리는 기가 막히게 좋아야 한다. 통상 무림신녀라든가 천하제일지(天下第一知)라고 불린다. 성은 남궁이나 제갈이 좋다.

마 씨는 두 주기 전의 무림 겁난 때, 그러니까 이십여 년 전 무림맹 총사였다.

"미녀가 아니네."

처음 만났을 때 내가 그렇게 품평했더니 발끈한 게 아니라 킥킥 웃었다.

"성도 제갈이 아니죠. 나, 마 씨거든요."

두 주기 전의 무림맹 총사는 이미 쓰임새를 다했다. 지금 강호에서 '무림신녀'라고 불리는 사람은 가장 최근의 무림맹에서 활동한 사람일 뿐이다. 몇 년 후 새로운 무림맹이 만들어지면 그 또

한 잊힐 것이다.

잊힌 자에게는 별호가 없다. 그래서 우리는 그를 마 씨라 불렀다. 활동하던 당시에는 제갈신녀라고 불렸던 마 씨는 신녀 노릇에서 은퇴한 뒤 당시의 무림맹주였던 젊은 영웅과 결혼했었다고 한다.

마 씨를 포함해 삼처사첩을 거느리고 초야에 묻혔던 그 영웅께서는 마흔을 못 넘기고 골병이 들어 세상을 떠났다.

살아있는 동안 하도 속을 썩여 과부가 되고 나니 허리띠 풀어놓은 듯 속이 편하다며 마 씨는 평생 떨어온 내숭을 모두 집어던졌다.

성씨를 드러내거나 면사를 벗고 다니는 것도, 저 급한 성미도 그 일환이었다. 신녀로 활동할 때 신비롭고 고요한 척하느라 아주 좀이 쑤셔 죽을 뻔했다나.

마 씨가 '아 뜨거'를 연발하면서 불에 구운 고구마를 홀랑홀랑 까먹고 있을 때 네 번째 사람이 도착했다.

언제나 그렇듯이 그의 몸가짐은 홀연했다. 나조차도 그가 마 씨 옆에 앉은 뒤에야 겨우 기척을 알아차렸을 정도다.

"왔군."

내가 말을 건네자 그는 묵묵히 고개를 끄덕였고, 그제야 알아차린 꼬리는 반사적으로 채찍을 움켜쥐었으며, 고양이는 귀를 쫑

굿 세웠고, 마 씨는 먹던 고구마를 다 삼킨 뒤에 가슴을 두드렸다.

"깜짝이야. 기척 좀 내고 다녀라, 좀!"

그가 서늘한 눈빛으로 마 씨를 보더니 고개를 끄덕였다.

"그러지."

앉은 자세 그대로 몸이 붕 날더니 허공을 미끄러져 밖으로 나가버렸다. 잠시 후, 썩어가는 문틀만 남은 문간에 다시 나타난 그가 주먹으로 벽을 똑똑 두드렸다.

"왔네."

"어서 와. 고구마 먹을래?"

천연덕스럽게 대답한 마 씨는 그가 다시 옆에 와서 앉자 불에서 막 꺼낸 뜨거운 고구마를 건넸다. 그도 아무 소리 않고 받아서는 껍질을 벗겼다.

고구마 껍질을 까는 손끝이 참으로 단정하고 곱다. 우리 중에 가장 손톱이 고운 자가 바로 이 사람일 것이다.

세상 사람들은 우리들의 모임을 '여자 셋만 모여도 접시가 깨진다던데 여자 일곱이 모이면 얼마나 무서운 일이 일어나겠는가?'라며 두렵게 여겼다.

그러나 우리가 여자 일곱의 모임인지는 확실하지 않다. 바로 이 사람 때문이다.

이 사람은 본래 여자가 아니라 남자였다. 청년기에 희대의 비급을 손에 넣었는데, 그 비급 속 무공은 그를 고금제일의 강자로 만들어주는 대신 남성을 제거했다.

사내들은 보통 남성의 상실을 가장 끔찍한 재난이자 수치로 여기기 때문에, 그와 같은 처지에 빠진 자는 당연히 조롱과 질시의 대상이 되기 마련이다.

그러나 그를 조롱하고 질시한 자들은 모두 죽었다. 말했다시피, 그는 남성을 잃은 대신 고금제일의 강자가 되었으니까.

강호에서 그는 '절대 패하지 않는 자'라는 별호로 불렸다. 우리도 그 별호의 뒷글자만 따서 '불패'라 부른다.

우리가 이 폐가에서 비를 긋다 처음 만났던 그 날, 불패도 그 자리에 함께 있었다.

비가 좀처럼 그치지 않는 바람에 각자의 짐에서 주섬주섬 찻잎이며 월병을 꺼내 서로를 대접하고 잡담을 나누다 보니 이 '모임'이 만들어졌다.

나이도 소속도 다른 강호의 여자들끼리 가끔 세상 이야기를 나누는 모임. 다들 찬성했지만, 불패를 끼우기가 애매했다.

그가 남자도 여자도 아니라서이기도 했지만, 우리 모두를 합한 것 이상으로 무공이 압도적인 강자였기 때문에 경계하는 마음도 있었다. 그 경계심은 아주 사소한 일로 풀렸고, 우리는 불패를 받아들이기로 했다.

—냐앙.

그때는 훨씬 작았던 꼬리의 고양이가 불패의 다리에 몸을 비벼낸 것이다. 지금처럼.

"오랜만이구나. 그런데, 살이 좀 쪘는걸?"

불패가 나무라는 시선을 꼬리에게 던지자, 퉁명스러운 대답이 다시 나왔다.

"내 고양이 아니라고. 저 혼자 찌는데 어쩌라고."

"고양이가 저 혼자 살이 찔 리가 없지. 분명히 자네가……"

의외로 이런 면에서는 잔소리꾼 기질이 있는 불패가 말문을 본격적으로 여는 찰나, 한꺼번에 두 사람이 도착했다.

"벌써 거의 모이셨네."

"많이 늦은 건 아니죠?"

이 둘은 늘 함께 다닌다. 둘 다 중년을 갓 넘은 외모를 지니고 있지만, 사실은 나만큼이나 쇠잔한 노파들이다.

친자매도 아니지만 늘 붙어 다녔기 때문에 둘의 사이를 두고 이런저런 뒷말이 돈다. 하지만 둘 다 신경 쓰지 않는다.

둘 중 나이가 좀 더 많은 쪽은 '얼음'이다. 그냥 입을 다물고 있어도 냉기가 풀풀 풍기는 인상 때문이다. 사실 냉정한 성격이라기보다는 불꽃 같은 성격에 가까운데, 타고난 지병으로 인한 체질로 인상마저 달라진 경우다.

반대로 웃는 표정을 시종 잃지 않는 쪽은 '정인'이라 불린다. 무엇을 보건 사랑에 빠진 사람처럼 쳐다본다고 붙은 별명이다.

하지만 그 둘을 따로따로 칭하는 일은 드물고, 합해서 '원앙'이라 부를 때가 더 많다. 그만큼 찰싹 붙어 다니니까.

그건 그렇고, 불패를 우리 모임에 받아들이게 된 결정적인 원인을 제공한 것은 어쩌면 바로 이 두 사람, 원앙이라고 할 수 있다.

"당신, 고양이한테 찍혔네."

"찍혔으니 별수 없어. 당신도 끼어야지."

고양이가 불패에게 몸을 비벼대자, 원앙이 웃으면서 그렇게 말했던 것이다. 사실 고양이는 불패에 앞서 다른 사람들에게도 한 번씩 몸을 비벼댔었는데, 그때는 그저 애교 많은 녀석이구나 다들 생각했다.

하지만 원앙의 말에 따르면, 고양이가 몸을 비비는 건 제 마음에 든 상대에게 냄새를 묻히는 짓이란다. 그러니까 엄밀히 말하면 우리는 일곱 여자의 모임이 아니라 '고양이에게 찍힌 일곱 명의 모임'이 맞다.

"어디 보자, 이제 한 명만 더 오면 되나?"

마 씨가 화톳불을 뒤적거리며 투덜댔다.

"걔는 맨날 늦더라. 으, 고구마 이게 다야? 아직 배 덜 찼는데."

불패가 먹기 좋게 껍질을 벗긴 고구마를 마 씨에게 말없이 내밀었다. 마 씨는 사양을 모르고 받아들었다.

"네 고양이, 근데 확실히 살쪘다."

얼음은 늘 냉랭한 표정이다가도 고양이만 보면 봄눈처럼 녹았다. 아마도 예전에 고양이를 키워본 모양이다.

"내 고양이 아니라니까."

"요샌 다들 그 소리를 하네. 유행인가?"

마 씨가 고개를 갸웃거리는 걸 보고 내가 물었다.

"무슨 소리?"

"젊은 하녀를 하나 들였는데, 요것이 아주 앙큼해요. 앞에서는 고분고분한 것 같은데 자꾸 뭘 빼돌리는 것 같더라고? 언제 한번 걸리기만 해라 싶었죠. 아침에 나가보니까 요것이 뭘 꿈지럭거리고 있다가 화들짝 놀라 숨기지 않겠어? 잘 걸렸다 요것아, 하고 덜미를 잡아보니 웬 고양이한테 밥을 먹이고 있더라고. 세상에, 그렇게 못생긴 고양이는 처음 봤다니까. 너 내 허락도 없이 왜 고양이를 키우는 거냐, 하고 물었더니 고년 대답이 그거더라고. 내고양이 아니에요, 라고."

"그 말은 틀리지 않아."

정인이 말했다.

"개는 누구의 것일 수 있지만 고양이는 누구의 것도 아니지. 아마 꼬리도 그런 뜻으로 하는 말일 텐데."

"무슨 개소리람. 밥 주고 보살펴주면 자기 고양이지. 그런 똥구멍 같은 소리는 집어치우시지."

"한때 무림신녀라고 불렸던 분의 언사가 왜 그리 험악하신가요?"

악기가 울리는 듯한 미성이 폐가에 퍼졌다. 우리 중 마지막 사람이 마침내 도착한 것이다.

그녀가 등장할 때는 항상 어디선가 꽃향기와 악기 소리가 울리는 기분이 들었다. 물론 실제로 그런 거추장스러운 악단을 대동하고 다니는 건 아니다. 단지 그녀를 보면 누구라도 머릿속에서 가장 아름다운 향기와 가장 영롱한 소리를 떠올리는 것뿐이다.

시대에 따라 무림제일지는 공석이 될 때도 있다. 하지만 무림제일미는 절대 공석으로 남지 않는다. 당대가 규정하는 아름다움 그 자체.

강호에 사대고수, 십대고수가 상수로 존재하는 것처럼, 사대미녀, 십대미녀는 항상 존재했고, 그들 중 가장 뛰어난 자를 각별히 가려 무림제일미라고 칭한다.

마지막에 나타난 그녀가 바로 왕년의 무림제일미였고, 우리 사이에서는 당연히 '미인'이라고 불렸다.

"넌 무림제일미였다는 애가 왜 낯짝이 그리 재수가 없니?"

여기 마 씨를 제외하면 말이다. 마 씨는 그녀를 보기만 하면 으르렁거렸다. 그 반대도 마찬가지니 서로 사이가 좋다고 할 수도 있겠다.

"오늘도 언니의 기분을 상하게 했다니 송구하기 이를 데 없네요. 마침 면사도 집에 두고 온 참이라 가릴 수도 없어 더욱 죄송할 따름이에요. 혹시 언니가 쓰시던 면사라도 빌려주실 수 있을까요?"

미인은 절대 험악한 말을 쓰지도, 으르렁거리지도 않았지만, 마 씨를 도발하는 데는 천재적이었다. 얼굴을 가리는 면사는 마 씨 앞에서는 금기어였으니까.

"참으시오. 오랜만인데."

불패가 마 씨를 말렸고, 미인은 우아하게 마 씨 맞은편의 빈자리에 앉았다. 이로써 우리 일곱이 모두 모였다.

강호에서 이르는 무림 칠공주.

사실은 고양이에게 찍힌 일곱 사람의 모임.

"고양이 이야기가 나와서 말인데, 저도 비슷한 이야기를 알고 있어요."

우아한 동작으로 치맛자락을 정돈하며 자리에 앉은 미인이 말을 꺼냈다.

"어떤 이야기?"

"사실은 남의 이야기가 아니라 제 이야기죠. 저도 고양이를 하나 키우고 있거든요. 그런데 내 고양이는 아니에요."

어느 틈에 정인이 주전자 하나를 화톳불에 걸어 찻물을 데웠다. 그가 건넨 찻잔을 받아드는 미인의 손끝이 그린 듯 우아하다. 이 빠진 막사발도 미인의 손이 닿으면 왕실 전용의 가마에서 구워낸 명품이 된다.

"아침마다 뒤뜰에 누가 쥐를 가져다 놓았어요. 처음엔 무슨 해코지인 줄 알았죠. 나 원, 매일 꽃을 갖다 놓는 멍청이들은 숱하게 봤지만. 쥐를 갖다 바치다니. 대체 어떤 바보일까 싶어서 밤에 몰래 지켜봤죠. 그랬더니 웬 고양이가 슬그머니 쥐를 물고 오는 거 있죠. 그제야 생각이 났죠. 지난겨울에 들고양이에게 물을 준 적이 있지. 요새도 그 녀석은 가끔 쥐를 물어다 주고, 나는 물이랑 먹이를 뒤뜰에 놔요."

미인이 해사하게 웃으며 이야기를 마쳤다. 우리는 그 이야기를 모두 들었고, 그녀가 하지 않은 이야기도 들었다.

미인은 참으로 미인다워서, 심지어 박명하기까지 했고, 병약하기까지 했다. 저토록 아름답고, 그토록 많은 구혼자가 있어도 사고무친 신세다.

그녀는 때때로 시들어 죽는 꽃처럼 곡기를 끊고는 했는데, 아마도 그 고양이는 미인이 사냥을 못 해 굶어 죽는 줄 알았을 것이다. 그래서 쥐를 물어다 주었겠지. 이거 먹고 힘내라고.

'그래서, 이 모임에 올 기운이 났어요. 내 고양이는 아니지만, 덕분에 일어났죠.'

미인이 하지 않은 이야기, 그러나 우리가 들은 이야기는 그것이었고, 아무도 놀라지 않았다. 다들 비슷하니까.

사는 건 쉽지 않다. 나이가 들수록 더 그렇다. 아침마다 일어나야 할 이유를 찾아야 한다. 때로는, 내 것이 아닌 고양이가 그런 이유를 만들어줄 수도 있다.

―야옹.

또 그 소리가 들렸다. 꼬리의 고양이는 불을 보며 졸고 있었다. 내가 또 환청을 들은 모양이다. 가라앉은 분위기를 바꾸기 위해 나는 부러 힘을 내서 말했다.

"이번에는 이상하게 고양이 이야기가 많군."

"그러게."

"노대는 잘 지내셨나요?"

"그럭저럭."

노대는 나를 이르는 말이다.

보통은 한 집단을 이끄는 우두머리이자 연장자를 일컫는, 그래서 여자에게는 어울리지 않는 이 칭호는 내가 정체를 알 수 없는 살수 집단의 수장이던 시절에 붙은 것이다.

청부받은 대로 움직이는 살수에게는 사연이 없다. 오직 용도만 있을 뿐이다. 따라서 성별도 없었다.

나는 정체불명의 '노대'라고 불렸고, 떠돌이 고아들을 모아 밥을 먹여주며 살수로 키웠다. 그들 중 다수는 임무 중에 죽었지만, 소수는 살아남아 강호 최고의 살수가 되었다. 그 아이들은 내 자랑이고, 힘이었다.

피, 검, 떨어지는 별. 밤새 꺼지지 않는 불빛과 그치지 않는 노래. 그 시절의 인생은 내 손 안에서 굴리는 한 쌍의 호두알과 같았다. 마음대로 부스러뜨리고, 마음대로 가지고 놀 수 있었다.

그러나 세월은 흘렀고, 내 자랑이던 아이들은 모두 내 곁을 떠났다. 혹자는 죽어서, 혹자는 제 짝인 나비를 만나서, 혹자는 나를 증오하면서.

그렇게 나는 혼자가 됐고, 늙었다. 내 정체는 강호에 드러났고, 그때부터 나는 노대라 불리지 않았다. 악녀, 마녀, 요부. 그런 칭호들이 대신했다.

한때 나는 강호의 공포였지만 이제는 잊힌 이름일 뿐이다. 이제 나를 노대라고 불러주는 이는 눈앞의 여섯 명뿐이다. 나는 이미 죽은 자이며 유령이다.

내가 가장 먼저 약속 장소에 와 있었던 이유는 가장 나이가 많았기 때문이고, 남은 시간이 가장 적기 때문이고, 따라서 나의 시간이 가장 값비쌌기 때문이다.

"사실, 나도 고양이 이야기를 하려고 했네."

"노대의 고양이? 언제부터 고양이를 키우셨나요?"

"아니, 내 고양이는 아니지."

다들 저마다의 표정으로 웃었다.

"하지만 내 이야기는 마지막으로 미루지. 우선은 다른 사람들의 이야기를 듣자고."

화톳불에 장작을 집어넣으며 나는 말했다. 우리는 모두 허리를 꼿꼿이 세웠다.

"마땅히 죽어야 할 자가 누구인지."

우리 모임의 규칙은 간단하다.

돌아가면서 자기가 아는 '죽어 마땅한 자'에 대한 이야기를 한다. 이야기할 게 없는 사람은 손바닥으로 땅을 두드려 건너뛰겠다는 표시를 한다. 남의 이야기를 듣고 공감하면 고개를 끄덕여 준다. 그놈 참 죽어 마땅한 놈이네!

딱 거기까지다.

우리는 그저 이야기를 나누고 헤어질 뿐이다. 절대 그 외에는 행동을 같이 하진 않았다. 하지만 묘하게도 회합이 끝나면, 가장 많은 사람의 '끄덕'을 받은 자가 죽었다는 소식이 들렸다.

때로는 불패가 대놓고 비무를 청하기도 했고, 때로는 정체불명의 암수에 걸려 죽기도 했다. 어쨌든 반드시 몇 달 안에 그 사람은 죽었다.

"자, 그럼 오늘도 본인은."

불패가 가장 먼저 바닥을 두드렸다. 불패는 늘 건너뛰는 편이었다. 이야기보다는 손쓰는 쪽이 취향에 맞는 모양이다. 하긴, 불패쯤 되면 그 앞에서 죽어 마땅한 짓을 하는 자를 만나기도 쉽지는 않다.

"오늘은 나도."

놀랍게도 마 씨 역시 바닥을 두드렸다. 평소 마 씨는 가장 열렬히 '죽어 마땅한 놈' 이야기를 하는 축에 속했다.

주로 예전에 무림맹에서 함께 활동한 자들 이야기를 많이 했다. 강호에는 군자로 소문난 놈인데 뒷구멍으로 무슨 나쁜 짓을 많이 했는지 줄줄 꿰고 있었다.

마 씨는 불패와는 반대로 손을 쓰는 것보다는 이야기하는 쪽이 취향이었다. 그런데 건너뛴다니 의외였다.

"나도."

꼬리는 늘 한 명씩 신중하게 명단에 올리는 편이었는데, 첫 모임에서는 꼬리가 찍은 자가 가장 많은 '끄덕'을 받았다. 그 꼬리도 건너뛰겠다는 소리다.

그때쯤 나는 눈치를 챘다. 요 인간들이 내가 할 이야기가 있다고 하니 다들 자기 이야기를 접고 내 이야기를 기다리려고 하는 것이다.

왜냐면 지금까지 나는 항상 건너뛰는 쪽이었으니까. 나는 행동도 이야기도 하지 않고, 그저 듣는 쪽이었다. 늙으면 다 그렇다.

"벌써 세 명이나 건너뛰는 건가요? 요 삼 년 동안 강호는 뜻밖에도 인의로 넘쳤나 보네요."

미인이 재미있다는 듯이 웃었다.

"시끄러워. 꼬우면 니들이 이야기해보든가?"

마 씨가 불티를 손가락 끝으로 튕겨 날리며 쏘아붙였다.

"그럴게."

드디어 입을 뗀 것은 원앙이었다. 그들은 늘 둘이 합쳐 한 명을 이야기했다. 아마도 이 자리에 오기 전에 서로 이야기를 나눠 후보를 통일하는 모양이다.

"그런데 우리 이야기는 그리 길지 않을 거야. 우리가 생각하는 '마땅히 죽어야 할 놈'은 이름만 들어도 다들 알 테니까."

둘은 서로 눈을 마주쳤다가 동시에 말했다.

"천룡왕."

그 이름이 나오자 다들 왜 원앙이 그렇게 말했는지 이해했다. 그리고 한숨을 내쉬었다.

아무도 '왜 그놈이 죽어야 하는지' 묻지 않았다. 이유가 너무 뻔하기 때문이다.

하지만 죽어 마땅한 놈이 아직 죽지 않은데는 이유가 있다. 그래서 모두 얼굴이 어두워졌다.

천룡왕. 현재 강호를 제패한 자.

어떤 의미에서 그는 가장 전형적인 강호인이다. 수도자도 아니며, 마교에 몸을 담지도 않았다. 그저 어릴 때부터 몸 쓰는 걸 좋아했고 성실하게 수련한 데다 운도 따라 강자가 되었다.

무림 최강자가 되기 위해서는 제 몸 하나 강해지는 게 문제가 아니라 세력을 키워야 한다는 사실을 깨닫고는 수많은 의형제를 만들었고, 그들을 모두 건사하는 대형이 되었다. 제 형제들에게 대항하는 자에게는 죽음을 선사했고, 협조하는 자에게는 그 거대한 형제의 고리에 들어올 자격을 주었다.

그렇게 '왕'이 되었고, 이제는 앉은 자리에서 숨만 쉬어도 재물과 인재가 발밑에 쌓였다.

강호의 기준으로 보자면 그는 딱히 악인은 아니었다. 지극히 평범한 강호인이었다. 지극히 평범하게 사람을 죽이고, 협박하고, 빼앗고, 군림하는.

"천룡왕이 어떤 사람인지야 따로 해설할 필요는 없을 것 같네만, 올해 특별히 그가 죽어 마땅한 이유가 생겼나?"

"천산교가 멸문당했어요. 그들이 인신 공양을 일삼는 마교의 후예라는 명목이었지만, 알 사람들은 다 알죠. 천산교의 본거지 근처에 금 광산이 발견됐고, 천룡왕이 그걸 꽤 탐냈다는걸."

그 소문을 모르는 사람은 없는 것 같았다. 하지만 아무도 고개를 끄덕이지 않았다.

"물론 천룡왕이 개자식이라는 데는 이견이 없어. 하지만 고작 '그런 걸'로 죽어 마땅한 자라고 하기엔."

마 씨는 뒷말을 생략했고, 우리는 모두 어떤 말이 이어질지 알고 있었다.

'너무 강하지. 강호에서는 강한 만큼 옳은 것이고.'

우리는 모두 각자의 방식으로 강호에서 살아남은 자들이다. 때문에 현실을 잘 알았다. 현실은 때로 꽤나 무거워질 수 있는 물건이다. 지금 우리를 짓누르는 이 침묵처럼.

"원앙의 이야기는 잘 들었고, 미인은?"

다시 분위기를 풀어보기 위해 내가 말문을 터주었다. 미인은 언제나 그 웃는 얼굴로 사람을 엿 먹이는 게 장기였는데, 이번에도 그랬다.

"어머, 이런 우연이 있나요. 나도 마침 같은 이름을 말하려고 했거든요."

말 그대로다. 어머, 이런 우연이 있나. 아까보다 침묵이 두 배는 짙어졌다. 덧바른 연지처럼.

"설마 공교롭게 이유까지 원앙과 같은 건 아니지?"

"다행히 그건 아니네요. 제가 들은 건 다른 소문이죠. 제 지인의 오촌 당숙의 딸이 얼마 전 혼례를 올린다고 연락이 왔죠. 전 축하금만 보내고 가진 않았어요. 사실, 저 같은 사람은 남의 결혼식에 안 가는 게 오히려 신부를 돕는 거니까요."

마 씨가 재수 없다는 뜻이 역력한 콧방귀를 세게 뿜었다. 미인은 아랑곳하지 않고 이야기를 이어갔다.

"그런데 그 혼례는 그만 풍비박산이 나고 말았다는군요. 신부될 사람이 천룡왕의 눈에 든 모양이에요. 혼례 날짜가 잡혔는데 자기 첩으로 달라고 당당히 요구했대요. 당연히 신부의 아버지는 예를 갖춰 거절했죠. 그리고 그 결과는."

"아, 혹시 그 일이?"

불패도 짐작하는 바가 있는 모양이었다.

"네, 그거예요. 잔치를 앞둔 한 가문이 밤사이에 모두 칠공에서 피를 쏟으며 죽은 채로 발견된."

얼음이 차갑게 중얼거렸다.

"천룡왕의 '파천용음'은 다수를 죽이는 데는 아주 효과적이죠."

천룡왕은 세력만 강한 자는 아니었다. 강호인의 힘이란 일신의 무공을 기반으로 하는 법이다. 그는 만병에 능했고 내외공 두루 섭렵했지만, 특히 강력한 내공을 바탕으로 하는 파천용음의 명성이 높았다.

음공의 일종으로, 그걸 듣는 자는 내력이 낮으면 일격에 내장이 터져 죽고, 고수라고 해도 기혈이 뒤틀려 정상적으로 무공을 쓸 수 없게 된다고 한다.

"불패. 천룡왕과 승부한다면 결과가 어떨 것 같아?"

불패는 내 질문을 받은 뒤 잠시 속으로 셈을 하고 답했다.

"열 합."

마씨가 한숨을 내쉬었다. 불패가 셈한 열 합은 어떤 방해도 없이 단둘이 정면 대결을 하는 상황, 즉 비무 같은 특수한 상황을 두고 하는 말이다.

천룡왕은 단지 고수일 뿐 아니라 현재 강호상에서 가장 큰 세력의 우두머리기도 하다. 명예를 위한 비무가 아니라 목숨을 노리는 상황에서 열 합을 겨룰 동안 천룡왕의 수하들이 가만있을리가 없다.

결국 불패의 대답은 한때 천하제일을 다투었던 자신이 열 합을 싸워도 천룡왕을 죽인다고 장담하지 못한다는 뜻이다.

천룡왕이 죽어 마땅한 것은 알지만 죽일 방법은 없다. 우리는 모두 현실주의자라 그걸 잘 알고 있다. 현실 속에서 살아남았고, 늙어가는 자들인 우리만큼 현실을 잘 알 사람들이 어디 있을까.

—야옹.

우울한 침묵 속에서, 다시 한번 환청이 들렸다. 아무래도 더는 안 되겠다.

"자, 그러면 이제 내가 이야기를 해볼까?"

모두 고개를 들고 나를 보았다. 노대라고 불린 자. 한때, 내게 청부하는 것은 곧 저승사자에게 청부하는 것과 다를 바 없이 확실한 죽음의 약속이라고도 했다.

지금은 그것도 모두 옛일이다. 그리고 이것은 내가 청부받은 일은 아니다. 어쩌면.

사실 말이지. 나는 자네들처럼 먼 길을 걸어 여기까지 올 필요가 없었어. 몇 달 전부터 이 폐가에서 살고 있었거든.

왜냐고? 난 언제 황천길에 올라도 이상하지 않은 나이니까. 어쩌면 이번에 자네들과의 약속을 지키지 못하게 될지도 모른다 생각했지. 그래서 아예 미리 와있었다네.

혹시 약속 날짜가 다가올 때 몸이 골골대더라도 행차를 못 하지는 않을 테고, 죽더라도 자네들이 내 시신을 거둬줄 수 있을 테니까.

그런데 이 폐가에 나 말고 선객이 있었네. 고양이였지. 그래, 그 녀석도 내 고양이는 아니었다네. 아주 인상이 험악한 녀석이었어. 얼굴값 한다고 성질도 딱 그랬네.

이 폐가는 꽤 넓으니까 우리 둘이 같이 산다고 해도 부대낄 일은 없지 않았나? 내가 일부러 구석의 빈방 하나를 치워서 사람 살만하게 만들어 놓았지.

아, 그런데 이 녀석이 몇 번이나 그 방에 똥과 오줌을 갈기는 거야. 게다가 꼭 단잠을 자고 있을 때마다 근처에 나타나서는 사람 싱숭생숭해지는 소리로 울어대더라고. 휘이휘이 내쫓아도 잠깐 도망갔다가 돌아오고.

한 며칠 그렇게 아웅다웅하다가 이유를 알게 됐지. 이놈이 새끼를 낳았던 거야. 그냥 살찐 게 아니었더라고. 게다가 이불을 제대로 깐 내 방이 마음에 들었는지 아예 자리를 차지해버리더라고.

하는 수 없이 일껏 청소한 방을 내주고 내가 다른 방으로 옮겼다네. 꼬물거리는 애벌레 같던 새끼들이 참 금세도 자라더군.

그렇게 자라서는 겁도 없이 내 방까지 아장아장 오고, 그러면 어미가 냉큼 쫓아와서 물고 가고 그랬지.

넷이었나 다섯이었나. 제대로 세본 적이 없어서 잘 모르겠어. 아마 한두 마리는 태어나자마자 죽었을 거야.

살아남은 녀석 중에 유달리 행동이 굼뜬 한 마리가 있었어. 눈이 남보석(藍寶石)처럼 파랬지.

가만 보니 행동만 굼뜬 게 아니었어. 울음소리도 다른 새끼들하곤 다르더라고. 되다 만 소리 같다고 해야 하나. 야옹, 하고.

높은 데서 뛰어내릴 때도 제 형제들과 달리 동작이 어설펐어. 결정적으로, 귀가 이상했지. 형제들보다도 귀가 작고, 늘 납작하게 눌린 모양이었거든.

유심히 녀석을 살펴보다 알게 됐지. 아무래도 그 녀석은 귀가 안 들리는 모양이었네. 제 형제들과 달리 유달리 유순하고 어리바리하다 싶었는데, 아마 그래서였던 모양일세.

사람이 키우는 녀석이라면 모를까. 강호만큼 험한 야생에서는 오래 살지 못하겠구나 싶었지.

날이 따뜻해지니까 어미가 녀석들을 데리고 외출을 했다네. 나야 집에서 쉬고 있었지.

밤이 되어도 돌아오질 않더군. 다음날 해 질 녘까지도 소식이 없더라고. 어쩔 수 없이 자리를 털고 일어나 근처를 찾아다녔네. 내 고양이는 아니지만 그래도 이웃이니까.

한밤중에 나는 엄청난 피바다 속에서 녀석들을 발견했네. 한 마리 말이 목이 잘린 채 쓰러져졌고, 그 피 웅덩이 속에 고양이들의 주검이 팽개쳐져 있었네. 어미부터 새끼들까지.

딱 한 마리, 눈 푸른 녀석만 거기 없더군.

나는 그 근처를 샅샅이 뒤졌고, 푸른 눈을 발견했어. 제 어미와 형제들로부터 삼십 걸음 떨어진 수풀 속에서.

그날 이후, 나는 대체 거기서 무슨 일이 일어났는지를 알기 위해 많은 걸 조사했다네.

말발굽, 사람 발자국, 알아보기 무척이나 어려웠던 고양이의 발자국들이 말하는 소리를 들으려고 애썼지. 그리고 몇 가지 사실을 알았어.

그날.

그 길에서 고양이 가족과 한 떼의 인마가 엇갈렸어. 어미 고양이는 신중했으니까 아마 말들이 모두 지나간 뒤에 길을 건너려 했겠지. 물정 모르는 새끼들도 어미의 경고를 듣고는 뛰쳐나가지 않았을 테고.

하지만 귀가 들리지 않던 파란 눈은 그 경고를 제대로 알아채지 못했던 게 분명해. 홀로 앞으로 나간 것은 분명 파란 눈의 발자국이었거든.

선두의 말이 파란 눈을 보고 급히 멈춰 섰던 모양이야. 분명 영리한 말이었을 거야.

하지만 그 말의 주인은 말보다도 영리하지 못했어. 멍청이들이 흔히 그렇듯이 자존심도 엄청나게 셌지. 제 말이 자신의 통제를 벗어났다는 사실에 몹시도 분노했던 모양이야. 목이 베인 말의 시체는 그렇게 해서 만들어진 거지.

자신의 말을 죽인 자가 그 앞에서 오들오들 떠는 푸른 눈의 작은 고양이는 어찌했을까? 울화가 치밀어 냅다 집어던진 거지.

그때까지 숨어있던 어미 고양이가 뛰쳐나왔겠지. 어미의 뒤를 따라서 새끼들도.

그리고 그 비극이 벌어진 거지. 수레에 맞선 사마귀처럼. 바위에 몸을 던진 달걀처럼.

나는 그 일을 저지른 자의 얼굴은 보지 못했지만, 남겨진 흔적만으로 그가 어떤 자인지 알 수 있었어.

그는 혼자가 아니었고, 뒤따르는 자들이 많았지. 적당히 부하들을 앞세워 보내고 자신은 중간쯤에 보호받으면서 달렸으면 됐을 텐데, 선두가 아니면 참지 못하는 성정이었던 거지.

남은 흔적으로 보아 그는 혼자 말에 탄 게 아니었어. 반항한 흔적이 있었으니, 어쩌면 누군가를 강제로 납치한 건지도 몰라. 발자국이 작았으니, 아마 여자였겠지.

그자는 거칠 뿐 아니라, 작은 고양이 하나가 일으킨 사고조차 웃어넘길 아량이 없었던 거야.

그런 강퍅한 자가 무공은 왜 그리 뛰어날까.

어쩌면 궁극의 무공이라는 것이 결국은 무언가를 죽이는 기술이기 때문이 아닐까.

무공의 가장 높은 경지에 도달할 수 있는 심성은, 다른 것을 죽이고 싶은 마음이라서가 아닐까.

우스운 이야기지만, 나는 갑자기 살아온 지난날이 모두 허망해지는 것을 느꼈어.

협의니 인의니 무수한 말들도 결국은 다 공염불이 아닐까. 강하다는 건 결국 더 효과적이며 강력한 살상력일 뿐 아닌가.

그것이 무림의 질서고, 세상의 질서이며, 나 또한 그 질서의 한 귀퉁이에 속한 보잘것없는 존재가 아니었던가.

만약 그 녀석을 만나지 않았다면, 나는 계속 그렇게 생각했을 걸세.

……각설하고.

나는 그 흔적들을 쫓고 또 쫓아서, 결국 그 강퍅한 자가 누구인지 알아냈네.

이야기가 좀 길었네만, 내가 오늘 '죽어 마땅한 자'로 추천하는 것은 바로 그 자일세.

그 이름은.

"천룡왕."

내가 말하기 전에 모두가 입을 모아 호명했다. 나는 담담히 웃으며 긍정했다.

"그래, 그 이름일세."

그들이 알아차린 게 놀라운 일은 아니었다. 강호 사정에 밝은
자가 내 이야기를 들었다면 그자의 모든 특징이 바로 천룡왕의
특징임을 알 수밖에 없다.

그보다 오히려 놀라웠던 것은, 다음에 벌어진 일이었다. 한 명
씩, 한 명씩. 그들이 고개를 끄덕였다.

"죽어 마땅한 놈이네."

"죽어 마땅한 놈이야."

"동감."

그렇게 해서, 우리는 강호의 패자 천룡왕을 올해의 죽어 마땅
한 놈으로 뽑았다.

"축하한다고 서신이라도 보내야 하려나?"

마 씨가 농을 했다.

"궁금한 게 있소."

나는 불패를 향해 물어봐도 좋다고 고개를 끄덕였다.

"노대께서는 당신 또한 강호의 한 귀퉁이에 속한 보잘것없는
존재가 아니었던가 회한을 느끼셨다고 했지요."

"그랬지."

"만약 그 녀석을 만나지 않았다면, 계속 그렇게 생각했을 거라

고 말이지요."

"맞네."

"그 녀석이 누구입니까? 무엇이 노대의 그 생각을 바꾸었습니까?"

불패가 그 질문을 가장 먼저 나서서 한 것은 이해할 수 있는 일이었다. 그는 단신의 무력으로는 우리 중 가장 강하다. 하지만 어디에도 속하지 못한 자라, 내가 느꼈던 그 회한을 훨씬 일찍부터 느꼈을 가능성이 있다.

―야옹.

내가 대답하려던 그 순간, 소리가 들렸다. 이번에는 환청이 아니었다.

"바로 저 녀석이지."

모두가 폐가의 앞뜰로 들어서는 녀석을 보았다. 때가 꼬질꼬질한 털에, 남보석처럼 푸른 눈을 가진 작은 고양이.

녀석을 쳐다보는 모두의 눈이 기적이라도 보는 것처럼 얼떨떨했다.

"말하지 않았던가? 내가 발견했을 때, 요행히도 숨이 남아있었네. 고양이 의원은 찾을 수가 없어서 급한 대로 가지고 있던 영약을 먹였더니 살아나긴 했어."

"……노대도 정말. 살아남았으면 살아남았다고 이야기를 해주셔야죠! 죽은 줄 알았잖아요!"

"왜? 고양이가 죽은 게 아니라면 천룡왕이 죽어 마땅하다고 끄덕이지 않았을 텐가?"

"누가 그렇대요!"

꼬리의 고양이가 일어나 푸른 눈에게 다가갔다. 폐가에 낯선 사람들이 가득한 모양을 보고 놀란 듯 귀를 앞으로 세우던 푸른 눈은 꼬리의 고양이를 보고 꼬리를 꼿꼿이 세우더니 달려들었다.

"싸우는 거야?!"

"아냐, 인사하는 거야."

성마른 마 씨뿐 아니라 다른 이들도 모두 얼음의 말을 듣고 안심했다. 고양이 둘은 서로 인사를 나누고, 몸을 비볐다.

"다시 걸을 수 있게 되자, 저 녀석은 매일매일 그곳에 다닌다네. 제 어미와 형제들이 죽은 곳. 말과 고양이들의 시신은 내가 모두 묻어주었지. 아무것도 남은 게 없는데도 매일 그곳에 가서 저 모자란 소리로 울어대. 그래서 나는."

다음 말을 뱉으려니 목이 무거워 나는 말을 멈췄다. 그래서 나는, 천룡왕을 고발하기로 했네.

설령 세상의 질서가 그것이더라도, 설령 강자가 승리하고 약자가 패배하는 것이 세상의 이치이더라도.

그 이치의 반대편에 설 자유가 없다면 내가 무림인이 된 의미가 대체 어디에 있단 말인가, 하고.

저 푸른 눈을 보며 깨달았기 때문에.

"알겠습니다."

불패는 내게 나머지 답을 요구하지 않았다. 빙그레 웃는 그의 얼굴은, 듣지 않고도 들은 듯했다.

마 씨도 기지개를 쭉 켜며 말했다.

"그럼 이제 다음 이야기를 해봐야겠네요. 그나저나 고구마 더 없어요?"

보통, 우리는 거기까지만 이야기하고 흩어지곤 했다. 죽어 마땅한 놈을 실제로 죽일지 아닐지는 각자의 판단에 맡겼다.

물론 그러다 서로 손이 꼬일 수도 있지만, 그 정도의 낭비는 징벌이라는 사치의 대가 정도로 여겼다.

우리는 왕도 아니고 백성도 아니다. 사사로운 개인이 정의를 실현한다는 명분으로 남의 생명을 빼앗을 때는, 자신의 목숨은 물론이고 번거로움 역시 걸 각오 정도는 필요하다고 암묵적으로 합의했다.

하지만 이번엔 달랐다. 상대는 천룡왕이고, 우리의 전력이 고스란히 필요했다. 사치를 부리다가는 죽일 수가 없을 만큼 강한 상대였다.

작전은 마 씨가 입안했다. 천룡왕의 모든 일정을 파악하고, 그 휘하 세력의 동향을 알아내 최대한 적절한 천시와 지리를 찾아냈다.

미인은 조력자를 구하러 다녔다. 스스로 청산에 몸을 의탁했지만 한 번 떨치고 일어나자 그 치마폭에 쓸리지 않는 인맥이 없었다.

조력자를 구하되 그들이 우리의 거사를 알지는 못하게 했으며, 어디까지나 거사 당일에 천룡왕의 수족을 묶어두는 역할만을 수행하게 했다.

원앙과 불패는 우리의 주된 전력이었기 때문에, 거사 날까지 심신을 안정시키며 폐가에서 대기했다.

남은 인력인 나와 꼬리가 정찰의 임무를 맡았다. 고양이 두 마리도 함께.

"너는 굳이 끼지 않아도 되었을 텐데."

천룡왕의 본거지가 멀리 내려다보이는 산등성이에서 문득 그렇게 말했더니, 꼬리가 시답지 않다는 듯이 코웃음을 쳤다.

"왜, 젊어서?"

"우습게 들릴지 몰라도 그건 꽤 중요한 이유니까."

죽음을 팔던 내가 입에 담기엔 확실히 꼴사나운 말이긴 하지만.

"젊은 사람은 하루라도 더 살아야지."

"태어나는 데는 순서가 있어도 가는 데는 순서가 없는 법이지."

언제든 갈 준비가 된 사람처럼 꼬리는 씹어뱉듯 말했다. 나야 말로 그런 준비가 진작 되어 있어야 하는데.

두 마리 고양이는 먹이를 노리는 맹수처럼 검의 산, 칼의 숲으로 빽빽한 천룡성을 내려다보았다.

그 표정이 마치 용의 둥지를 노리는 호랑이처럼 위엄이 넘쳐서, 우리는 웃었다.

그날이 왔다.

꼬리의 말대로, 가는 데는 순서가 없었다. 순서 없이 모두에게 공평하게. 천룡왕도, 그리고 우리도.

그날의 싸움이 얼마나 긴박했는지, 혹은 처절했는지를 말하는 것은 사족이 될 것이다.

마 씨가 최고의 지혜를 짜내고, 미인이 최고의 영향력을 발휘하여 당일 천룡왕의 측근들이 최대한 멀리 떠나 있게 만들었어도. 우리에게 불패가 있고, 우리에게 얼음이 있었어도.

적은 천룡왕이었다.

그래도 우리는 끝내 그의 수족들을 처리했고, 천룡왕 한 명만을 남겼다.

우리의 싸움은 사족일 뿐이기에 길게 말하고 싶지는 않다. 하지만 정인의 용맹은 언급하지 않고 넘어갈 수가 없다.

사실 원앙 중 무공이 더 뛰어난 것은 얼음이다. 별을 찌른다는 뜻을 가진 얼음의 검은 천룡왕 주변을 도는 별들처럼 강력하던 수족들을 숱하게 찔렀다. 정인은 그 품성이 온유하여 얼음을 녹이지 않고도 품을 수 있다는 것이 장점이지, 무공이 장점은 아니었다.

그럼에도 불구하고 얼음 곁을 떠나지 않으며 끝내 버텼고, 궁지에 몰린 천룡왕이 얼음에게 암수를 썼을 때 그걸 몸으로 받아냈다.

얼음은 늘 그렇듯이 감정을 밖으로 드러내지 않았다. 그러나 정인이 쓰러진 뒤 얼음은 점점 자신을 돌보지 않고 천룡왕에게 공세를 퍼부었다.

전세는 일견 우리에게는 유리해지는 것 같았으니 실상은 달랐다. 천룡왕은 궁지에 몰리는 것 같았지만 내력을 정돈하며 우리를 각각 적합한 위치로 몰아넣고 있었다.

불패는 그 상황을 꿰뚫어 보았고, 덕분에 불패마저도 조급해졌다.

우리는 천룡왕을 물샐틈없이 포위한 육합진의 형태를 이루게 되었지만, 그의 손에서 뻗어 나온 보이지 않는 실에 묶인 여섯 개의 꼭두각시처럼 놀아나고 있었다.

천룡왕은 우리를 제가 원하는 위치에 묶어두고 일성을 내질렀다. 바로 그 파천용음을.

우리들은 공력이 낮은 순으로 한 명씩 칠공에서 피를 뿜으며 무릎을 꿇었다.

불패가 마지막까지 버텼지만, 그것도 거의 한계였다.

천룡왕도 극한까지 몰리긴 했지만 아슬아슬하게 승부의 저울추는 그를 향해 기울고 있었다.

바로 그때.

— 야옹.

어눌한 고양이 울음소리가 들렸다.

분명 꼬리의 고양이와 함께 폐가에 남아있어야 할 푸른 눈이 전장에 나타난 것이다.

우리들 모두를 제압하는 파천용음이 들리지 않아서, 오직 그 녀석 혼자만이 평화로운 얼굴이었다. 녀석은 장난치듯 우리들 사이를 사뿐사뿐 걸어 지나갔다.

한 마디라도 말할 여력이 남아있었다면 우리는 녀석에게 외쳤을 것이다. 피해라, 피해라, 어서 도망쳐.

하지만 녀석은 그 말도 듣지 못했다. 아니, 아마 들렸어도 듣지 않았으리라.

우리의 싸움이 얼마나 치열했건 간에, 그래서 모두 사족에 불과한 것이다. 그 싸움은 결국 푸른 눈, 그 녀석의 싸움이었다.

춤추듯 사뿐사뿐 우리 사이를 가로지른 녀석은 가장 당황스러운 표정을 짓고 있던 천룡왕을 향해 다가갔다.

천룡왕은 우리보다 더 어이가 없었을 것이다. 마음 같아서는 녀석을 발로 걷어차 죽이고 싶었겠지만, 힘의 저울이 심하게 팽팽했기 때문에 그런 짓을 했다가는 자기가 쓰러지게 생겼으니 눈알만 굴리며 이러지도 저러지도 못하는 천룡왕에게.

―카앙!

그림처럼 푸른 눈이 뛰어올랐다. 날카로운 발톱이 야무지게 그 콧등을 할퀴었다.

물론, 그 일격이 치명타였을 리는 없다. 아무리 그래도, 고양이에게 맞아 죽는 무림고수가 어디 있겠는가.

하지만 그건 절묘하게 균형을 이루고 있던 우리와 천룡왕의 저울에 얹힌 깃털 하나였다.

천룡왕의 기혈이 깃털 하나만큼 흔들렸다. 다른 사람은 몰라도, 불패는 그 깃털 하나의 동요를 놓치지 않았다.

그렇게 우리는 승리했다.

아니, 그건 푸른 눈의 승리라고 하는 편이 옳을 것이다.

우리는 그저 진정한 승자가 등장하기 전에 분위기를 돋운 사족이었을 뿐. 푸른 눈이 밟고 올라간 사다리였을 뿐.

"고향에나 가볼까 하고."

그런 말을 남긴 채 정인의 유골함을 안고 얼음은 떠났다. 싸움이 끝난 뒤, 얼음은 전보다 각별히 늙어, 원래의 나이로 보였다.

아마도 그들을 다시 볼 기회는 없을 것 같아, 우리는 아주 질탕한 석별연을 벌였다.

가지 말라 말리지는 않았다. 정인은 좋은 사람이었다. 그러니 얼음은 그 쓸쓸함을 더욱 견디기 힘들 것이다. 우리가 그 자리를 대신해 주겠노라 나서는 건 오히려 모욕이다.

꼬리가 다음에 떠났다. 그 뒷모습이 굳건했다. 젊다는 것은 아직 쓸쓸함을 견딜 힘이 남아있다는 뜻이다.

꼬리가 떠날 때 꼬리의 고양이도 푸른 눈의 고양이와 잠시 서로를 보다가 씩씩하게 떠나갔다. 고양이들끼리도 작별인사를 한 모양이다.

마 씨는 우리 중 가장 바빠졌다. 천룡왕의 몰락으로 힘의 공백이 생긴 강호에는 일감이 아주 많았다.

마 씨는 강호의 혼란을 틈타 한 몫 단단히 잡아보겠다며 소매를 걷었다. 오랜만에 면사를 다시 꺼내 쓰고 왕년의 무림신녀가 천기를 읽고 강호의 재앙을 막으러 돌아왔노라며 세력을 만들었다.

정보 장사를 하는 한편으로 주인을 잃은 천룡왕의 조직을 잘 게 다져 집어삼키는 것이 마 씨의 계획이었다.

우리 중 이 일로 가장 큰 세속적 성공을 거둔 것은 마 씨였다. 그에 대해 불만을 가지는 사람은 없었다. 그만한 위험을 무릅쓰 고, 그만한 적을 쓰러뜨렸다면 한 명쯤 속물적인 성공을 거두는 것도 나쁘지 않은 일이니까.

실은 한 명만이 아니었다. 얼떨결에 불패와 미인도 마 씨의 작 당에 휘말렸다.

"조직에는 반반한 얼굴이랑 주먹 좀 쓰는 사람이 필요해. 둘이 딱이네. 요새 일 없지?"

"없긴 왜 없어요? 오라는 곳 많거든요?"

"난 없소."

미인이 튕기기는 했지만 셋은 결국 같이 가게 될 것이다. 사실 마 씨는 내게도 한 자리를 권했다.

얼음은 붙잡을 수 없고, 꼬리는 아직 더 홀로 걷는 기쁨을 누 려도 괜찮겠지만, 노대라면 우리와 함께 할 수 있지 않겠느냐고.

나는 웃으며 거절했다.

"노대가 가신다면 나도 생각해 볼 수 있는데! 다시 생각해 보 세요."

"노대. 따로 계획이라도 있으신지."

"이 녀석에게 무공이나 가르쳐볼까 하고."

그러면서 나는, 내 옆에 찰싹 붙은 푸른 눈을 쓰다듬었다.

"소질이 꽤 있어 보이니까."

마 씨와 미인은 웃지도 울지도 못하는 얼굴이 되었다. 하긴, 고양이에게 무공을 가르친다는 소리는 농담이라도 우습게 들리지 않을 거다. 오직 불패만이 호탕하게 웃어주었다.

"그거 좋은 계획이군요. 허락해 주신다면 저도 이 묘낭낭에게 몇 수 절기를 가르쳐주고 싶습니다."

"불패의 절기라면 대환영이지."

마씨가 고개를 절레절레 저었다.

"사상 최초의 고양이 살수가 나오겠군요."

"그래, 내 고양이는 아니지만."

내 것이 아닌 존재와 함께 사는 말년이라.

그것도 나쁘지 않을 것 같아 나는 웃었다. 푸른 눈의 고양이도 나를 따라 웃었다. 마치 내 말을 알아들은 것처럼.

2019. 12. 23

애견무사와 고양이 눈

1판 1쇄 찍음 2020년 2월 24일
1판 1쇄 펴냄 2020년 3월 2일

지은이 | 좌백, 진산
발행인 | 박근섭
편집인 | 김준혁
펴낸곳 | 황금가지

출판등록 | 2009. 10. 8 (제2009-000273호)
주소 | 06027 서울 강남구 도산대로 1길 62 강남출판문화센터 5층
전화 | 영업부 515-2000 **편집부** 3446-8774 **팩시밀리** 515-2007
홈페이지 | www.goldenbough.co.kr

도서 파본 등의 이유로 반송이 필요할 경우에는 구매처에서 교환하시고
출판사 교환이 필요할 경우에는 아래 주소로 반송 사유를 적어 도서와 함께 보내주세요.
06027 서울 강남구 도산대로 1길 62 강남출판문화센터 6층 민음인 마케팅부

ISBN 979-11-5888-630-1 03810

㈜민음인은 민음사 출판 그룹의 자회사입니다.
황금가지는 ㈜민음인의 픽션 전문 출간 브랜드입니다.